OLAF MÜLLER

Rurfieber

DAS FIEBER STEIGT Ein ermordeter Ex-Legionär liegt in Düren auf dem Parkplatz der Musikschule. Wen wollte er dort spät in der Nacht treffen? Die Kommissare Fett und Conti finden zunächst kein Motiv. Währenddessen entdecken junge Wissenschaftler des Fraunhofer-Instituts in Aachen und des Forschungszentrums Jülich ein neues Medikament gegen Denguefieber, Ebola und Malaria. Es könnte vor allem im Kongo Tausende Menschen retten und ist wertvoller als Gold, Kobalt und Coltan. Das weiß auch Professor Schopen, der Chef der Studenten, der in finanziellen Nöten steckt. Die Jagd auf die geheime Formel beginnt. Werden die jungen Wissenschaftler überleben? Wer zieht die Fäden in Deutschland und in den USA? Was hat der Prinz von Katanga vor? Und welche Rolle spielt der Tote? Die Polizei in Aachen erhält ständig Alarmmeldungen: Großlage für alle Einheiten. Es droht eine explosive Woche in Aachen.

Olaf Müller wurde 1959 in Düren geboren. Er ist gelernter Buchhändler und studierte Germanistik sowie Komparatistik an der RWTH in Aachen. Seit 2007 leitet er den Kulturbetrieb der Stadt Aachen. Sprachreisen führten ihn oft nach Frankreich, Italien, Spanien sowie Polen und Austauschprojekte in Aachens Partnerstädte Arlington (USA), Kostroma (Russland) und Reims (Frankreich). Als junger Segelflieger erlebte er die Eifel aus der Luft, als Wanderer heute vom Boden. »Rurfieber« ist sein zehnter Kriminalroman im Gmeiner-Verlag.

OLAF MÜLLER

Rurfieber

KRIMINALROMAN

GMEINER

Personen und Handlung sind frei erfunden. Ähnlichkeiten mit lebenden oder toten Personen sind rein zufällig und nicht beabsichtigt.

Bei Fragen zur Produktsicherheit gemäß der Verordnung über die allgemeine Produktsicherheit (GPSR) wenden Sie sich bitte an den Verlag.

MIX
Papier | Fördert gute Waldnutzung
FSC® C014496

Besuchen Sie uns im Internet:
www.gmeiner-verlag.de

Im Ehnried 5, 88605 Meßkirch
Telefon 07575/2095-0
info@gmeiner-verlag.de

1. Auflage 2025

Lektorat: Claudia Senghaas, Kirchardt
Satz: Mirjam Hecht
Umschlaggestaltung: U.O.R.G. Lutz Eberle, Stuttgart
unter Verwendung eines Fotos von: © Norbert Kirchhoff
https://commons.wikimedia.org/wiki/File:Klinikum_Aachen,_Top.jpg
Druck: GGP Media GmbH, Pößneck
Printed in Germany
ISBN 978-3-8392-0815-1

Mir war, als hörte ich den geflüsterten Schrei: »Das Grauen! Das Grauen!«

Aus: Joseph Conrad (1857-1924),
»Herz der Finsternis« (1911)

*

Fünfzehn Mann auf des toten Mannes Kiste –
Jo-ho-ho, und ne Buddel voll Rum!

Aus: Robert Louis Stevenson (1850-1894),
»Die Schatzinsel« (1883)

1
DER ANFANG VOM ENDE

Die grüne Volvo Sattelzugmaschine vom Typ Torpedo donnerte vom Alexianergraben auf den Aachener Theaterplatz. Der Fahrer nahm mit quietschenden Reifen scharf die Kurve zum Theater – dort, wo jahrzehntelang die Parfümerie Monheim Düfte an die Frau brachte und nun ein 24-Stunden-Automatenkiosk bedienungslos das Genusshimmelreich anbot. Dann schoss die Zugmaschine auf die dritte Säule von rechts des Theaters Aachen zu, nagelte vier Fahnenmasten und die Tribüne der Aachener Zeitung um, von der aus Robert Esser, gestandener Journalist und Moderator, live den Rosenmontagszug kommentieren sollte. Die fünf Stufen der Theatertreppe hielten den Sattelschlepper nicht auf. Ein lauter Knall, Gäste im »Motel One« fielen aus dem Bett, Staub, Qualm, die Säule brach zusammen, ein Riss im Dach über dem Eingang des Theaters. Im Foyer kippte die Kuchentheke mit einem Schlag nach hinten. Käsekuchen, Muffins und Aachener Reisfladen trudelten durch den Raum und verzierten die Tapete. »Der fröhliche Hengst«, die Pferdeskulptur vor dem Theater, verschwand in einer Wolke von Staub – wie die Kutschen bei der Geländefahrt des Aachener Reitturniers in der Soers.

Ben Gunn kam hinter dem Airbag zu sich, stemmte mit den Füßen die Fahrertür auf, rutschte aus der Kabine und sprang völlig verdreckt auf die Pflastersteine. Die Taxifahrer Franz-Josef Reisen und Horst Obladen standen mit offenem Mund vor ihren Taxen. Dann sagte Hotte Obladen, gebürtig aus Köln-Nippes: »Leck mich en de Täsch.«

Ben Gunn, Sturmhaube über dem Kopf, lief zum Hintereingang des Theaters. Dort wartete Flint mit einer BMW R 1300 GS. Das Hinterrad drehte durch, Qualm, es roch nach Gummi. Die BMW machte einen Satz. Sie rasten die Theaterstraße hoch und waren weg. Sechs Uhr und fünf Minuten am Rosenmontag 2024. Da laufen normalerweise die Vorbereitungen. Nun war bereits alles vorbei – am Theater. Die Sterne funkelten durch die Wolkenlöcher, der Mond blickte ab und an traurig auf den Musentempel. Dunkelheit umhüllte das Chaos, wie ein schwarzer Theatervorhang die Hinterbühne.

Stille auf dem Theaterplatz, der auf die Neugestaltung 199 Jahre nach der Eröffnung des Theaters wartete. Oder gehörte das zur Neugestaltung? Ruhe, Staub, ungläubiges Staunen der Passanten, jemand stemmte sich von innen gegen die mittlere Tür des Theaters, stand vor der völlig zerrissenen und qualmenden Kühlerhaube des Volvo, zwängte sich in Richtung »Leonidas« Geschäft, hustete: Ella Schumpeter, Putzfrau, schrie auf: »Jesus, Maria und Josef! Dat jibt et doch nich!«

Reinigungspersonal drängte nach. Einen Moment standen sie ungläubig auf den Stufen. Als ein weiterer Stein vom Dach krachend auf den Vorplatz polterte, wurde ihnen die Gefahr bewusst, sie rannten los. Vor dem »Motel One« standen erste Gäste. Busse der ASEAG bremsten scharf ab, Steinbrocken lagen auf der Straße.

Alarmmeldung in der Leitstelle der Feuerwehr in der Stolberger Straße. Ein Zug rückte aus in Richtung Theater. Personenschaden nicht bekannt. Trotzdem gab die Leitstelle: »Einsturzgefahr, Evakuierung Stadttheater«. Krankenwagen, Notärzte und schweres Gerät machten sich auf den Weg zum Theater. Das Technische Hilfswerk wurde alarmiert. Aus der Kasernenstraße trafen zwei Ford Galaxy der Polizei ein. Absperrung, Befragung. Für den Prinzenabschied mit Entthronisierung am Veilchendienstag sah es schlecht aus.

Das alles hatte eine Vorgeschichte. Und die begann 2023.

2
DER PRINZ VON KATANGA

Frühjahr 2023. Die Sonne kachelte glühend heiß vom wolkenlosen Himmel. Dienstbesprechung im Camp »Vie Allemand« der Bundeswehr in Niger. Spezialkräfte des Heeres mit erweiterter Grundbefähigung waren seit 2021 dort im Einsatz. Die Einheiten rotierten im Sechsmonatsrhythmus. Fallschirmjäger aus Seedorf waren an der Reihe, schützten den Flugplatz in Niamey, der als Lufttransportstützpunkt für den Abzug der Bundeswehreinheiten aus Mali die Drehscheibe bildete. Oberste Priorität: medizinische Evakuierung verletzter Soldatinnen und Soldaten. Dafür stand Tag und Nacht eine Transall C-160 bereit.

Heißer Wind, Sand, kein Regen, Jahresdurchschnittstemperatur fast 30 Grad. Gemeinsam mit den Kampfschwimmern aus Eckernförde trainierten die Fallschirmjäger Spezialkräfte des nigrischen Militärs im Rahmen der Mission »Gazelle«. »Kampfschwimmer in der Wüste« titelte die Frankfurter Allgemeine Zeitung – als die Bundeswehr in Niger noch willkommen war. Etwas abseits vom Hauptquartier stand das Zelt der Offiziere vom Militärischen Abschirmdienst und Bundesnachrichtendienst. Offiziell bestand eine gesunde Abneigung. Aber Major Engels vom BND und Hauptmann Stobbard verstanden sich prächtig. Gemeinsame Laufbahnerfahrungen, beide früher Truppenoffiziere – kein Mangel an Gesprächsthemen. Das erleichterte die Arbeit für Oberstleutnant Egold, Kontingentführer in Niger.

»Wie haben einen Sonderfall. Der Prinz von Katanga.« Egold, Berufsoffizier, Fallschirmjäger mit erweiterter Grundbefähigung, war vom Auswärtigen Amt und dem Militärischen Abschirmdienst auf einen besonderen Gast hingewiesen worden. Egold mochte das Klima nicht, die Hitze, den Sand, den Staub. Er dachte an seine Familie in der Nähe von Bremen, den Kampf um den Kindergartenplatz, die Auswahl der Grundschule. Alles musste seine Frau arrangieren. Er konnte ab und an über Satellitentelefon mit ihr sprechen. WhatsApp und Messenger waren verboten. Sie konnten seinen Standort verraten. Er blickte in die Gesichter seiner Offiziere. Spezialkräfte, alle dienten Deutschland, alle kannten Afghanistan, Kosovo, Irak. Egold wischte sich den Schweiß von der Stirn. Seine wachen Augen fuhren über den Kartentisch. Er verglich die Projektion auf der Leinwand mit der Tischkarte. Zu hell im Zelt, er musste auf die Tischkarte zeigen. Der Beamer war zu schwach. Egold bat um Ruhe. Er zeigte auf einen Punkt auf der Karte von Niamey. »Hier, Ortsrand Ost, liegt die Villa eines ermordeten Geschäftsführers einer nigrischen Uranmine. Dort ist der Prinz von Katanga, Julius Mabutu, mit Gefolge und rund 20 Personenschützern offiziell untergekommen. Stammt aus dem Kongo, Sohn eines Ex-Ministers, Oberhaupt der Partei ›Patriotischer Kongo‹. Jedenfalls soll er von Niger aus seinen Wahlkampf planen. Gefahrenlage: Attentatsversuche seiner politischen Gegner, Verunsicherung der nigrischen Behörden, Flüge zum Kongo und retour. Er wird von den nigrischen Kollegen beobachtet, CIA und französischer Geheimdienst haben ihn auf dem Schirm. Auch unsere italienischen Kameraden haben mich bereits auf ihn angesprochen. Bei Kontakt auf politische Implikation achten. Wir wollen und dürfen nicht in innerkongolesische Angelegenheiten reingezogen werden. Wir haben genug mit Niger und Mali zu schaffen. Hier ist die Drehscheibe für den Abzug der Kameradinnen und Kameraden aus Mali. Diese Drehscheibe muss funktionieren.«

Hubschrauberlärm übertönte die letzten Worte. Zwei Kampfhubschrauber vom Typ Tiger der Heeresflieger setzten zur Landung an, die Planen des Zeltes knatterten.

Egold ließ unter den Offizieren das Foto des Prinzen von Katanga kreisen, der so genannt wurde, weil er stets wie ein junger Adliger in Katanga aufgetreten war, solange sein Vater das Amt eines kongolesischen Ministers bekleidete. Je näher der Wahltag rückte, umso mehr häuften sich Attentatsversuche und Bedrohungen. Zuletzt hatte der Prinz Unterschlupf in der Nähe der »Malaika Lodge« im Osten Kongos gefunden, eine Gegend, die im Kongo »La Petite Suisse« genannt wurde; blühende Landschaft mit Käseindustrie, darum »La Petite Suisse«, die kleine Schweiz. Dicht daneben Flüchtlingslager mit Flüchtlingen aus besetzten Dörfern der Grenzregion und aus Ruanda. Von dort fiel die Rebellengruppe M23 immer wieder in den Kongo ein. Schluss mit Frieden in »La Petite Suisse«. Der Prinz von Katanga wechselte das Quartier. Zusammen mit seiner Entourage zog er in die Villa in Niger ein.

»Fragen?« Egold blickte seine Männer an.

»Informationen zur Bewaffnung der Leibwächter?« Leutnant Hartmann, Zugführer 3. Zug der 2. Kompanie.

»Leichte Waffen, Kalaschnikow, Pistolen, Handgranaten. Mehr wissen wir nicht.«

»Warum ist er in Niger und nicht im Kongo?« Heizer, Leutnant und Chef des Fallschirmjägerspezialzugs.

»Unruhen im Kongo, Attentatsversuche der politischen Gegner. Vor den Wahlen wird die Luft bleihaltig, meine Herren. Der Prinz soll nach Auskunft des AA, des Auswärtigen Amtes, eher demokratisch eingestellt sein. Er möchte sein Land befrieden und die Armut bekämpfen. Darum ist er unbeliebt bei den politischen Gegnern. – Sonst noch Fragen?«

Die Hitze stand im Zelt, alle warteten auf Ablösung. Die Sicherheitslage in Niger verschlechterte sich täglich – wie in Mali. Die nigrischen Offiziere verbündeten sich mit Russland, Wagner-Söldner zogen durch das Land, der Hass richtete sich auf Frankreich, die Europäische Union, die USA. Aus dem Einsatzführungskommando in Potsdam war für Niger und Mali höchste Sicherheitsstufe befohlen worden. Niemand verließ das Feldlager ohne scharfe Waffe.

»Da war mal was mit Katanga-Gendarmen.« Leutnant Amann, schwerer Pionierzug, fragte in die Runde.

»Katanga-Gendarmen, so hießen die Militärs, die Anfang der 60er-Jahre den Unabhängigkeitsputsch der Region Katanga vom Kongo durchführten. Blauhelmtruppen schlugen sie später zurück. Katanga verlor die Unabhängigkeit. Die Gendarmen flohen in Nachbarländer, verdienten dort als Söldner verschiedener Herren ihren Lohn. Oft durchsetzt von Ex-Fremdenlegionären, Raufbolden, Kriminellen aus Europa, die ihr Glück in Afrika suchten. So mein Stand. Katanga ist übrigens eine der Regionen mit den meisten Bodenschätzen im Kongo. Früher Kupfer, heute Kobalt und in geringen Mengen Coltan. Das steckt in jedem Handy. Ein strategischer Rohstoff. 80 Prozent der weltweiten Coltan-Vorkommen liegen in der kongolesischen Provinz Kivu. Und dann gibt es noch die Blutdiamanten und das Gold. – Meine Herren, wir sind in Niger. Unser Job: alles für den Rückzug der Kameraden aus Mali vorbereiten und sichern. Weitere Fragen?« Egold nahm eine Aspirin.

»Abtreten.«

Die Lagebesprechung endete. Die friedlichen Tage auch. Das nigrische Militär putschte im Juli 2023, sperrte den Luftraum, verlangte den Abzug aller UN-Truppen und verbündete sich mit Russland. Zeitenwende in Afrika. Nur anders. Kein Soldat der Bundeswehr verließ mehr ohne Befehl das Lager; scharfe Waffe immer am Mann.

3
KONGO – HERZ DER FINSTERNIS

Abgehackte Hände. Überall lagen abgehackte Hände. Von Kindern. Und von Frauen. Im Herz der Dunkelheit das Grauen. Damals im Kongo. Kommissar Michael Fett atmete tief. Seine Ohren rauschten. Wut stieg in ihm auf, eine Wut, die zu einem Schrei werden möchte, einem Schrei, oder der Suche nach einer Waffe, einer Pumpgun; um die Täter in Klump zu schießen.

Er blickte in die Gesichter der Kinder, denen eine Hand fehlte, ein Fuß, in die Gesichter der Frauen, die stummen Augen, als seien sie von einem anderen Stern. Wie können Menschen das Menschen antun? Fett nahm einen großen Schluck Sidi Brahim. Chantal scrollte am Laptop durch die Bilder ihrer Heimat. War es ihre Heimat? War der Kongo noch ihre Heimat? Chantal Kalumba, Kriminaldirektorin und Leiterin der Police Fédérale in Lüttich, legte Bücher über den Kongo auf den Tisch. Mit ihr war er vor Jahren in Paris gewesen. Gemeinsam hatten sie viele grenzüberschreitende Fälle gelöst. Geboren in Kinshasa, war sie nach dem Abitur von ihren Eltern nach Brüssel geschickt worden. Jura sollte sie studieren. Sie hospitierte bei der Polizei, brach das Studium ab und wurde Polizistin in Belgien. Ihre Urgroßeltern wuchsen ohne die rechte Hand auf. So erzählten es die Großeltern mit Tränen in den Augen ihrem Enkelkind Chantal. Die Eltern hörten damals stumm zu. Ihr Entschluss, das Kind nach Belgien zum Studium zu schicken, stand fest.

»Wer hat das gemacht?«

»Der König der Belgier. Leopold II. Auch wenn er nie im Kongo war.« Chantals Stimme klang monoton.

»Wer noch?«

»Lemaire, sein Statthalter, der nicht genug Kautschuk lieferte. Das besorgte Fiévez, sein Nachfolger. Sie befehligten die ›Force Publique‹, eine Kolonialarmee: schwarze Soldaten, weiße Offiziere. Die privaten Kautschukbesitzer hielten sich disziplinlose kongolesische Bewacher. Wer einen Schuss abgab, der musste, um den Gebrauch der Munition zu rechtfertigen, die rechte Hand der Leiche abhacken. Zuerst auspeitschen mit der Nilpferdpeitsche, der Chicotte, wenn nicht genug Kautschuk geerntet wurde. Dann ein Schuss. Dann die rechte Hand. Es heißt, man habe Fiévez an einem Tag 1.308 Hände gebracht.«

Fett atmete schwer. Die Bilder arbeiteten in seinem Kopf.

»Leopolds Kongo war 74-mal größer als Belgien. Privatbesitz des Königs von 1885 bis 1908, danach wurde es Belgisch-Kongo bis 1960. Ein Land, so groß wie Westeuropa oder zwei Drittel von Indien. Das einzige Land in Afrika mit zwei Zeitzonen. – Und ab 1890 haben sie den kleinen Kindern die kleinen Hände abgehackt. Und den Frauen. Wenn nicht genug Kautschuk geerntet wurde. Oder einfach so.« Die Tränen liefen über Chantals schwarze Wangen.

Fett fasste sie an der Schulter.

»Völkermord?«, fragte er.

»Ein Blutbad von Psychopathen. Der Kongo war ein Schlachthaus, ein Spielplatz für Geistesgestörte, Sadisten, kleinbürgerliche Vandalen. Sie konnten sich austoben, Allmachtsfantasien ausleben. Teufel, weiße Schwerverbrecher, Sadisten, Mörder. Herrscher über Leben und Tod im Dschungel. Selbst waren sie hilflos gegenüber Malaria, Tropenkrankheiten, Schlaffieber. Ihre Aufgabe: Kautschuk für Reifen, die der schottische Tierarzt Dunlop damals erfunden hatte. Kautschuk war wie heute Kobalt, Coltan, Seltene Erden. Leopold wurde reich, verschönerte Brüssel, Belgien und glaubte nicht, was er über die Massaker, das Schlachthaus, die Grausamkeiten las. Wer über den Kongo spricht, muss auch über Leopold sprechen. Über die Profitgier des weißen Mannes, der nie satt wurde, der dieses Land ausbeutete, der die Menschen benutzte und sie einfach wegwarf.«

»Und über Lumumba«, sagte Fett, der den Namen in seiner Kindheit aufgeschnappt hatte, lange bevor sich der Name des Getränks über den des Politikers schob.

»Und über Patrice Lumumba, den ersten Ministerpräsidenten des unabhängigen Kongo«, sagte Chantal und wischte die Tränen von der Wange. »Erschossen nach gut zwei Monaten an der Macht am 17. Januar 1961 im Beisein von Präsident Tschombé und belgischen Offizieren. Er war von Léopoldville nach Katanga gebracht worden. Sein Leichnam wurde später exhumiert, zerteilt und mit Schwefelsäure aufgelöst. Nur ein Zahn mit Goldkrone blieb von ihm übrig. Den nahm der verantwortliche Polizeioffizier als Trophäe mit nach Belgien. Am 20. Juni 2022 wurde Lumumbas Zahn, 61 Jahre nach seiner Ermordung, von Belgien in die Demokratische Republik Kongo gebracht. Seine erwachsenen Kinder kamen nach Brüssel, um den Zahn des Vaters abzuholen, der in einem Sarg durch Kinshasa in ein eigens für ihn gebautes Mausoleum überführt wurde. Die Wunde ist noch nicht verheilt. – Überall Blut an den Händen. Übrigens war es angeblich nicht allein die

CIA, die hinter seiner Ermordung stand. Es waren ebenfalls die Belgier. Andere sagen, auch der britische Geheimdienst sei beteiligt gewesen. – Okay, Lumumba war nicht vorbereitet auf seine Aufgaben, ein wenig kopflos. Aber er gab dem Kongo Hoffnung. So sagten es meine Eltern und Großeltern. Das alles löste sich in eine Abfolge von Kämpfen und Massakern auf. Am 30. Juni 1960 fand das Feuerwerk zur Unabhängigkeit statt, doch plötzlich verschärfte sich die Lage des Landes. Das Militär putschte, Lumumba versuchte zu retten, die Belgier flüchteten aus dem Kongo, alles brach zusammen: die Verwaltung, die Armee, einfach alles. Es war die berühmte Kongo-Krise. Und es ist nicht vorbei. Nach dem Fund der Seltenen Erden sind die Profitgeier wieder da: Amerikaner, Russen, Chinesen und die Europäer. Es hört nie auf. – Schade. Ein wundervolles Land. Das zweitgrößte in Afrika nach Algerien. Leider kommt es nicht zur Ruhe. Immer sind Reisewarnungen aktuell. Ich würde es dir gerne einmal zeigen, nur nicht jetzt.« Ihr Blick wanderte irgendwohin, weit weg aus Lüttich, als sei sie im Land ihrer Eltern, als sehe sie die Geschichte Kongos vor ihrem geistigen Auge ablaufen.

Fett blickte aus dem Fenster von Chantals Wohnung in Lüttich auf die Maas. Jeder hat eine Heimat, eine Herkunft, ein Land der Kindheit, der ersten Erinnerungen, der Spiele mit Freunden, Geschwistern, Erinnerungen an die Großeltern. Manchmal sind es gute Erinnerungen, manchmal schlechte. Sie prägen die Gefühle für das, was man Heimat oder Herkunft nennt. So richtig verlassen sie einen nie, kommen im Alter wieder näher, wenn man in die Abendröte des Lebens einbiegt. Er dachte an seine Zeit in den Feldern am Ortsrand von Düren, an seine Spielkameraden aus der Baby-Boomer Generation. Sie waren viele Kinder damals in den 60er-Jahren. Kein Fernsehen, keine Handys, keine Computer. Lange Sommerabende, Schnee im Winter, Stoppelfelder, Zuckerrüben. Frieden im Land. Und Chantal. Im Grunde wusste er nichts über ihre Kindheit. Sie sprach nicht darüber. Bis zu diesem Abend in Lüttich, als sie nach dem Essen auf ihre Herkunft zu sprechen kamen und sie einige Bücher über den Kongo auf den Tisch legte und ihren Laptop öffnete.

Ein dunkler Dezemberabend. Ihr Couscous war ein Gedicht, danach hatte er sie über den Kongo befragt. Nun schwiegen sie. Er dachte an seinen Vater, der im Dezember 1944 mit 17 Jahren bei Budapest gegen die Rote Armee gekämpft hatte. Bis ihn drei Schüsse trafen, er überlebte schwerverletzt. Währenddessen kämpften die Truppen der »Force Publique« des Kongo auf der Seite der Alliierten gegen die Deutschen und gegen die Japaner im Pazifik. Überall in den Familien: Narben der Vergangenheit.

»Michel, lies Eric Vuillard und David Van Reybrouck. Beide haben über den Kongo geschrieben. – Ich glaube, wir machen Schluss für heute. Morgen ist wieder ein Arbeitstag und wir beide müssen fit sein. Du in Aachen und ich hier an der Maas, in der feurigen Stadt Lüttich, in der die Community aus Afrika wächst. Vielleicht gehen wir das nächste Mal in ein kongolesisches Restaurant? Nun kommen die Weihnachtstage und Silvester. – Frag mich nicht. Ich bin weg. Weihnachten und Silvester bin ich in Brüssel bei Freunden und Verwandten.«

»Schade. Das kongolesische Restaurant klingt gut. – Ich hätte nicht nach dem Kongo fragen sollen. Biafra schoss mir durch den Kopf. Als ich klein war, da wurde über den Biafra-Krieg berichtet. Damals dachte ich, so, nun muss die Menschheit daraus lernen. Das wird nie mehr vorkommen. Als junger Polizeianwärter spendete ich regelmäßig für die Welthungerhilfe. Nichts wurde besser. Alles wurde schlimmer. Ich hätte nicht fragen sollen.«

»Doch. Du bist der einzige Mann, der danach fragt und zuhört. Das mag ich an dir. Auch das.« Sie gab ihm zwei Wangenküsse. Er spürte ihre warme Haut, das zarte Eau de Toilette. Bilder aus dem gemeinsamen Wochenende in Paris tauchten auf. Er wollte sie festhalten. Sie löste sich sanft.

»Falls dein Wagen nicht anspringt, ich habe ein Klappbett.« Sie lachte.

»Okay, ich bete zum Gott der Autobatterien, dass meine Batterie leer ist.« Beide lachten.

Die Batterie tat ihm nicht den Gefallen. Chantal winkte von ihrem Balkon, Fett fuhr am Denkmal für das Lütticher Original Tchantchès in Richtung Autobahnzubringer. Das Radio blieb aus.

»Gut angekommen?« Eine WhatsApp-Frage von Chantal um Mitternacht.

»Nein. Du fehlst«, schrieb er zurück. Er setzte »Bis bald« hinzu. Vielleicht etwas direkt, dachte er beim Zähneputzen. Ihm war danach.

In den nächsten Tagen bestellte Fett die Bücher, die Chantal erwähnt hatte. Er würde sie in der Weihnachtszeit lesen. Den Dauerregen über Weihnachten und die freien Tage bis Silvester nutzte er dazu. Das Grauen in Israel saß ihm in den Knochen. Der Anschlag der Hamas vom 7. Oktober 2023. Ein Pogrom von hasserfüllten Terroristen an Frauen, Kindern, Greisen. Nichts war besser geworden. Im Gegenteil. Migranten feierten in Deutschland den Anschlag. Die Angst unter Juden wuchs. An deutschen Hochschulen kam es zu antisemitischen Protesten.

Die linke Kulturszene schwieg. Die Bekenntnis-Musiker, -Maler, -Schauspieler, -Schriftsteller, sie schwiegen so laut wie nie zu dem Massaker an Israelis. Sie wurden erst vernehmbar, als Israel die Terrororganisation Hamas in Gaza angriff. Da standen viele auf: gegen Israel.

Silvester stand vor der Tür. Feuerwerk – trotz Klimanotstand, Krieg in der Ukraine, den immer noch entführten israelischen Geiseln.

4
SAKKO MIT LITSCHISUPPE

Silvester war für Michael Fett stets zweischneidig. Früher, als er jung und schön war, feierte er im Jakobshof in Aachen, wo der Eintritt niedrig und das Buffet nach 20 Minuten geplündert war. Da stürmten die Salonbolschewisten auf das Essen los, das glaubst du nicht. Eine Band schrammelte auf der Bühne irgendwas mit Liebe, Amour, Amore, aber erst kam das Essen, dann die Getränke und dann die Musik. 2000 war er auf dem Drehturm am Lousberg. Drehte sich der Turm? Er konnte sich nicht erinnern. Er war mit Freunden dort, wieder alleine, ohne eine Zufallsbekanntschaft. Die Erde drehte sich nach Mitternacht weiter, obwohl Nostradamus, Madame Teissier oder wer auch immer den Untergang, das Paradies oder weiß der Teufel was prophezeit hatten. Jetzt wieder Silvester. Der lange Morgen des Silvestertags, am Abend Theater Aachen mit »La Bohème« und Silvesterparty. Kollegin Conti war auf die Idee gekommen. Richtig bürgerlich, dachte er und kramte in seinem Kleiderschrank. Fett wäre vermutlich vor der Glotze mit »Dinner for One« eingeschlafen. Passte ihm mit Anfang 60 sein Anzug noch? Schwarze Schuhe, Krawatte, weißes Hemd? Auf wen würden sie treffen? All die feinen Leute. Silvester, Fett fremdelte seit langer Zeit mit dem Jahreswechsel, denn nichts änderte sich, auch wenn alle darauf warteten, daran glaubten. Gute Vorsätze. Ende Januar schon vergessen. Gerne hätte er mit Chantal gefeiert, doch sie war in Brüssel bei Freunden und Verwandten.

Er ging in die Küche, blickte auf die Türme des Rathauses. Krawall in der Silvesternacht. Die Einsatzhundertschaft durfte keinen Urlaub nehmen. Köln brauchte Verstärkung. Das Kriminalkommissariat hatte frei. Endlich. Nächstes Jahr wieder Bereitschaft.

Das Streuselbrötchen war trocken. Der Nescafé fast aufgebraucht. Der Sturm brauste. Seit zehn Tagen Sturm, Regen. Er flog mit seinem Klapprad durch die Straßen, wenn er es denn benutzte. Von Schnee keine Spur. Wie oft hatte es ausgerechnet in der Silvesternacht geschneit? Immer, in seinen Erinnerungen immer: Schnee, Frost, kalte Füße, verfluchte Ledersohlen.

Er holte am Abend Conti in der Promenadenstraße ab. Ihm stockte kurz der Atem. Sie sah umwerfend aus. Eben italienische Gene, dachte Fett und sparte nicht mit Komplimenten. »Ich geh als Ihr Bodyguard. Sie sehen umwerfend aus.« Conti im kleinen Schwarzen lächelte. Sie kaufte ihre Mode bei den Besuchen in der alten Heimat ein: Italien. Beide wünschten den Kollegen im Streifenwagen am Synagogenplatz eine ruhige Nacht und trafen gegen 19.30 Uhr am Theater ein. Gelbe Bändchen markierten sie als Partygäste nach der Oper, sie legten die Garderobe ab und nahmen die Treppe hoch ins Spiegelfoyer. Fett holte zwei Gläser mit lauwarmem Sekt.

»Salute, auf Sie und die letzten Stunden des alten Jahres. Danke für die Idee mit dem Theater.« Fett hob sein Glas und Conti lächelte ihn an.

»Auf Ihren Ideenreichtum. Erst der zweite Toast geht auf Ihre Schönheit. So machen es die Russen.«

»Darf man das noch?«

»Was?«

»Anstoßen wie die Russen?«

»Warum nicht?«

»Wegen Putin.«

»So war es vor Putin und so wird es nach Putin sein. Er hat den Toast nicht erfunden.«

»Da bin ich beruhigt.« Ein bisschen werde ich den Fett aufziehen, sagte sie sich. Aufziehen, nicht ausziehen.

Die Gläser stießen aneinander. Eine Dramaturgin betrat das Podest im Spiegelfoyer, richtete ihren Sprechzettel, ergriff das Mikro und erklärte den Inhalt der Oper inklusive Schlussszene.

»Jetzt wissen wir bereits, dass Mimi stirbt und Musetta ein leichtes Mädchen ist.« Conti fand die Vorwegnahme nicht gut.

»Wie im richtigen Leben, Kollegin.« Wieder eine von Fetts Redewendungen, die ihm eine Denkpause verschaffte. So richtig hatte er den Inhalt der Oper nicht verarbeitet. Dass er Opern nicht mochte, war sein Geheimnis. Er war bei Brechts »Dreigroschenoper« stehengeblieben.

Nach langem Applaus verließen beide um 23.10 Uhr das Parkett und gingen wieder hoch ins Spiegelfoyer. Der Andrang war enorm. Drei Buffetstationen wurden hergerichtet, Publikum mit und ohne Partyeinlass drängte in den Raum, rasch reservierte Fett einen Stehtisch für sich und Conti, denn das Gewusel wurde ihm zu viel. Die Damen waren schick, die Herren oft in unübersichtlicher Garderobe, irgendwas zwischen Businessanzug und Rotary-Mittagessen. Manche völlig von der Rolle in Westernstiefeln oder weißen Turnschuhen. Die Ansagen waren kaum zu verstehen, irgendwas von »Buffet« und »Bändchen«. Litschisuppe sippte bereits über das graue Sakko eines älteren Herrn, der im Sessel des Spiegelfoyers wie ein Toter im Moor versank. Alles geriet durcheinander.

»Ich besorge rasch zwei Sekt, bevor es Mitternacht schlägt.« Fett quälte sich durch die Reihen, gelangte zur Theke, wo der Sekt bereits abgefüllt, dementsprechend warm und prickelfrei stand. Keine Sekunde zu früh. In dem Durcheinander achtete niemand vom Organisationsteam auf die Uhr. Plötzlich war es Mitternacht.

»Auf ein gutes Jahr, Frau Conti.«

»Salute, Herr Fett, auf uns und das Leben.«

Ein Abend ohne Gedanken an abgehackte Hände, die ihn seit der Erzählung von Chantal verfolgten. Als die Top-Schlager der 70er- und 80er-Jahre endlich aufgelegt wurden, hielt es Fett nicht mehr am Stehtisch. Er zog Daniela Conti zu »Hot Love« von T. Rex auf die Tanzfläche. Zu den Bässen von Madonnas »Papa Don't Preach« tanzten sie eng umschlungen und sangen beide: »You always taught me right from wrong.« Es folgten Noddy Holder, Leadsänger von Slade mit »Coz I Luv You« sowie Golden Earring mit »Radar Love« und Gianna Nannini auf Wunsch von Daniela Conti.

5
JULISCHKA AUF DIE HAUS

»Tu mir noch einen Julischka.« Mirko brachte einen. Nummer acht. In der Balkan-Grotte war alles so wie in jeder Balkan-Grotte. Eben Höhle. Weiße Ziegelsteine aus Kunststoff, Stroh aus Kunststoff, Dreschflegel, Wagenräder, Flokatis auf den Sitzbänken, undefinierbare Blumenarrangements zwischen den Essnischen, Spiegel, die eine Unendlichkeit der Grotte vortäuschten. Irgendwann muss Josip Broz Tito, antifaschistischer Widerstandskämpfer im Zweiten Weltkrieg und Staatspräsident Jugoslawiens von 1953 bis 1980, auf die Idee mit diesem Exportschlager gekommen sein. Balkan-Grotten, die Erinnerung an einen Adriaurlaub im schönen Jugoslawien, bevor sich das Land Anfang der 90er-Jahre in einem Strudel von Brudermord, ethnischen Säuberungen und unterdrücktem Nationalismus auflöste.

Die Balkan-Grotten riefen die Erinnerung an das blaue Wasser vor Split, das preiswerte Essen in Dubrovnik, die Segeltörns mit leichter Bekleidung in der Adria wach. Liebesnächte vor und auf der Insel Krk. Da machte es Krk.

»Salat an die Salatbar«. Immer Salatbar: Mais, rote Beete, Tomaten, ein zwiebelreicher Kartoffelsalat, Kidneybohnen, riesige Salatblätter, geraspelte Möhren, Krautsalat, Cocktailsoße wie bei den Krabben aus dem Discounter. Die Balkan-Grotte in Düren war eine von tausend Balkan-Grotten. Auch in der Silvesternacht wurde kulinarisch der Balkan serviert. Kein Silvesterzirkus, normale Küche, länger auf, Sekt um Mitternacht.

»Eine Julischka auf die Haus.« Mirko strahlte in seinem eng anliegenden Kellnerkostüm. Stets sagten die Kellner in den südeuropäischen Gasthäusern »Auf die Haus.« Dann kam so ein Julischka-Fläschchen oder ein Ouzo-Stamperl. Julischka und Ouzo – allein der Vokalreichtum der geistigen Nahrung südlich der Donau ließ die Gäste schmunzeln. »Auf die Haus.« Das erfreut den deutschen Gast. Auf die Haus nimmt er gerne. Und aus dem Küchenfenster lugte die Köchin mit rotem Gesicht vom heißen Grill, auf dem Cevapcici und Filetsteaks brutzelten.

»Danke, Mirko. Auf die Haus!« Zack, da war das Fläschchen leer. Es sah aus wie eine Schrumpfflasche für Balsamico. Draußen knallten die Raketen. Mitternacht. Die Gäste in der Grotte stießen an.

»Gute neue Jahr, Burger.« Mirko kam mit einem Glas Schaumwein.

»Mirko, das wird ein Bombenjahr. Hoch die Tassen, in Afrika ist Muttertag.« Burger stieß mit Mirko an. Wie oft hatte Burger mit den Kameraden angestoßen? Unzählige Male. Erinnern konnte er sich kaum, schließlich endete es stets in einem grandiosen Besäufnis. Burger war gut in Form. Mitte 40, kurze Haare, Schrammen im Gesicht vom Kampf Mann gegen Mann, stahlblaue Augen, die Nase etwas zu lang, die Koteletten ebenfalls.

Burger wartete auf einen Anruf. Empfang in dieser Grotte? Ja, hatte er gecheckt. Sein Kontaktmann für diese spezielle Operation hatte ihn erreicht. Irgendein Käpt'n suchte einen Afrikaspezialisten mit Sprengstofferfahrung. Burgers Spezialität. Burger wollte mitmachen. Das hatte er auch seinen alten Kumpels Alain Tournier und Leonid

Iwanow gesagt. Zwar sollte er unbedingt schweigen, aber die Kameraden, die brauchten Geld für die Zeit nach der Legion. Tournier und Iwanow waren bereit. Das hatte er seinen Kontaktmann wissen lassen, der etwas säuerlich reagiert hatte. Burger wollte das heute klarmachen. Burger musste aufstoßen. Neun Julischka, zwei halbe Liter rheinhessische Liebfrauenmilch, ein Balkanteller mit diesem Reis, dessen Namen er nie aussprechen konnte: Djuwitsch- oder Djuwätsch-Reis oder so ähnlich. Wenigstens »Dame Blanche«-Eisbecher kannte er. Aus der Kindheit. Bevor der Vater weggesperrt wurde und die Mutter diesen Horst heiratete. Mit siebzehn stach der Fritz dem Horst die Leber weg. So ein Arsch. Sein Vater schickte ihm eine Postkarte aus dem Knast: »Jut jemacht, Großer!« Es folgte Jugendknast für Fritz. Dieser Scheiß. Als er rauskam, da stand die Czernatzke auf ihn, als er im Club *Hansemann* die Puppen tanzen ließ. Ja, die Czernatzke, die war ein heißer Feger. Die wollte den Burger sogar heiraten. Und was passiert mit ihr? Sie kam unter den Betonmischer. Hatte wieder zu viel Piccolo getrunken. Die Czernatzke. Der Betonmischer-Arsch aus Belgien wurde von Burger perforiert. Auch mit dem Messer. Voll die Promille. Mildernde Umstände. Wieder Knast. Sah man ihm an. Was willste mit so einem Scheißleben anfangen? Lager einräumen beim Discounter oder Türsteher an der Jugenddisco? Fritz Burger verdingte sich bei der Fremdenlegion. Eines Tages schritt er mit einer Sporttasche und 5.000 Francs in Aubagne auf die Kaserne der Légion Étrangère zu. Die Aufnahmetortur schaffte er mit links. Im Knast war er täglich in der Muckibude. Mit dem Képi blanc meldete er sich für die Fallschirmjäger, kam zuerst nach Französisch-Guyana zur Spezialausbildung und später nach

Korsika. Seine Tattoos erinnerten an Einsätze. Afrika war sein Spezialgebiet. Zuletzt Mali, diese Scheiße. »Operation Barkhane«, so lautete der Name. Unterstützung für die UN-Truppe, darunter das deutsche Kontingent, das in Goa im Rahmen der UN-Mission MINUSMA stationiert war. Wenigstens sind wir früher raus als die Bundeswehr, dachte Burger. Wir hatten genug Verluste in der beschissenen Wüste mit den durchgeknallten Islamisten. Burger nahm Abschied aus der Fremdenlegion, er wollte nicht als Legendenerzähler im Altersheim der Legion enden. Er war fit genug für die privaten Sicherheitsfirmen. Die zahlten Extraprämie für Spezialisten wie ihn.

»Tu mir noch einen, Mirko!«

Das Handy brummte. »Ja?«

»Komm raus. Parkplatz der Musikschule. Dunkler Van an der Ausfahrt Lessingstraße.«

»Klar.«

»Nüchtern!«

»Logo.«

»Mirko, wir machen die Zehn voll. Ich zahle. Verstanden? Nix mehr auf die Haus. Haus am Arsch sonst.« Burger lachte. Bald wird es ernst. Das spürte er. Er dachte an all die Julischkas seines verpfuschten Lebens. Hunderte, ach was, Tausende, sagte er sich und setzte das Balsamicofläschchen an seine spröden Lippen in der Neujahrsnacht. Dazu der Pastis in den Bistros der Garnisonsstädte der Fremdenlegion.

Burger legte einen Hunni auf den Tisch.

»Stimmt so, Mirko. Immer schön sauber bleiben. Verstanden?«

»Immer sauber, Burger.« Mirko lächelte das letzte Lächeln für Burger.

Links raus. Burger wankte aus der Balkan-Grotte in Richtung Parkplatz Musikschule. Scheißdunkel. In der Grotte und draußen. Verdammter Winter. In Mali war es wärmer. Und erst die Weiber. Zicken nicht so rum wie in diesem kalten Deutschland. Der Mond schien durch die Pappeln, kaum Verkehr, in Nord-Düren schossen die letzten Raketen in den Himmel, ein Regionalexpress ratterte über die Rurbrücke. Burger stieß auf, stellte sich wankend auf dem Parkplatz an eine deutsche Pappel, öffnete die Hose und ließ den verarbeiteten Julischka rauschen. Ein Hund bellte, dann spürte er kalten Stahl an seinem Hinterkopf. Paff. Ein drittes Auge, allerdings am Hinterkopf. Burger kippte gegen die Pappel und rutschte am Baumstamm auf den Boden. Eine Blutspur verteilte sich auf die Pappel und vermischte sich auf dem Boden mit dem verarbeiteten Julischka. Burgers Augen waren starr geöffnet, als blickten sie in eine Sensation, auf ein Wunder, auf das Auftauchen eines Zombies. Ungläubige Überraschung, ein Schrecken, wie in der Geisterbahn. Sein Handy verschwand in der Seitentasche einer schwarzen Bomberjacke. Personen näherten sich lachend dem Parkplatz, vermutlich kamen sie von einer Silvesterfeier. Ein schwarzer Van hielt kurz, die Seitentür wurde geöffnet, der Mann in der Bomberjacke sprang hinein. Der Motor heulte kurz auf, schon verschwand der Wagen so schnell in Richtung Rur, wie er gekommen war. Burger lag verkrümmt am Stamm der Pappel.

Erwin Kirschbaum, Frührentner, führte seinen Königspudel Bella stets um dieselbe Uhrzeit auf den Parkplatz. Natürlich auch um sechs Uhr am Neujahrsmorgen. Keine Ausnahme! Bella mochte die Pappeln. Bella bellte sie an. Diesmal war es anders. Bella bellte aggressiv und Kirschbaum suchte hektisch sein Handy in der Multifunktionsjacke, die mehr Taschen aufwies als Schubladen des Wohnzimmerschranks seiner Oma Anna. Oben, unten, auf den Armen, innen links und rechts – überall Taschen und irgendwo steckte das vermaledeite Handy. Endlich fand er es. Er tippte 110.

Nach fünf Minuten blinkten zahlreiche Blaulichter. Die Dürener Polizei brauchte nach dem Anruf wenige Minuten. Vom Parkplatz der Musikschule waren es nur 400 Meter bis zur Polizeistation.

»Da müssen die Kollegen aus Aachen ran. Ruf an.« Hauptkommissar Pütz deutete auf das Einschussloch am Hinterkopf von Burger. Kommissar Küven wählte die Nummer der Mordkommission.

6
BROMBEEREN IM DEKOLLETÉ

Wie oft hatte es in der Silvesternacht geschneit und gefroren? Gefühlt jedes Jahr, dachte Fett. Neujahr 2024: kein Frost, kein Schnee, bedeckter Himmel. Eine unspektakuläre Silvesternacht im Theater Aachen. Die Musik der 70er- und 80er-Jahre regte Conti zum Tanzen an. Trotzdem wurde es ein kurzer Aufenthalt. An den Buffets fehlte mal das Besteck, dann die Teller, alles war vegetarisch oder vegan. Reis an Kichererbsen, Kartoffel mit Sauce Hollandaise, Schokomousse wurde in Gläschen gepumpt. Schnell warf jemand ein paar Brombeeren drauf. Rasch stürzten sich die Gäste auf die Nachspeise, pressten sich ans Buffet, erste Gläschen platschten auf den Boden, Brombeeren ins Dekolleté der Vorsitzenden der Kulturfreunde, Rotwein schwappte auf steife Hemden alter Herren. Den Eintrittspreis musste man wieder reinfuttern. Das ist so bei den Deutschen, dachte Fett.

»Ist ja schlimmer als vor 30 Jahren im Jakobshof«, murmelte er zu Conti, die den Jakobshof nicht kannte, weil sie erst vor wenigen Jahren vom BKA über LKA und Mordkommission Düsseldorf nach Aachen gekommen war. Die BKA-Karriere hatte sie mit einer Affäre und einem eifersüchtigen Vorgesetzten versemmelt, der sie erfolglos angebaggert hatte und sie seitdem auf dem Kicker hatte. Er saß am längeren Hebel, sie ließ sich versetzen und wurde zur Partnerin von Fett, dem Schwerenöter, der sie trotzdem zum Lachen brachte auf der Fensterbank ihrer Wohnung in der Promenadenstraße mit Primitivo und Pizza.

»Etwas hektisch. Italienische Silvesterfeiern habe ich zwangloser in Erinnerung. Der Kampf am Buffet stresst. Warum machen die kein Flying Buffet, Kellner, die mit dem Essen rumlaufen? So stürmen alle an alle Stationen. Verstehe ich nicht.« Conti war der Appetit vergangen. Fett grüßte einige Personen. Sie unterhielten sich angeregt mit einer Professorin der Katholischen Hochschule, die sich richtig schick gemacht hatte und Seminare über soziale Brennpunkte in Aachen gab. Auch sie wartete auf Besteck für die Kichererbsen an Basmatireis. Ein kurzer Austausch mit Kollegin Metz aus der Organisierten Kriminalität, die sich weniger schick als sportlich gekleidet hatte. Fett und Conti schlichen gegen 1.30 Uhr nach Hause. Fett brachte Conti zur Promenadenstraße. Beide waren zu nüchtern, der Abend zu ernüchternd, um einen Absacker zu nehmen. Sie umarmten sich beim Abschied. Fett dankte für die Idee und versprach, im nächsten Jahr die Organisation der Silvesterfeier zu übernehmen. Die Kollegen vor der Synagoge wetteten um einen Döner komplett darum, ob er mit Conti nach oben gehen würde. Er ließ es sein.

So wachte Fett am Neujahrstag gegen 7 Uhr auf, suchte die Erdbeermarmelade, ein Streuselbrötchen vom Vortag, Nescafé, Mineralwasser, Margarine und sein Handy. Wie war die Nacht in Berlin verlaufen? Erste Meldungen: 400 Festnahmen. Es sei ruhiger als im Vorjahr gewesen. 400 Festnahmen in der Silvesternacht? Ruhiger als im Vorjahr? Tausende Polizisten im Einsatz. Merkwürdige Definition von Ruhe, dachte Fett. Schluss mit Ruhe. Das Handy klingelte.

»Tötungsdelikt in Düren. Parkplatz Musikschule. Aufgesetzter Kopfschuss. Kriminaltechnik vor Ort.« Die Leitstelle von Aachen, Kommissar Wirtz. Kurz, präzise, klar. »Na dann. Bin unterwegs. Haben Sie Conti und Petridis informiert? – Wieso eigentlich wir? Wir haben keine Bereitschaft.«

»Die Kollegen ermitteln bereits in Roetgen. – Ja, Conti und Petridis sind informiert. Petridis ist unterwegs. Conti wartet auf Sie. – Und alles Gute zum neuen Jahr, Kollege Fett.«

»Yes, auch für Sie, Kollege Wirtz. Danke für all die präzisen Ansagen.«

»Nicht dafür. Ich muss Schluss machen. Wir bekommen Notrufe.«

»Okay.« Fett legte auf. Er schnappte den Trenchcoat, der Peugeot muckte nicht rum, sprang sofort an, auf WDR 5 ein Interview zur Sterbehilfe. Passt, dachte Fett. So kommt man gut in den Tag. Sterbehilfe. Was sagte der Interviewpartner von der Sterbehilfsorgansiation? Man brauche in den nächsten Jahren Milliarden für die Prävention und Beratung und Organisation. Milliarden? Fett glaubte sich verhört zu haben. Die Moderatorin hakte nicht nach. Milliarden für die Sterbehilfe. Nun ja. Das Opfer in Düren hatte nicht so viel gekostet. Der Sterbehilfe-Beauftragte hörte nicht auf, die Moderatorin konnte ihn kaum stoppen. Wer ist auf dieses Thema für das neue Jahr gekommen. Schluss, dachte Fett. Es gibt den Aus-Knopf.

Er holte Conti in der Promenadenstraße ab und hoffte, dass die Scherben der Silvesternacht die Reifen seines Peugeots nicht tranchieren würden. Leere Sekt- und Bierflaschen, Kartons von Feuerwerksbatterien, Stöcke von Raketen – die Straße glich einer Müllhalde. Müde winkten die Kollegen aus dem Mercedes Vito an der Synagoge. »Auf zur Rur. Petridis ist mit der Kriminaltechnik vor Ort.« Fett öffnete von innen die Tür für Conti.

»Prosit Neujahr. Fängt gut an. Erst veganes Silvestermenü, wenn überhaupt, und jetzt ab zur Rur. Fühle mich etwas fiebrig an. Das Essen ist mir nicht bekommen.«

»Es war zu wenig, Kollegin. Schmalhans war Küchenmeister.«

»Für Sie definitiv. Haben Sie zu Hause nachgelegt?«

»Original Wiener Würstchen mit den letzten Scheiben Toastbrot und Löwensenf.« Fett legte den Gang ein, bog in den Gasborn ein.

»Könnte ich glatt vertragen.« Conti gähnte.

»Futschikato. Alles verputzt. Auf dem Rückweg können wir an einer Tanke nachlegen.« Fett fuhr vorsichtig über die Kreuzung Hansemannplatz, links ab Richtung Eurogress, Krefelder Straße Richtung Autobahnauffahrt. Seit Sommer 2023 war die A544 Fahrtrichtung Köln gesperrt.

»Tanke, stimmt.« Conti gähnte und dachte an den Reisteller mit Kichererbsen. Kleine Portion. Sie war nicht satt geworden und hatte keinen Bock gehabt, sich noch mal anzustellen.

Fett kachelte mit seinem Nostalgie-Peugeot Richtung Düren. Es hätte zu lange gedauert, einen Dienstwagen am Präsidium abzuholen. Contis Fiat 595 Abarth wäre zweifellos schneller gewesen, aber Fett kam bei Contis Fahrstil ins Schwitzen.

Burger lag mit dem Gesicht nach unten an der Pappel auf dem Parkplatz der Musikschule Düren. Faulige Blätter, Papierfetzen, Abfälle, zertretenes Gras um ihn herum. Die Kriminaltechnik leuchtete mit Scheinwerfern einen Teil des abgesperrten Parkplatzes aus, mehrere Kollegen in weißen Overalls knieten am Boden, suchten Patronenhülsen, Kampfspuren, Zigarettenkippen.

Kollegin Unsleber von der Kriminaltechnik beendete

ihre Arbeit, als Fett und Conti eintrafen. Petridis blätterte im Schein einer Taschenlampe in seinen Notizen.

»Kein Handy. Fritz Burger, 45, mehrfach eingefahren wegen schwerer Körperverletzung, Fremdenlegion, kein fester Wohnsitz. Der Doc sagt, kurz nach Mitternacht. Kopfschuss von hinten, vermutlich, als er sich erleichterte. Ordentlich Promille im Blut. Wohnort unbekannt. Wir haben nur seine alten Verfahren im Computer.« Unsleber packte ihren Instrumentenkoffer zusammen.

»Wo kam er her? Welches Motiv? Warum diese Hinrichtung? Wo lebte er zuletzt?« Fett sprach es laut in die Runde, schaute auf den Toten, blickte über den Parkplatz auf den Hintereingang der Musikschule, anschließend wieder auf den Toten. – Es hört nie auf, dachte er. Seit Kain und Abel. Das Böse ist in der Welt, was zählt ein Menschenleben? Macht es einen Unterschied, dass hier ein schlechter Mensch mit Loch im Schädel an einer Pappel liegt oder … Er stoppte den Gedankengang. Tötungsdelikt ist Tötungsdelikt. Wir sind die Polizei. Täter finden, vor Gericht stellen. Der Rest ist Sache der Justiz. Wo kämen wir hin, wenn es die Polizei nicht gäbe? Dein Freund und Helfer. Den Spruch kannte er seit seiner Kindheit.

»Der Mageninhalt wird uns mehr erzählen.« Conti streifte die Einmalhandschuhe ab und holte Fett in die nüchterne Realität des Parkplatzes zurück. Petridis befragte Kirschbaum, Bella schwieg.

»Der hat immer bar bezahlt. Keine Kreditkarte, keine Spuren.« Fett durchsuchte die Geldbörse. »Mehrere Hunderter.«

»Immer flüssig. Für alle Fälle. Raubmord scheidet aus«, warf Conti ein.

»Keine Waffe?«, fragte Fett.

»Wurde vielleicht mitgenommen. Wie sein Handy.«

»Also der Kirschbaum hat ihn gefunden, aber nichts bemerkt. Wohnt in der Lessingstraße dort drüben und dreht jeden Morgen hier seine Hunderunde.« Petridis klappte den Notizblock zu, iPad wieder vergessen. Mist, dachte er. Kann ich wieder alles abtippen.

»Vorbestraft, Körperverletzung, Fremdenlegion, kein Handy, nur Bargeld und ziemlich betrunken. Ein Kopfschuss aus nächster Nähe. Der pinkelte am Baum, weil er auf dem Parkplatz oder in der Nähe verabredet war. Der Mörder erwartete ihn. So sehe ich das.« Conti blickte die beiden Kollegen an.

»Gut möglich. Nach Zufall sieht es nicht aus. Warum verabredet er sich ausgerechnet in der Silvesternacht?« Andy Petridis, der junge Kommissar, dachte laut.

»Muss wichtig sein«, sagte Fett. »Er wurde hierher bestellt. Kam aus einer Kneipe. Lieber Herr Andy, checken Sie heute mal die Kneipen in der Umgebung. Fragen Sie bei der Taxizentrale nach. Wo kam er her? Der hat nicht alleine in irgendeinem Hotelzimmer getrunken. Der ist vielleicht zu Fuß hier angetanzt und zack: finito.«

Petridis nickte, blickte zu Conti. Sie nickte ihm zu.

»Gehört zur Routine, Kollege.«

»Schon in Ordnung. Sollen wir Funknetze überprüfen?« Petridis schaute abwechselnd zu Fett und Conti.

»Wonach? Wir haben sein Handy nicht. Zeitverschwendung. – Wir fahren zurück nach Aachen. Bleiben Sie in Düren. Die Kollegen kennen sich hier bestens aus. Sie können ab Mittag die Kneipen und Restaurants besuchen und das Foto zeigen.« Fett hatte entschieden.

»Neujahr in Düren. Mal was anderes«, greinte Andreas Petridis, den Fett stets »Herr Andy« nannte.

»Sie stammen doch aus Merken. Da können Sie am Nachmittag die liebe Verwandtschaft oder Ihre Freundin besuchen«, gab Conti ihren Senf dazu.

Petridis war noch nicht lange im KK 11, dem Aachener Morddezernat. Freundin, welche Freundin, was faselt die Conti? Sobald die Girls Mordkommission hören, denken sie an unregelmäßigen Dienst, Überstunden. Ganz schön schwer mit den Mädels, dachte Petridis.

Er klapperte am Neujahrstag ab Mittag die Kneipen und Restaurants in der Dürener Innenstadt ab. Bis er erschöpft gegen 17 Uhr die Balkan-Grotte betrat.

Fett fuhr mit Conti Richtung Präsidium neben der Niagara-Autowaschanlage an der Autobahnauffahrt Aachen-Brand.

»Bockwürstchen oder Schnittchen in der Kantine?«

»Als ob die Kantine an Neujahr Schnittchen hätte. Fahren Sie mal zur ARAL-Tanke da vorne. Ich spring kurz rein. Ich muss was essen. Fühle mich alles andere als optimal.«

Fett ordnete sich an der Abfahrt rechts ein, verdrehte kurz die Augen, überlegte einen Moment, ob er ebenfalls ein Glas Bockwürstchen ordern sollte.

»Bringen Sie mir ein Glas mit. Ich gebe eine Runde Bockwurst aus. Bin immer noch nicht satt.« Er stoppte vor dem Eingang, Conti sprang in den Verkaufsraum und kehrte lächelnd mit zwei Gläsern Wiener Würstchen zurück.

»Muss ich ein Aktienpaket auflösen oder …?« Fett legte den Gang ein und fuhr Richtung Präsidium.

»Ne, ist keine Autobahntanke. Alles okay«, sagte Conti.

Sie trugen Infos zusammen, aßen kalte Bockwürstchen, recherchierten in den verschiedenen Dateien und ließen die Kollegen in Düren Kameras auswerten. Das Ergebnis: Null.

»Noch fiebrig, Kollegin? Man nennt das Rurfieber. Überfällt manche Personen, die hier nicht aufgewachsen sind und selten die Rur überqueren.«

»Rurfieber. Sie verarschen mich. – Ne, geht schon. Fleischentzug war zu groß.«

»Sehen Sie, wenn das hinzukommt, bricht das Fieber richtig aus. Kann tödlich enden.«

»Hören Sie auf mit dem Käse. Rurfieber. Nie gehört. Dann wäre außerdem eine Gefahrenzulage fällig.« Conti schüttelte den Kopf.

»Bekomme ich seit Jahren. Sie nicht?«

Conti blickte Fett ungläubig an. Der musste lachen.

»Erster Witz im neuen Jahr. Nichts für ungut, Kollegin.«

7
DIE STREUSELBRÖTCHENTHEORIE

»Der Burger war in der Balkan-Grotte. Hat ordentlich gegessen und gezecht. Alles alleine. Der Kellner Mirko sagt, Burger habe einen Anruf bekommen, bar bezahlt und dann den Laden verlassen. Draußen wird er auf dem Parkplatz der Musikschule erschossen. Er kam seit einigen Wochen in die Balkan-Grotte, zahlte immer bar, gab ein gutes Trinkgeld. Die Kellner wussten seinen Namen, mehr nicht. Keine Begleitung, manchmal ein Anruf. Das ist alles«, fasste Fett die Ergebnisse bei der Teambesprechung am nächsten Morgen zusammen.

»Kann man so sagen.« Petridis bestätigte Fett.

»Wo war Burger vorher, wer rief ihn an, wo ist sein Handy? Können wir das orten?«

»Klappt nicht. Vermutlich Prepaid. Und in dem Funkgebiet waren in der Silvesternacht zahlreiche Handys eingeloggt. Darunter auch Prepaid-Handys. Hilft uns nicht weiter.« Petridis hatte gute Arbeit geleistet.

»Eine Runde Kaffee für uns alle. Sie auch, Kollegin Conti?«

»Ja, Kollegin Conti auch.« Sie grübelte, Petridis schlurfte ins Büro von Frau Hof, die gerade *Voltaren* auf ihren Nacken verteilte und sich massierte.

»Kann ich helfen? Mit dem Massieren, meine ich?« Petridis schaute sie fragend an.

»Brauch ich wegen Pilates und so. Es geht. Muss gehen«, sagte sie leidend, während Petridis drei Kaffeebecher füllte. »Morgen kommt der Vertreter mit dem neuen Thermomix, da muss ich fit sein. Der kann ja alles, also der Thermomix.«

Petridis schaute fragend.

»Ja, alles kann der. Hat mir die Moni von der Verkehrswacht empfohlen.«

»Die Moni von der Verkehrswacht«, wiederholte Petridis und wunderte sich. »Aber essen müssen Sie schon selbst. Oder übernimmt das auch der Dingsda, der Thermomix?«

»Machen Sie sich nur lustig, Herr Andy. Sie werden staunen. Der Thermomix kann ein Lammragout machen, das kriegen Sie in ganz Griechenland nicht. – Genug massiert. Ein Ützelchen einmassieren! Oder sind Sie Physiotherapeut?«

»Ein wenig, Frau Hof. Nur ein wenig.«

»Bestimmt am Strand von Rhodos. Erzählen Sie mir nichts.« Sie dachte an den Rhodos-Urlaub vor 15 Jahren, in dem sie von Kostas verwöhnt worden war. Heidi flippte eifersüchtig aus und verschwand jeden Abend mit einem Lothar aus Brakelsiek, der mit Bundespräsident Steinmeier in der Grundschule war. Freundinnenurlaub, nicht ohne, dachte sie nach der Kurzmassage von Herrn Andy. Sie seufzte still: Kostas.

»Können wir über Burger bei der Fremdenlegion etwas erfahren?« Conti nippte am heißen Kaffee und störte mit ihrer Frage die Gesundheitseinlage des Kollegen Petridis.

»Der wird nicht als Fritz Burger durch die Einsatzgebiete marschiert sein. Mit Sicherheit hatte er eine andere Identität. Und die Legion hält die Klappe. Da kommen wir höchstens über bestimmte Kanäle ran. Der war fast 15 Jahre dabei, wenn ich das so überschlage.« Fett blickte auf die Niagara-Autowaschanlage. Plötzlich erinnerte er sich an das halbe Streuselbrötchen vom Frühstück, das er in seinen Arbeitsrucksack gesteckt hatte, und kramte darin rum.

»Suchen Sie die Lösung in Ihrem Rucksack?« Conti konnte es sich nicht verkneifen.

»Richtig, Kollegin. Mit einem Streuselbrötchen denkt es sich besser.« Fett strahlte und biss herzhaft in sein zweites Frühstück. Petridis schüttelte den Kopf und verabschiedete sich zum REWE, um einen Tofusalat zu organisieren.

»Zen oder die Kunst, ein Streuselbrötchen zu essen. Darüber könnten Sie eine Abhandlung schreiben.« Conti zog ihn auf.

»Gute Idee. Wissen Sie eigentlich, dass Streuselbrötchen im Rest der Republik genauso unbekannt sind wie der legendäre Reisfladen?«

»Ach was. Das glaube ich nicht.« Conti schlug die Augen auf, als sei sie auf das achte Weltwunder gestoßen. Der veräppelt mich wieder, dachte sie.

»Nein, wirklich! Hier, hier tief im Westen, da wirken verborgene Kräfte der Kreativität! Es sagt doch alles, dass Karl der Große in diesem sumpfigen und fiebrigen Talkessel seinen Sitz genommen hat. Von hier aus hat er regiert, von hier aus ein Europa geschaffen, das so groß war wie die EWG, die Europäische Wirtschaftsgemeinschaft. Von den Aachener Quellen aus! Die heißen Quellen sind des Rätsels Lösung. – Sie müffeln zwar am Elisenbrunnen vor sich hin. Früher kamen trotzdem die Kurgäste mit ihrem Trinkbecher. Die EU hat das seit einigen Jahren verboten. Da war sie schneller als mit dem Ende der Zeitumstellung, auf das ich immer noch warte. Vermutlich hat Karl der

Große nicht allein das Rezept für Printen vererbt, sondern sogar das der Streuselbrötchen. – Kurzum, wir sollten zur Carolus-Therme fahren, Kollegin.«

»Sind Sie jetzt Streuselbrötchen-Philosoph, oder was? Mit Streuselbrötchen in die Sauna. Sie hatten wohl als Kind zu oft Rurfieber.« Conti dachte an ein Cornetto mit Espresso im Café Signorelli in Cortona. Fett mit seinen Streuselbrötchen, Frau Hof mit *Voltaren* und Petridis mit Tofusalat – wo war sie hingeraten? Irgendwann lief in diesem selbstverliebten Talkessel alles auf Sauerbraten, Streuselbrötchen, Reisfläden und Printen hinaus. Dazu der Singsang der Öcher Sprache von den eingeborenen Kolleginnen und Kollegen. Sie dachte an den Kollegen Hör-Baumann, der jede sprachliche Äußerung mit »Hör« begann. Manchmal verstand sie nur Bahnhof, besonders bei dem Karnevalslied mit dem Refrain »Laberitschumditschumditschumditschumdei!«. Dass die Pennsoldaten stramm durch die Stadt marschierten und durch den Eurogress, das hatte sie öfters beobachtet. Sie dachte an den Tambourmajor in Büchners »Woyzeck«, das Funkeln in den Augen der Figuren Marie und Margret und den Ausspruch des Tambourmajors:

»Wenn ich am Sonntag erst den großen Federbusch hab und die weißen Handschuh, Donnerwetter! Der Prinz sagt immer: Mensch, er ist ein Kerl!«

»Erde an Conti! Sauna oder nicht Sauna?« Fett schaute sie fragend an.

»Frauensauna. Nicht gemischte Unisex-Sauna. Das fehlt mir noch zum Glücklichsein. Wir treffen uns danach im Restaurant. Sie kommen aus der Herrensauna, ich aus der Damensauna.«

»Ich bin eher für Unisex-Sauna«, säuselte Fett gerade, da platzte Frau Hof leidend ins Büro und unterbrach das auf Sauna-Temperatur geführte Gespräch der Mordkommission.

»Ich muss zum Arzt. Mein Rücken. Das Telefon habe ich auf die Kirsten von der Organisierten Kriminalität umgestellt. Es geht nicht mehr.« Sie blickte wie Joseph von Arimathäa bei der Kreuzabnahme Christi und schlich, ohne die Rufe zur guten Besserung hörend, über den Flur in Richtung Aufzug.

»Deutschland, deine Rücken. Die Kirsten von der Organisierten Kriminalität wird sich freuen und eine Zulage für den Telefondienst bei der Mordkommission fordern. Ich sehe schon die Kollegen vom Personalrat antanzen.« Fett schüttelte den Kopf und dachte an den Kollegen Sembritzki, Chef der Organisierten Kriminalität. Der wird sich über Kirstens Zusatzjob beschweren. Das Telefon klingelte. Conti hob ab.

»Hier ist die Kirsten von OK. Sembritzki will mal Fett sprechen.«

»Chef, für Sie«, Conti reichte den Hörer weiter.

»Das mit der Kirsten können Sie vergessen, Kollege Fett. Stellen Sie Ihr Telefon auf die Verkehrswacht, die Schülerlotsen oder die Reiterstaffel um.« Sembritzkis Beliebtheit im Präsidium resultierte auch aus seinen grußlosen Anrufen.

»Moin, Kollege. Die Reiterstaffel wurde gefühlt vor 50 Jahren abgeschafft. Haben Sie wohl wegen Arbeitsüberlastung verpasst, Kollege. Oder waren Sie in Reha für Choleriker? – Schönen Tag.« Fett legte auf. Immer wieder Sembritzki, der Streber von der Organisierten Kriminalität.

»Warum muss die Hof ausgerechnet auf Kirsten umstellen? Kommt davon. *Voltaren* geht doch ins Hirn.« Er nahm die Rufumleitung raus und biss ins Streuselbrötchen. Conti und Petridis blickten auf die Niagara-Autowaschanlage. Immer noch keine Spur.

8
WEIHNACHTSLEBERWURST UND MUCKIS

Der Strahl der Taschenlampe fuhr am Freitagabend in der zweiten Januarwoche 2024 über Bunsenbrenner, Reagenzgläser, Computer, Aktenordner. Leise wurden feuersichere Glastüren geöffnet und geschlossen. Kein Vandalismus, so lautete der Auftrag. Im Institut für Molekularbiologie der Fraunhofer-Gesellschaft auf dem Campus Melaten war nach Ansicht des Wachpersonals zufällig die Alarmanlage ausgefallen. Das Security-Team reichte nicht aus, um in dem weitläufigen Gebäude alles zu kontrollieren. Im Sicherheitsplan für diesen Fall hieß es, stündlich eine Runde drehen. Das hätte allerdings den Biorhythmus der Wächter durcheinandergewirbelt. Jetzt war Essenszeit.

»Ich latsch mich nicht kaputt.« Hubert Lindgens, genannt »Hüb«, war Dauerwächter der Sicherheitsfirma Secutec im Institut. Kollege Ahmed, Bodybuilder und gebürtig aus Agadir, nahm gerade eine Portion Eiweiß zu sich und schüttelte den Kopf. »Ich lauf hier nicht, Alter. Sollen Kollegen machen. Kack Alarmanlage. Was willst du hier klauen, Mann?«

»Den Blumenscheiß kannste mir schenken«, meinte Hüb, dachte an die Laborpflanzen und biss herzhaft in ein Brötchen mit Aachener Weihnachtsleberwurst. »Mach mal die Haken im Kontrollbuch. Interessiert eh kein Schwein.«

Ahmed verschluckte sich kurz, hustete.

»Du mit deiner Eiweißscheiße. Kriegste Furzattacken von. Bloß nicht hier in der Bude!«

»Besser als die Schweinewurst, Alter. Komm Hüb, nimm einen Löffel. Für schöne Muckis.«

»Und Potenzprobleme. Du kannst mich mal.« Er nahm seine Thermosflasche, füllte den Becher und schüttelte den Kopf.

»Nix Potenz. Alles paletti. Frauen stehen auf Muckis.«

»Dann ist ja alles gut. Und jetzt les ich den Sportteil und du machst Bubu. Die Frauen lass mal meine Sorgen sein. Die stehen auf Männer mit Köpfchen.« Er tippte mehrfach mit dem rechten Zeigefinger an seine Stirn.

Ahmed lachte schlapp, zog die Basecap über sein Gesicht und legte die Füße auf den Schreibtisch. Eine Runde Bubu nach dem Eiweißschock. Männer mit Köpfchen, Schweißfüßen und Leberwurstküssen. Na toll. Ich lach mich kaputt, Alter, dachte er, bevor es ihn in die Traumwelt der Bodybuilder verschlug.

Jakub, Pawel und Iwan schlichen durch die zweite Etage, in der das Forschungsprojekt TRIANGLE bearbeitet wurde. Eine Kooperation zwischen Uniklinikum der RWTH Aachen, Fraunhofer-Institut und Forschungszentrum Jülich. Nach Corona waren mögliche Pandemien in den Fokus der Forschung gerückt. Die EU finanzierte das Projekt mit Millionen, dazu kam ein Batzen von der Deutschen Forschungsgemeinschaft. TRIANGLE sollte zum Vorzeigeprojekt der deutschen Wissenschaftspolitik werden, nachdem bereits der erste Coronaimpfstoff in Deutschland erfunden worden war – allerdings in einem privaten Institut in Mainz, das in der Straße mit dem sprechenden Namen »An der Goldgrube« firmierte.

Hüb und Ahmed kannten weder die Goldgrube noch TRIANGLE. Ahmed verstaute nach seinem Kurzschlaf die riesige Proteinbox, Hüb holte ein zweites Brötchen mit Weihnachtsleberwurst aus seiner Butterbrotdose und las weiter den Sportteil der »Aachener Zeitung«. Wenn die Alemannia weiter so einen Lauf hat, steigen die auf. 3. Liga, ein Traum, dachte er. Das Desaster von 2006/2007 mit 1. Bundesliga hatte Hüb nie verdaut. Er sah den Stürmer Schlaudraff immer noch flitzen und hatte nicht verstanden, warum dieser Leistungsträger plötzlich nicht mehr zu sehen war und auf einmal beim FC Bayern auf der Reservebank saß.

Hüb und Ahmed hätten Flüche in polnischer und russischer Sprache hören können, wenn sie ihren Hintern bewegt hätten. Sie saßen in ihrem Wachkabuff, der eine dachte an die goldene Zeit von Alemannia, der andere an neue Proteindosen, die er bei Kumpels billiger bekommen konnte, an Frauen, die auf Muckis stehen, und neue Alufelgen für seinen AMG Mercedes.

Irgendetwas lief schief bei dem Einbruch. Die drei maskierten Täter wurden unruhig. Pawel leuchtete mehrfach auf die Türbezeichnungen, wechselte zwischen Russisch und Polnisch, das Wort »Kurva« fiel häufiger, Schultern zuckten, Pawel blickte auf seine Uhr und murmelte etwas wie »domu«, was das Zeichen war, die misslungene Aktion abzubrechen. Waren sie überhaupt im richtigen Institut an der Forckenbeckstraße? Pawel nahm sein Handy, blickte auf Google Maps: Institut für Textiltechnik, Fraunhofer Parkhaus – da waren sie definitiv nicht drin – Institut für Molekularbiologie, ja, genau, da war der Punkt bei Google Maps, daneben Lehrstuhl für Thermodynamik. Verdammter Mist, dachte er. Das ist das Gebäude, das ist die zweite Etage, aber in Raum 222 steht kein Computer, liegen keine Akten. Abbruch. Es bleibt nur Abbruch und unerkannt raus aus dem Laden. Das bisschen Unordnung würden die Putzfrauen morgen beseitigen, einige Unterlagen lagen geöffnet herum, Schubladen standen offen, ein Bunsenbrenner war umgekippt.

Dumm, dass Karoula, Putzfrau aus Heraklion, zuständig für die zweite Etage, angestellt über eine Zeitarbeitsfirma, am Samstag krank geschrieben war.

Der Morgen graute. Ein 3-er BMW fuhr mit ausgeschaltetem Licht von der äußersten Ecke des Institutsparkplatzes auf die Forckenbeckstraße in Richtung Feuerwache Nord. Hüb und Ahmed nickten kurz vor sechs Uhr ein. Gleich würde Robert Bardenheuer als Ablösung eintreffen. Tagsüber saß nur ein Mann im Wachkabuff. Die Taschen waren gepackt, Kaffeebecher gereinigt, »Aachener Zeitung« blieb für Robert, genannt Roberto Blanco, liegen.

»Und?« Bardenheuers Gesicht sagte alles. Wie der Nieselregen auf dem Campus.

»Alarmanlage ausgefallen. Wir sind gelatscht.« Hüb nickte zu Ahmed, der nickte kurz zurück.

»Verarschen kann ich mich selbst.« Bardenheuer blickte ins Wachbuch. »Die Kreuzchen sind so schön gleichmäßig. Alle auf einen Streich.«

»War eben so, Roberto Blanco. Gleich kommt die Putzkolonne. Schönes Wochenende.«

Die Putzkolonne kam, jedoch nicht Karoula für die zweite Etage.

9
DER LETZTE GRUSS AUS DER KÜCHE

»Ein Gruß aus der Küche!«

Am Sonntag nach dem Einbruch in der Forckenbeckstraße gab es im Haus von Professor Norbert Schopen, kurz Haus Schopen genannt, am Luxemburger Ring in Aachen gelegen, einen Abendimbiss für die jungen Doktoranden des Professors. Schopen nannte den Empfang Cocktail prolongé, das machte sich besser.

Doktorand Ulf Schwarzenberger dachte beim angekündigten Gruß aus der Küche zunächst an ein gekochtes Ei, schließlich wurde ein Eierbecher gereicht. Dann entdeckte er die klare Brühe mit einem Hauch Eigelb im Becher.

Ulf Schwarzenberger stammte aus Heimbach. Seit seiner Kindheit hatte er sich für die Natur, Flora, Fauna, Tierwelt interessiert, die Eifel durchstreift, kannte den Nationalpark wie seine Westentasche. Vater Schwarzenberger besaß eine Hausarztpraxis neben Burg Hengebach in der Ortsmitte, seit Jahren Sitz der Internationalen Kunstakademie Heimbach. Der Apfel fiel nicht weit vom Stamm. Die Eltern finanzierten Ulf das Medizinstudium am Aachener Universitätsklinikum, eine kleine Wohnung in der Mozartstraße. Geschwister hatte er keine. Er schloss sein Medizinstudium im Bereich Virologie in Rekordzeit ab und erhielt den Job als Projektmanager des Breitbandimpfstoff-Projektes mit Promotionsperspektive am Fraunhofer-Institut. Das Breitbandimpfstoff-Projekt TRIANGLE stockte seit etlichen Wochen. Stattdessen war Schwarzenberger auf einen neuen Wirkstoff gestoßen. Dem gab er den Arbeitstitel »Rurfieber«; einerseits aus Heimatverbundenheit, andererseits konnte so in jedem Betreff beim Mailverkehr mit seinem Kollegen vom Forschungszentrum Jülich blitzschnell das Projekt aufscheinen. »Rurfieber« war seine Entwicklung, sein Forschungsvorhaben, er hatte die Formel entdeckt.

»Angelika zaubert im Anschluss Lammfilet, das seit heute Mittag auf 75 Grad im Backofen gart, dazu griechische Patates, einen Rucolasalat von Toni, unserem Italiener. Für die vegetarischen Freunde unter uns natürlich Salat, Humus, Tofu an Linsen und Gigantes von Feinkost-Niko.«

Die jungen Wissenschaftlerinnen und Wissenschaftler hoben die Augenbrauen. Cornelia von Pettighoven lächelte wissend, ihre Herkunft war von edleren Speisen und raffinierteren Arrangements geprägt. Nun ja, auch Professoren und ihre Gattinnen suchten den gesellschaftlichen Aufstieg, vor allem, wenn sie nicht familiär eine lange akademische Tradition aufweisen konnten. Jeder mediterrane Gemüsehändler wurde zum Duzfreund der Familie geadelt, plötzlich erwuchs aus dem frisch gebackenen Professor ein exzellenter Weinkenner, der rubbeldiekatz um die Platzreife im Golfclub am Schneeberg kämpfte, den Segelschein auf dem Rursee machte, einen Roadster für die Gattin leaste. Die Einladung an die Schüler des Professors wurde zum Jahrmarkt der Eitelkeit, zu einem Stelldichein im Hause Schopen, Professor und Teamleiter für Biomedizin des Fraunhofer-Instituts.

»Ein wundervolles Zitronensorbet wird unser Mahl abrunden«, warf Schopen in den Raum und verdrängte die Mahnungen des Finanzamtes Aachen-Innenstadt, den Hinweis von BMW Kohl auf die offene Rechnung für die Inspektion des Z 4 von Angelika sowie den Verfall seiner Investitionen in NFT – Non-fungible Token, so hieß der Kunstkram. Ein Token ist eine digitale Besitzurkunde, die beweist, dass einem ein digitales Kunstwerk gehört. Schopen, Mitglied im Freundeskreis des Aachener Kunstmuseums, erhielt den Geheimtipp vom Galeristen Berndorff. Todsichere Anlage! Der Markt explodiert! Wertsteigerung rast in gigantische Höhen. Alles in Kryptowährung. Schopen spekulierte auf die Videoinstallation mit einer Katze, die einen Regenbogen hinter sich herzog. Die Sparkasse Aachen winkte ab. Er fand eine Privatbank, die ihm 150.000 Euro lieh. Beim Zinssatz schluckte Schopen zwar kurz, was soll es, alle machten mit bei diesem Boom – alle, sagte ihm Berndorff, den Schopen im Freundeskreis seinen privaten »Art Advisor« nannte. Berndorff schenkte ihm als Dank und zur Erinnerung an seinen fulminanten Einstieg in den Kunstmarkt eine Sammlung von Bierdeckeln, bemalt mit Kritzeleien des Stolberger Beuys-Schülers Hacky Ritzerfeld. Schopen wollte dabei sein und von nun an war er dabei, er war drin, die Happy Few nahmen ihn in ihre Arme. Bussi hier, Bussi da, Umarmungen und Champanski, wenn man sich zu einer Vernissage, Finissage, Galerieeröffnung traf. Er gehörte dazu, er nahm an den Kunstreisen zur Biennale nach Venedig teil, fuhr zur Art Basel, zur TEFAF nach Maastricht, zur Art Cologne. Wenn du da nicht bist, gibt es dich nicht, raunte ihm sein Art Advisor Berndorff zu. So musste Schopens Sekretärin völlig neue Jahresplanungen anstellen, Kolloquien verlegen, Vorlesungen streichen, denn nun hieß es: Auf nach Venedig! Auf nach Basel! Auf zur Art Miami!

Da diese NFT-Kunst schwer an die Wand zu nageln war, bat er seinen Art Advisor, den umtriebigen Galeristen Berndorff, etwas Passendes für das Wohnzimmer vorzuschlagen. Eher weniger gegenständlich, vielleicht abstrakt, vielleicht russische Schule? Oder eher Pop Art? Berndorff hatte auch dafür etwas im Sinn und auf Lager. Wer sagt es denn. Quasi ein Schnäppchen. Ein Malewitsch – wieder ein Geheimtipp. Oder ein Jean-Michel Basquiat? Schopen googelte die Künstler und war aus dem Häuschen. Natürlich, sofort! Es musste etwas an die Wand, bevor die Kollegen aus dem Institut in Schopens Salon eingeladen wurden, dazu die Freundinnen und Freunde des Kunstvereins. Ein weiterer Kredit musste her. Mit den Zertifikaten für die Kunstwerke hapere es ein wenig, so Berndorff. Dafür seien die Gemälde einmalige Schnäppchen und eine todsichere Kapitalanlage. Todsicher! Diesmal stellt die Sparkasse Aachen den Kredit zur Verfügung – unter der Bedingung, Echtheitszertifikate beizubringen. Kein Problem, säuselte Schopen in der Kreditabteilung. Er irrte.

Lange genug hatte Schopen die Aktentaschen seines Doktorvaters getragen, dessen Launen ausgehalten, die dümmlichen Witze. Und erst die Habilitation. Wieder Abhängigkeit von Professoren und ein steiniger Weg auf der universitären Karriereleiter. Keine Widerrede, immer schön freundlich bleiben, Überstunden im Labor machen, Aufsätze schreiben, die vom Professor veröffentlicht wurden. Schopen hatte sich durchgebissen, in billigen Mietwohnungen gehaust, auf Autos verzichtet. Dann, endlich! Die Fraunhofer-Gesellschaft wurde auf ihn aufmerksam und er wurde Teamleiter in Aachen, lernte Angelika kennen, die sich gerade von ihrem narzisstischen Herrenausstatter-Ehemann getrennt hatte, der sie mit Bemerkungen über Hemden, Krawatten und Socken der Aachener Society zur Weißglut gebracht hatte. Außerdem sprach er viel zu laut, weshalb sie ihn früher liebevoll »Radio Socke« genannt hatte. Angelika brachte Farbe und etwas Geld in die kinderlose Ehe mit Norbert Schopen. Angelika gefiel der dynamische Wissenschaftler mit Geschäftssinn. Sie hatte genug von Herrenmode, Herrenoberbekleidung, Herrenunterbekleidung. Das ständige Gerede über die Einkaufsstadt Aachen, Verkehr, Parkplätze, Umsatzkennzahlen und weiß der Teufel was. Der Handel ging den Bach runter und damit die Laune ihres Herrenausstatters, der sie zunehmend an die Hauptfigur in Loriots *Ödipussi* erinnerte. Sie lernte Professor Schopen beim »Only White Dinner« im Juli 2019 in der Soers auf dem CHIO-Gelände kennen. Ihr Herrenausstatter war auf einer Oldtimer-Ralley in den Ardennen. Sie besuchte das Dinner mit Freundin Katharina und lächelte Schopen zu, der am Nachbartisch Stress mit seiner damaligen Partnerin hatte, einer jungen Biologin aus Maastricht namens Tess, Spezialistin für afrikanische Raubkatzen und engagiert im Kampf gegen Wilderei in Afrika und Vegetarierin. Tess zischte am frühen Abend ab, als Schopen sich über Vegetarier lustig machte und ließ ihn – ganz in Weiß – mit einem Aperol Spritz sitzen. Er blieb nicht lange solo. Angelika und Katharina kümmerten sich liebevoll um ihn, Angelika so intensiv, dass sie nach einem Jahr die Scheidung einreichte und im Herbst 2022 Herrn Professor Schopen im Weißen Saal des Rathauses ehelichte. Eine Reminiszenz an das »Only White Dinner« von damals. Nun gab Professor Schopen Vollgas. Leider, was die Kunstkäufe betraf, in die falsche Richtung.

Als die NFT-Scheiße 2023 kollabierte, zuckte Galerist Berndorff mit den Schultern. So sei nun mal der Markt. Auf und ab. Damit gab sich die Privatbank allerdings nicht zufrieden. Sie bestand auf regelmäßige Zahlung und die NFT, diese digitalen Kunstwerke, die würde sie nie im Leben als Sicherheit akzeptieren. Und der Malewitsch, der Basquiat? Nun, ohne Echtheitszertifikate würde es wohl Abschläge geben, so der Leiter der Kreditabteilung namens Fritz Ötting, wegen seiner auffällig großen Brille im Kollegenkreis Brillen-Fritz genannt. Natürlich drängte Brillen-Fritz, denn er wollte nicht durch diesen Schopen seine Jahresbilanz verhageln. Berndorff arbeite dran, an den Zertifikaten, so Schopen. Nur nichts überstürzen, lautete die Devise. Damit gab sich Brillen-Fritz nicht zufrieden. Folglich kreiste der Pleitegeier über dem Gruß aus der Küche, doch Schopen hatte den Ausweg vor Augen und im Kopf. Alles bloß eine Frage von wenigen Tagen. Und Schwarzenberger war sein Ass im Ärmel.

Schopen, Ende 50, grauer Seitenscheitel, hohle Wangen und insgesamt etwas dünn, was Ehefrau Angelika mit einer wärmenden Üppigkeit kompensierte, hatte die musikalische Begleitung des Abends vergessen, einfach vergessen. Der Flügel, *Steinway*, stand eh mehr zur Dekoration im Raum. Schön wär es gewesen, dachte er und zwinkerte Doktorand Schwarzenberger zu. Ein famoser Studiosus, der im Projekt TRIANGLE von allen Seiten gelobt wurde.

Schopens Handy klingelte. Er wusste, wer es war. »Wichtig. Ich lasse euch kurz alleine mit dem Gruß aus der Küche. Ach, Angelika, wenn Elfriede noch etwas San Pellegrino auffüllen könnte.«

Elfriede, Küchenhilfe von Angelika, im Grunde war das Verhältnis umgekehrt, Elfriede kochte, Angelika war

Küchenhilfe, füllte die San Pellegrino-Flaschen mit Discounterwasser und drapierte eine weiße Serviette um die Flasche mit dem roten Stern.

»Und?«

»Negativ.«

»Wie, negativ?«

»Negativ. Wissen Sie nicht, was negativ heißt? Sind Sie blöd, oder was?«

»Dann muss das Material im Klinikum sein oder in Jülich.«

»Wir liefern erst die Füllung, wenn das Fundament gegossen ist.«

»Hören Sie, es ist so, wie ich es sage. Ich kümmere mich sofort darum.« Schopen bekam einen Schweißausbruch. Dieser Idiot Schwarzenberger. Mal deponierte er seine Ergebnisse hier, mal dort. Und die Abschlagszahlung würde sich wieder verzögern. Verdammter Mist.

»Das Betonwerk möchte endlich loslegen. Verstehen Sie das?« Die Stimme klang ungehalten.

»Ich kann gerade nicht sprechen. Wir telefonieren morgen. Alles wird gut. Sehr gut sogar.« Schopen legte auf. Der Appetit war ihm vergangen. Die Gläubiger drängten, sein Gehalt war schon verpfändet, das Haus bereits beim Kauf überschuldet, in 14 Tagen würde der Flügel abgeholt, der BMW stand kurz vor der Beschlagnahme.

10
NOBELPREISVERDÄCHTIG

»Ach, Ulf, begleiten Sie mich kurz in mein Arbeitszimmer. Ich möchte Ihnen etwas zeigen. Angelika, liebe Gäste, ihr entschuldigt uns kurz.«

In Schopens Arbeitszimmer herrschte das geordnete Chaos eines Biomediziners. Aufsätze, Zeitschriften, Bücher, Computer, Notizen. Er räumte einen Sessel für Schwarzenberger frei, setzte sich auf seinen Schreibtischstuhl und blickte kurz aus dem Fenster Richtung Garten, der vor sich hin verwilderte wie eine Naturkräuterwiese aus dem Projekt Urban Gardening bei Gut Melaten, der ehemaligen Quarantänestation für Leprakranke.

»Ulf, Sie sind mein bester Schüler. Das wissen Sie. – Nein, sagen Sie nichts. Sie werden sich noch in dreißig Jahren an dieses Gespräch erinnern. Sie haben etwas entdeckt, das in die Geschichte der Menschheit und der Wissenschaft eingehen wird. Sie haben die entscheidenden Fragen gestellt und damit die Forschung in die richtige Richtung vorangetrieben. Sie waren es. Ich werde mich dafür einsetzen, dass Ihre Doktorarbeit bereits im jetzigen Status anerkannt wird, damit Ihr Kopf frei ist für das TRIANGLE-Projekt. Ich habe mit dem Prüfungsausschuss gesprochen. Man hat mir grünes Licht signalisiert.«

Schwarzenberger war platt und Schopen über seinen eigenen Erfindungsreichtum erstaunt. Natürlich hatte er mit niemandem über Schwarzenbergers Dissertation gesprochen. Unter Druck war Schopen stets kreativ.

»Ich weiß nicht, wie ich Ihnen …«, Schwarzenberger setzte an, kam nicht weiter, denn Schopen hob abwehrend seine Hände.

»Hören Sie zu, Ulf. Vertrauen und Verschwiegenheit sind momentan das oberste Gebot. Wie würden Sie den letzten Stand Ihrer famosen Entdeckung beschreiben?«

»In gebotener Kürze, Herr Professor: Auf der Suche nach einem Breitbandimpfstoff für Corona und andere möglichen Pandemien haben wir im TRIANGLE-Verbund die Formel für ein Medikament entwickelt, das nach meiner fundierten Auffassung gegen Ebola, Denguefieber, Malaria wirksam ist. Die erstgenannten sind die drei risikoreichsten Krankheiten in Afrika südlich der Sahara. – Wenn ich wir sage, kurz und gut: die Idee für die Testreihe namens ›Rurfieber‹ stammt von mir.«

»Ebola, Denguefieber, Malaria – Was sagen denn die Testergebnisse? Sie haben darüber Andeutungen gemacht.«

»Alle Ergebnisse, sowohl in der Theorie als auch in der Praxis, zeigten das rasche und deutliche Abklingen der Symptome. Dies wurde bisher von keinem Medikament in der Geschwindigkeit und Tiefe erreicht. Die Abwehrkräfte weisen von Tag zu Tag signifikant nach oben. Kurz gesagt, dieses Medikament kann Millionen Menschen schützen und Leben retten. Es baut einen Immunschutz auf und rettet die, die infiziert sind.«

»Und da sind Sie sich ganz sicher?«

»Ja, Herr Professor, so wahr ich hier sitze und Ulf Schwarzenberger heiße.« Ein wenig Stolz schwang mit. Schwarzenberger hatte in einer stillen Stunde im Labor in der Forckenbeckstraße die Parameter der Forschung auf diese Krankheiten übertragen. Zunächst war er theoretisch auf die Möglichkeit der Immunisierung und Bekämpfung gestoßen, schließlich hatte er abseits des TRIANGLE-Projektes weiter an seiner These geforscht. Als sich die positiven Ergebnisse verdichteten, musste er Doktor Augustin Ligodi, der im Forschungszentrum Jülich sein Ansprechpartner war, auf seine These hinweisen. Nur in den Hochleistungsrechnern und Laboren des Forschungszentrum Jülichs war es möglich, seine Thesen zu überprüfen. Augustin, mit dem er freundschaftlich verbunden war, hatte kurz nach den Ergebnissen so kräftig auf Schwarzenbergers linke Schulter geschlagen, so breit gelacht, so herzlich umarmt, dass Schwarzenberger heute noch den Schlag spürte. Es war ihr Geheimnis geblieben. Niemand sonst wusste davon, da sich alle anderen Projektteams auf Corona konzentrierten. Allein gegenüber Schopen musste Schwarzenberger Andeutungen machen.

»Ulf, du bekommst den Nobelpreis!« Augustin war damals völlig aus dem Häuschen. Fast hätte er einen Tanz aus seiner kongolesischen Heimat aufgeführt, hätte ihn Schwarzenberger nicht beruhigt und bei einer Tasse Kaffee auf die Folgen der Entdeckung hingewiesen.

»Augustin, lass uns in Ruhe über die möglichen Folgen sprechen.«

»Mais oui, mon ami. Natürlich. Ich fasse es nicht. Das ist der Hammer. Incroyable. Mein kleiner Ulf. Ich sehe Denkmäler von dir überall in Afrika.« Er lachte so herzerfrischend, dass im Casino des Forschungszentrums erste Wissenschaftler den Kopf drehten und staunend in ihre Richtung schauten.

»Sei still, Augustin. Du weckst schlafende Hunde. Nur du und Schopen wissen davon. Ich musste es Schopen andeuten, er ist mein Doktorvater.«

»Schopen, ja, ja. Schopen. Der kümmert sich mehr um das gesellschaftliche Leben und seine Sekretärin. Kann uns egal sein, solange er die Fördermittel beschafft.«

»Oder beschaffen lässt. Schopen hat keinen Schimmer. Das machen meine Kolleginnen in Aachen.« Schwarzenberger stand auf und holte zwei Kaffee.

Augustins Freude wich den Erinnerungen an die Toten in seiner großen Verwandtschaft in der Provinz Nord-Kivu mit der Hauptstadt Goma. Malaria, Denguefieber, Ebola – immer wieder brachen die Krankheiten aus und das Gesundheitssystem des Landes drohte zu kollabieren.

»Kaffee mit Milch und Zucker. Wie du ihn magst. Wir sprechen später über die Auswirkungen.« Ulf Schwarzenberger konnte sich nicht richtig konzentrieren, seit ihm die Labor- und Computerergebnisse diesen medizinischen Durchbruch signalisiert hatten.

Professor Schopen dachte dagegen am Abend mit dem Gruß aus der Küche klarer und sah sich bereits am Rande einer ertragreichen Goldgrube.

»Sie sind so schweigsam, Ulf. Alles in Ordnung? Wem haben Sie bisher von den Ergebnissen berichtet?« Schopen schaute ihn neugierig an, musste unbedingt seine Ungeduld zügeln.

»Mit niemandem, wir arbeiten an anderen Themen. Es ist ein Abfallprodukt unserer Arbeit hier in Aachen.«

»Und in Jülich? Da vielleicht?« Schopen hakte nach.

»Ausschließlich mit Doktor Ligodi. Ich brauchte die Rechnerkapazität von Jülich.«

»Ligodi? Ist das der Doktor aus dem Kongo?«

»Ja, Doktor Augustin Ligodi. Der koordiniert den Einsatz der Rechner und Labore in unserem Projekt.«

»Was weiß er genau?« Schopen wurde misstrauisch.

»Ähm, nichts Konkretes. Nur die Richtung.« Schwarzenberger fühlte sich nicht wohl. Ihm kam das Gespräch wie ein Verhör vor.

»Gut, gut. Alles gut, Ulf. Sie machen das richtig gut. Aus Ihnen wird ein weltberühmter Biomediziner. Ich sehe das deutlich vor meinen Augen. – Ihre Ergebnisse, das wissen Sie, werden in die Geschichte eingehen. Sie sind natürlich auch materiell wertvoll. Das ist klar. Darüber sollten wir nicht hinwegsehen, nicht wahr.« Es war eine Aussage, keine Frage.

»Und wie meinen Sie das genau, Herr Professor?«

»Sehen Sie, Ihre Ergebnisse stammen aus Ihrer Arbeit in unserem Projekt, für das ich als Leiter des Teams die Förderanträge auf den Weg gebracht habe. Wir sind als Fraunhofer-Institut nicht der RWTH Aachen verpflichtet, sondern der Fraunhofer-Gemeinschaft. Wir sind der Lead-Partner, der das Klinikum und Jülich zur Mitwirkung eingeladen hat. Darum stehen uns zunächst alle Patente zu. In Ihrem Fall fällt natürlich auf, dass gewisse Pharmafirmen, die seit Jahrzehnten an der Bekämpfung der Krankheiten arbeiten, ein großes Interesse an den Ergebnissen Ihrer Arbeit haben könnten. Firmen, die uns seit Jahrzehnten im Bereich Sponsoring, Forschungsförderung, Mäzenatentum unterstützen. Ein großer Teil von deren Produktion wird durch Ihre Entdeckung überflüssig. Tausende werden ihre Jobs verlieren. Das ist nicht schön für die Wirtschaft und unsere Region. Denken Sie an die Firma *ROTBERG AG*, ein Pharmazieriese im Dreiländereck. Nun ja, das sind, wie soll ich mal sagen, also das sind quasi Kollateralschäden von ›Rurfieber‹.«

»Aber wir können viele Leben retten, Herr Professor.«

»Schauen Sie, Ulf, das macht die Gespräche mit Ihnen

so erfrischend. Ihr Idealismus, Ihre Weltverbesserungsabsichten. Natürlich können und werden wir viele Menschenleben retten. Das wird ein Quantensprung in der Bekämpfung dieser fürchterlichen Plagen der Menschheit sein. Ich möchte allerdings nicht, dass wir unüberlegt und überstürzt losrennen.« Er machte eine kurze Pause. »Ich sollte mir Ihre Ergebnisse noch mal in Ruhe anschauen. Bringen Sie mir die persönlich vorbei. Keine Mails mit dutzenden Anhängen. Wir sollten da vorsichtig sein.«

»Die Ergebnisse. Gerne, Herr Professor. Die Formeln und die Proben bewahre ich momentan in Jülich auf. Ich kann Ihnen Ausdrucke der Analysen und der Ergebnisse in einen Aktenordner packen.«

»Hervorragend, Ulf. So machen wir das. Die Formel nicht vergessen! – Und nun auf zum Lammbraten, das Team wartet, und ich darf Angelika nicht enttäuschen. Sie hat sich wirklich viel Mühe gegeben. Und probieren sie den 98er Medoc, ein ausgezeichneter Roter. Gehen Sie ruhig vor. Ich muss meinen Computer ausschalten.«

Schwarzenberger folgte dem Duft des Lammbratens. Schopen griff zum Telefon.

»Ja?«

»Das Material ist in Jülich.«

»Schwierig. Wo genau?«

»Im Büro von Doktor Ligodi, so heißt der Kollege dort. Suchen Sie nach einer Datei mit dem Namen ›Rurfieber‹. Haben Sie verstanden?«

»In einem Tresor?«

»Keine Ahnung, verdammter Mist. Das ist Ihr Job. So war es abgemacht. Und ein Abschlag auf mein Konto in den Niederlanden. Verwendungszweck: Internationale Patente.«

»Wir werden sehen.«

»Wir werden gar nichts sehen. Sonst spreche ich mit Ihrem Chef.«

Angelika rief genervt aus dem Esszimmer.

»Ich muss. Nächste Woche ist der Abschlag da. Sonst platzt alles.« Schopen legte auf. Schwarzenberger, Jülich, Ligodi. So ein verfluchter Mist. Der Fisch wäre längst geputzt, wenn dieser Schwarzenberger alles in Aachen gelassen hätte.

»Norbert!« Angelika klang extrem verärgert.

»Bin unterwegs, mein Schatz!«

11
ABHÖRSICHER

Im abhörsicheren Besprechungsraum des Pharmariesen *ROTBERG AG* in Eschweiler konferierte am Montagmorgen um 7.30 Uhr das Vorstandsteam mit dem Aufsichtsratsvorsitzenden.

Vorstand Doktor Marquardt, erfolgsverwöhnt und Mitte 50, stellte den Sachverhalt dar. In der Runde war nur eine Frau anwesend, Frau Doktor Sichelschmidt, Leiterin der Forschungsabteilung für Medikamente zur Bekämpfung von Krankheiten in der Subsahara Afrikas. Der alte Rotberg nannte sie jahrelang Fräulein Doktor Sichelschmidt, bis es selbst seiner Ehefrau zu dumm wurde und sie ihm diese altertümliche und abwertende Anrede austrieb.

»Frau Doktor Sichelschmidt, Herr Rotberg, meine Herren. Die Information ist safe. Im Projekt TRIANGLE wurde ein hocheffizienter Impfstoff gegen Ebola, Denguefieber und Malaria entdeckt. Herstellungskosten sind zu vernachlässigen. Die Basisstoffe kosten fast nichts. Die Zulassung kann genauso schnell erfolgen wie beim Corona-Impfstoff. – Was bedeutet das für unser Haus? Sämtliche Medikamente zur Behandlung der Plagen werden nutzlos. Von einem Tag auf den anderen können wir die Produktionslinien in Kattowitz, Bratislava und Johannesburg schließen. Rund 1.000 Arbeitsplätze werden überflüssig. Unser Umsatz wird um ungefähr 900 Millionen

Euro geschmälert, der Gewinn vor Steuern, bezogen auf unser gesamtes Portfolio wird auf einen zweistelligen Millionenbetrag sinken. Sie können sich ausrechnen, wie die Börse auf die Nachricht des neuen Impfstoffs reagieren wird. An die nächste Aktionärsversammlung mag ich gar nicht denken. Nach unseren Informationen steht die Anmeldung des Impfstoffs kurz bevor.«

Der alte Joachim Rotberg erhob sich aus seinem Stuhl mit Armlehne. Alle anderen mussten ohne Lehne auskommen. Immer, wenn es wichtig wurde, stand Rotberg auf und blickte auf die Mitarbeiter hinab.

»Danke, Doktor Marquardt, Frau Doktor Sichelschmidt, meine Herren. Die *ROTBERG AG* war stets an der Spitze von Forschung und Entwicklung. Sie alle kennen die Geschichte unseres Hauses, mit der ich Sie quäle, solange ich auf dem Stuhl des Firmengründers sitze oder davor stehe. Mir stellen sich einige Fragen. Warum haben wir nicht in diese Richtung geforscht? Können wir aus eigener Kraft den Vorsprung einholen? Was sagen die Mitbewerber aus den USA? Wissen sie davon? Wer hat einen Plan, um auf diese Malaise zu reagieren? Ich höre.« Der alte Rotberg fiel zurück auf seinen Inhaberstuhl, griff zu seinem *Montblanc* Kugelschreiber und zeichnete einige Fragezeichen auf seinen Notizblock.

»Frau Doktor Sichelschmidt, bitte.« Marquardt hatte ihre leicht gehobene Hand gesehen.

»Wir sind nicht von einem Breitbandimpfstoff für diese Krankheiten in so kurzer Zeit ausgegangen, sondern haben unsere Forschung auf die Entwicklung von Medikamenten für jedes einzelne Krankheitsbild ausgerichtet. Mit unseren Medikamenten sind wir führend und …«

»Entschuldigen Sie die Unterbrechung«, grätschte Rotberg mit erhobener Hand in die Rede der promovierten Pharmazeutin. »Können Sie den Impfstoff in zwölf Monaten entwickeln? Ja oder nein?«

Frau Doktor Sichelschmidt nahm ihre Hornbrille ab, eine Strähne aus den streng nach hinten gebundenen grauen Haaren löste sich, sie wischte sie mit einer Handbewegung hinter ihr linkes Ohr.

»Nein, Herr Rotberg. Können wir nicht, schaffen wir nicht. Unsere Rechner haben nicht diese Leistung, über die TRIANGLE im Forschungszentrum Jülich verfügt.«

Doktor Marquardt ergriff das Wort. »Nach meinem Kenntnisstand weiß die Konkurrenz in den USA noch nichts von dem Wundermittel. Wir können natürlich die Markteinführung verzögern, können über das Ministerium, das Robert-Koch-Institut und das Paul-Ehrlich-Institut Stolpersteine legen – doch am Ende werden wir den Markt verlieren, wenn der Impfstoff in spätestens drei Jahren produziert wird.«

»Frau Doktor Sichelschmidt, meine Herren, verlassen Sie den Raum. Ich muss mit Doktor Marquardt unter vier Augen sprechen.« Rotberg sagte es so bestimmt, dass niemand von den anderen acht Teilnehmern Widerspruch erhob. Stühle wurden gerückt, rasch eine Tasse Kaffee geleert. Rotberg und Marquardt erhoben sich, gingen ans Fenster des abhörsicheren Besprechungsraums und blickten auf die Produktionsanlage am Stadtrand von Eschweiler.

»Was macht unser Dienstleister?«, fragte Rotberg.

»Von dem habe ich die letzten Infos. Schopen steht unter Druck. Ihm droht Privatinsolvenz. Er braucht dringend Geld. Alle Unterlagen seien in Jülich. Da wollen wir so rasch wie möglich ran.«

»Beruhigen Sie Schopen mit 50.000. Er muss kurz Luft holen. Das verschafft ihm eine Frist von einem Monat. Er könnte auf dumme Gedanken kommen und sich unseren Freunden aus Kalifornien anbieten.«

»In Ordnung. Was halten Sie von der Vernichtung des Materials?«

»Illusorisch. Auf irgendeinem USB-Stick ist der Kram gesichert. Schafft Unruhe und Aufmerksamkeit. Wir müssen das sorgfältig erledigen. Sonst werden andere Akteure auf den Mist aufmerksam. Sie verstehen?«

»Ja, Herr Rotberg. Ich verstehe. Wenn wir das Material haben ...«

»Dann produzieren wir ein analoges Medikament. Frau Doktor Sichelschmidt bekommt einen Preis, unsere Kassen klingeln, die Boni explodieren und wir haben Ruhe, bis wir diesen schönen Planeten in horizontaler Lage verlassen. Mein Grab auf dem Westfriedhof in Aachen ist reserviert. – Oder: Die Formel verschwindet auf ewig in unserem Tresor nach dem Motto: Sicherheitsrisiko, wir haben Gefahren entdeckt und können die Markteinführung nicht verantworten. Bleibt das Problem mit den Forschern, die es erfunden haben, und möglichen Unterlagen, die irgendwann ans Tageslicht kommen.«

»Man wird uns den Diebstahl an die Hacken kleben, wenn wir es auf den Markt bringen.« Marquardt schaute besorgt auf den Innenhof.

»Ach was. Schopen wird anerkennen, dass wir parallel geforscht haben. Er wird uns beglückwünschen. Außerdem hat TRIANGLE ein anderes Thema. Er müsste erklären, warum er Forschungsgelder für Ebola, Malaria und das verdammte Fieber ausgegeben hat. Wir werden ihn bis dahin sanieren. Da kann er von morgens bis abends auf den Golfplätzen der Eifel und der Welt einlochen oder weiß der Teufel was machen. Marquardt, es muss schnell gehen. Sehr schnell. Und wenn Sie es erledigen, Marquardt, soll es nicht Ihr Schaden sein. Sie verstehen. – Guten Tag.«

Rotberg verließ grüßend die Vorstandsetage und begab sich zu seinem Chauffeur Herrn Lövenich, der vor dem Eingang mit einer Limousine der S-Klasse auf seinen Chef wartete. Rotberg griff zu seinem Handy.

»Frau Klein, verbinden Sie mich um 17 Uhr mit George Santos, Kalifornien. Urgent call. Es ist dringend, sagen Sie das seinem Vorzimmer. Danke.«

12
SICHERES VERSTECK

Am Montagmorgen traf Ulf Schwarzenberger am Fraunhofer-Institut ein, grüßte Hüb, der wieder Dienst in einer Solo-Tagesschicht hatte, nahm die Treppe hinauf in die zweite Etage und wunderte sich über die Unordnung auf dem Schreibtisch und dem Laborarbeitsplatz. Als Cornelia, seine Kommilitonin eintraf, die ihm bei der Dokumentation für das Forschungsprojekt half, machte er sie auf die Unordnung aufmerksam.

»Sag mal, wir haben doch am Freitag alles ordentlich hinterlassen. Nun sind die Schubladen geöffnet, ein Bunsenbrenner ist umgekippt, Aufzeichnungen liegen verstreut auf dem Schreibtisch.« Schwarzenberger war erstaunt.

»Die Tür war zu?«, fragte Cornelia.

»Natürlich, ich habe eben erst aufgeschlossen. – Ich ruf Schopen an. Der soll sich das ansehen.«

Nach fünf Minuten stand Professor Schopen im Raum und überlegte, wie er Dampf aus dem Kessel nehmen konnte. Diese Idioten, die der Marquardt angeheuert hatte, waren zu dämlich.

»Also ein wenig sieht es aus wie in meinem Arbeitszimmer zu Hause. Vielleicht haben Sie den Tag verwechselt und tatsächlich am Freitag nicht so richtig aufgeräumt.«

»Das ist unwahrscheinlich, und Cornelia kann es bezeugen. Wir haben am Freitagabend alles ordentlich hinterlassen. Hier muss jemand etwas gesucht haben.«

»Herr Ulf, ich schlage vor, Sie dokumentieren das hier mit Ihrem Handy. Ich spreche mit der Security, lasse mir die Protokolle zeigen. Die Kameras waren am Wochenende wieder defekt, sonst hätten wir Hinweise. Ich muss los. Die Mails für die nächste Fördertranche an die EU müssen raus.«

Ulf Schwarzenberger machte einige Aufnahmen. Das änderte nichts an seinem Bauchgefühl: Jemand hatte etwas gesucht.

»Ich muss Augustin von draußen anrufen. Komme gleich zurück.« Er ließ Cornelia mit den Unterlagen im Büro und verdrückte sich kurz in Richtung Parkplatz.

Doktor Augustin Ligodi wohnte in einer Souterrain-Wohnung in der Ellener Straße in Morschenich-Neu, nicht weit von der Autobahn A4 entfernt. Über die Tagebaurandstraße L264 gelangte er mit seinem alten Mini Cooper rasch zum Forschungszentrum Jülich. Schon im Gymnasium im Kongo waren seine Lehrer auf ihn aufmerksam geworden. Seine Stärke waren die Naturwissenschaften. Er bekam ein Stipendium für Oxford, studierte dort Biomedizin und promovierte. Augustin hatte es geschafft. Er zählte zur Elite der Juniorforscher in der Welt und bekam direkt einen Vertrag beim Forschungszentrum Jülich am Institut für Biologische Informationsprozesse im Bereich Molekular- und Zellphysiologie, wo man auf seine wissenschaftlichen Publikationen aufmerksam geworden war. Sofort begann er Deutsch zu lernen, ihm gefiel die Sprache, auch wenn in Jülich Englisch unter den internationalen Wissenschaftlern dominierte. Regelmäßig überwies Augustin mit »Union Money Transfer« Geld an seine Eltern in Goma, die sich dadurch einen bescheidenen Wohlstand leisten konnten.

In Oxford gab es ein Netzwerk kongolesischer Studenten. Augustin staunte, aus welch reichen Elternhäuser manche der jungen Männer stammten. Selten waren Frauen eingeschrieben. Einer der Kommilitonen war damals zurückhaltend, eher schüchtern. Er wurde Prinz von Katanga genannt, war etwas jünger als Augustin und spielte mit dem Gedanken, in die Politik zu gehen. Sein Vater war Ex-Minister in einer kongolesischen Regierung. Mit ihm verstand er sich, sie machten Ausflüge nach London und Stratford-upon-Avon, besuchten dort Shakespeare-Inszenierungen, diskutieren über die Zukunft ihres Landes, die Geschichte des Kolonialismus, die Bodenschätze im Kongo und die Korruption im Land. Als Augustin promoviert wurde, lud der Prinz von Katanga zu einer Feier ein. Er zahlte das Fest und war stolz auf Augustin, seinen Landsmann, der in Oxford den Doktortitel erworben hatte. Dann wechselte Augustin ins Forschungszentrum Jülich und wurde dort mit offenen Armen empfangen. Der Kontakt zum Prinzen von Katanga schlief ein. Augustin lernte Adriana aus der italienischen Lagunenstadt Orbetello kennen, eine Doktorandin am Institut für Energie- und Klimaforschung im Forschungszentrum. Sie lachte oft, hatte hellwache braune Augen, kurze schwarze Haare und stets gute Laune. Ein Energiebündel, was gut zu ihren Forschungen passte. Sie trafen sich in den Mittagspausen, spazierten vom Seecasino zur Zentralbibliothek, diskutierten über ihre Forschungsergebnisse und die Zukunft ihrer Länder. Glückliche Tage in Jülich. Sie fuhren nach Aachen und Köln ins Theater, besuchten Vorträge und Lesungen, engagierten sich im Netzwerk junger Nachwuchsforscher. Augustin hielt Vorträge beim Verein Dialogue Académique Congolais in Aachen, einem Verein von Akademikern aus dem Kongo, 2013 in Aachen gegründet. Adriana, deren Eltern eine Osteria in Orbetello betrieben, hatte den Sprung aus der kleinen Stadt in der Toskana, Provinz Grosseto, in die Welt der Wissenschaft geschafft. Ihr Spezialgebiet war die Speicherung von elektrischer Energie, ein Thema, das gerade im Rheinischen Braunkohlenrevier für neue Jobs sorgen sollte.

Ulfs Anruf erreichte Augustin kurz vor der Fahrt nach Jülich. In Ulf hatte er nicht nur einen geistesverwandten Forscher gefunden, sondern einen Freund. Die Chemie stimmte. Augustin ermöglichte die Rechenoperationen mit dem neuen Jülicher Supercomputer »Jedi«, der 72 Milliarden Rechenoperationen pro Sekunde schaffte. In ihrer Freizeit trafen sie sich oft zu dritt: Ulf, Augustin und Adriana. Manchmal lud Ulf Cornelia ein, wenn er seine Schüchternheit überwinden konnte.

»Ulf, so früh?«

»Augustin, ich sagte dir, dass wir am Sonntag bei Professor Schopen eingeladen waren. Das komplette Aachener Team. Ich mach es kurz. Schopen sprach mich auf unseren Impfstoff an. Er war merkwürdig, etwas geheimnisvoll, erwähnte Firmen, die das Institut unterstützen. Und heute sehe ich, dass jemand in meinem Büro war. Ich bitte dich, bring unsere Unterlagen in Sicherheit. Zieh eine Kopie und deponiere die Originale irgendwo, wo sie sicher sind. Von mir aus bei Adriana, aber lass sie nicht einfach im Labor.«

»Ulf, mein Freund. Was ist los mit dir? Du glaubst doch nicht an Einbrecher oder geistigen Diebstahl?«

»Mittlerweile ja. Die Dimension unserer Erfindung haben wir noch gar nicht richtig erkannt. Schopen allerdings. Irgendetwas stimmt da nicht. Ich bitte dich. Versteck es gut. Oder lass uns in der Sparkasse ein Schließfach mieten. Mir ist das alles unheimlich.«

»Ich werde heute alles verstecken. Adriana möchte ich nicht reinziehen. Wenn es so ist, wie du sagst, würden wir sie in Gefahr bringen. Wir haben im Institut einen Tresor für besonders wichtige Unterlagen. Den kann ich benutzen, bis wir ein sicheres Versteck gefunden haben.«

»Einverstanden. Ich danke dir. Und pass auf. Ich habe ein komisches Gefühl. – Sag mal, hast du einem von unserer Erfindung erzählt?«

»Ich. Nein. Nicht einmal Adriana. Und keine Sorge. Ich trainiere weiter Selbstverteidigung. Kann man als Kongolese in Europa gut gebrauchen.« Er lachte, legte auf und schluckte heftig, denn er hatte von der Erfindung erzählt. Weil er helfen wollte. Er wollte denen helfen, die ihm das Abitur, das Studium, den Aufenthalt in Oxford ermöglicht hatten. Er wollte seinem Land helfen, seinen Verwandten, den Freunden, den Menschen, die in den gefährlichen Minen nach Kobalt und Coltan gruben, nach Gold und Diamanten suchten, die von Malaria, Ebola und Denguefieber heimgesucht wurden.

Anfang Dezember hatte er Julius angerufen, den Prinz von Katanga. Hatten sie nicht über eine bessere Regierung für ihr Land diskutiert? Ein Land, in dem die Menschen die Regierung schätzen und keine Angst vor ihr haben. Ein Land, in dem Konflikte friedlich gelöst werden, Reichtum für alle da ist, in dem Schulen, Universitäten und Krankenhäuser mit den Gewinnen aus den Rohstoffen finanziert werden und nicht die Ferraris für wenige Reiche. Julius war elektrisiert. Würde er den Impfstoff im Kongo herstellen, so wäre er der Heilsbringer, derjenige, der die Menschen heilt und nicht bedroht. Das würde nur funktionieren, wenn die Produktion im Kongo und unabhängig von den Patenten in Deutschland hergestellt werden könnte.

Er dachte mit seinen Beratern darüber nach. Er schärfte Augustin ein, dass es ihr Geheimnis bleiben muss. Wenn sein Plan funktionieren würde, könnte Doktor Augustin Ligodi Gesundheitsminister oder Wissenschaftsminister in der Regierung werden. Augustin atmete damals tief durch. Minister in einer vom Volk gewählten Regierung in seinem Heimatland Demokratische Republik Kongo. Ihm verschlug es die Sprache. Er bat um Bedenkzeit, schließlich handelte es sich um geistigen Diebstahl. Wenn er Gesundheitsminister würde und zugleich das neue Medikament im Kongo auf den Markt käme, würde die ganze Welt von seinem Diebstahl erfahren. Das Forschungszentrum und der Fördermittelgeber, die EU, sie würden ihn anzeigen. Seine wissenschaftliche Laufbahn wäre beendet. Es sei denn, niemand würde von der Entdeckung erfahren. Aber Schopen wusste davon. Und der Einbruch? Augustin haderte und bereute das Telefonat. Da er nichts mehr von Julius gehört hatte, behielt er den Geheimnisverrat für sich. Als der Prinz ihn nochmals anrief, stand seine Entscheidung fest.

»Julius, ich werde alles dafür tun, dass das Medikament schnell und preiswert auf den Markt kommt. Alles. Nur – ich kann nicht die Formel verraten. Mein Leben, meine wissenschaftliche Laufbahn – alles wäre zerstört.«

»Augustin, danke, dass du so offen sprichst. Ich kann dich verstehen und ich habe mich nicht in dir getäuscht. Ich bin stolz auf dich. Der Kongo ist stolz auf dich. Bedenke, dass es eine einmalige Chance für das Leben von Millionen Menschen ist. Und nicht nur das. Mit dem Medikament können wir die Wahl gewinnen und die Demokratie stärken, endlich den Kreislauf der Gewalt beenden. Denke immer daran, Augustin. Ich muss es dir sagen. Du bist so alt wie ich, lebst seit Jahren in Europa. Ich spreche zu dir wie zu einem Bruder. Augustin, vergiss meine Worte nie. Pass gut auf dich auf.«

Der Prinz von Katanga hatte die Chance erkannt. Er würde als Friedensbringer in die Geschichte des Kongo eingehen. Das war die Gelegenheit. Würde der Impfstoff in Europa hergestellt, müsste er zu einem horrenden Preis vom Kongo eingekauft werden. Er kannte es von den Ebola- und Corona-Impfstoffen. Julius Mabutu beriet sich mit seinen Ratgebern, bevor er die Flucht in den Niger antreten mussten.

»Was schlägt mein Team vor? Augustin wird nicht liefern. Er ist der Situation nicht gewachsen«, wandte er sich in »La Petite Suisse« an sein Team.

»*Treasure Island*«, sagte Kaya Samba, sein alter Freund, der zwei Jahre nach Julius in Oxford studiert hatte..

»Warum?«

»Es sind ehemalige Katanga-Gendarmen. Sie verstehen uns. Wir verstehen sie. Sie sind absolut loyal und professionell.«

»Welche Summe?«

»15 Millionen. Wir haben noch die Diamanten und das Gold. Wir investieren es. Wenn wir die Rechte an dem Impfstoff haben, werden wir gewählt, stellen die Regierung, verstaatlichen alle Minen und verdienen Milliarden für den Aufbau unseres Landes. Endlich können wir die Minen sichern und den Abbau sauber und effizient machen.«

»Kümmere dich darum. Es soll niemand zu Schaden kommen. Wir benötigen Augustin Ligodi, denk daran«, sagte der Prinz von Katanga und unterstrich seine Worte mit einem erhobenen Zeigefinger der linken Hand.

Und Kaya kümmerte sich darum. Ein Auftrag für *Treasure Island.*

Dann mussten Julius Mabutu und sein Team in den Niger flüchten. Die M23 Rebellen marschierten in »La Petite Suisse« ein. Eine verworrene Situation.

13
RÜCKBLICK: FIRMA TREASURE ISLAND

Die Firma übernahm den Auftrag im Dezember 2023. Sie schlug ihr Hauptquartier in einem abbruchreifen Hotel am Ortsende von Erkensruhr in der Nordeifel auf, etwas abgelegen, sollte renoviert werden, doch der Investor machte Pleite. Erkensruhr war eine Sackgasse, im Grunde als Basislager ungeeignet. Gerade deshalb würde niemand darauf kommen, dass dort eine Gruppe von Söldnern kampierte. Lieferwagen von Handwerkern – gestohlen in der Südeifel – standen vor der Tür. Wanderer und die wenigen Bewohner dachten an Renovierungsarbeiten. Vielleicht würde das neue Hotel den Tourismus beleben. Hoffnung keimte auf. Die Postkutsche von Erkensruhr, die vor vielen Jahren als Touristenattraktion von Erkensruhr nach Einruhr hin und zurück fuhr, stand behütet unter einem Dach in der Ortsmitte und war bereit für neue Fahrten.

Die erste Einsatzbesprechung des *Treasure Island*-Teams fand Silvester 2023 statt.

»Statt 15 Mann auf des toten Mannes Kiste sind wir acht«, sagte der, den sie Käpt'n nannten, dessen Gesicht von Narben markiert war wie Staff Sergeant Barnes in Oliver Stones Antikriegsfilm *Platoon*. »Ihr kennt die Geschäftsbedingungen von *Treasure Island*. Wenn nicht, hier die Kurzform. Keine Klarnamen. Alle reden sich mit den von mir vergebenen Namen an. Sowohl in Bristol, so heißt unser Hauptquartier hier, als auch im Funkverkehr. Für alle: Unsere Gruppe besteht aus Benbow, Ben Gunn, dem schwarzen Hund, Hawkins, Bones, Flint und Barbecue. Ich bin der Käpt'n. Ich alleine kenne die Auftraggeber. Niemand wird von mir den Namen erfahren. Ihr wisst das, was ihr wissen müsst, um den Auftrag zu erfüllen. Ist eine allgemeine Geschäftsbedingung von *Treasure Island*. Keine Privatstorys, nichts von Frauen, Kindern, Vater, Mutter. Absolutes No-Go! Und noch eins: Keiner bleibt zurück. Keiner! Eher gehen wir alle drauf. Wird jemand verletzt, holen wir ihn raus. Ehrensache. Das unterscheidet uns von den Arschgeigen, die Kanonenfutter einstellen. – Fragen?« Der Käpt'n war fast 60, durchtrainiert und alle Männer wussten, dass seine Aufträge nie leicht waren, aber immer erfolgreich und mit der versprochenen Vergütung. Das zählte und: Keiner blieb zurück! Wie in den Filmen *Black Hawk Down* und *Saving Private Ryan*. Alter Grundsatz der US-Army und vor allem der US-Marines. Der Käpt'n steckte sich einen Zigarrenstumpen an, schaute in die Gesichter der Männer, die er ausgesucht hatte. Er kannte sie alle, bis auf den schwarzen Hund.

»Der schwarze Hund ist neu, Käpt'n. Der hat keinen Job mitgemacht.« Der, den sie Ben Gunn nannten, ein Kampfkoloss mit Verbrennungen an den Händen und Muskeln wie Arnold Schwarzenegger, warf es in den Raum, wo sie alle vor ihren Segeltuchtaschen saßen.

»Der schwarze Hund wurde empfohlen. Hat sich bei den Legionären bewährt. Sicherer Tipp. Weitere Fragen?« Der Käpt'n blies den Qualm der Zigarre in die Luft. Die Männer zuckten mit den Schultern, schüttelten den Kopf. Alle fummelten an ihren Segeltuchtaschen, gefüllt mit automatischen Waffen, Munition, Handgranaten, Sprengstoff und Funkgeräten. Jeder hatte sein Equipment, wichtig war, dass sie alle mit demselben Kaliber arbeiteten. Einheitliche Munition für die Pistolen, Maschinenpistolen, Schnellfeuergewehre. Kein Durcheinander, so lautete die Ansage.

»Zur Orientierung. Hier ist unser Basislager. Absolut sicher. Ein alter niederländischer Kamerad, der hier im Ruhestand lebt und sich ein Zubrot verdient, versorgt uns. Er wohnt am Ende des Ortes Richtung Hirschrott, kennt die Gegend wie seine Westentasche. Wir waren zusammen im Kongo. Die letzten Gendarmen. So wie einige von euch. Er hat allen erzählt, dass wir eine Grundsanierung für dieses alte Hotel prüfen und den Laden restaurieren. Dauert halt. Ihr müsst ihn nicht kennen. Er wird hier nicht auftauchen. Also: Klappe halten, freundlich lächeln, wenn ihr jemandem begegnet.«

Ben Gunn und Barbecue nickten und ließen ihre Gedanken in den Kongo, nach Ruanda und Namibia wandern. Berufssöldner. Diesmal hatte ihnen der Käpt'n einen Lohn in Aussicht gestellt, für den sie durchs Feuer gehen würden. 500.000 Euro für jeden. Das bedeutet Ruhestand. Letzter Job. Der Käpt'n sollte zwei Millionen bekommen. Dazu 9,5 Millionen für den Materialbedarf, für Flüge, Fahrzeuge, automatische Waffen, Panzerfäuste, Nebel- und Blendgranaten, Motorräder, Hubschrauber, Pässe, Bestechungsgeld, Fluchtgeld und Fluchtautos. 15 Millionen Euro für den Job des Lebens.

Der Käpt'n teilte die Zimmer auf. Der schwarze Hund war noch nicht eingetroffen. Schlechtes Zeichen. Disziplin war bereits im Kongo die Grundlage des Erfolgs. Sie waren zahlenmäßig immer unterlegen. Disziplin und Kampferfahrung machten alles wett. Die Katanga-Gendarmen der zweiten und dritten Generation wurden gerufen, wenn es angeblich aussichtslos war.

Der Käpt'n war Söldner seit seinem 17. Lebensjahr. Aufgewachsen im Kohlenstaub von Liverpool hatte er ein einziges Buch gelesen: »Die Schatzinsel« von Robert Louis Stevenson, der englische Originaltitel lautete »*Treasure Island*«. Er wollte werden wie Silver, der mit dem Holzbein, der Überlebenskünstler, der Grausame mit dem Papagei auf der Schulter. Und so floh er von zu Hause, weg von dem Alkoholiker-Vater, der ihn und die Geschwister schlug, in die Arme der Soldatenwerber für die Katanga-Gendarmen. Mit 18 Jahren lernte der das Töten im Dschungel von Afrika, das Töten für den, der am meisten zahlte. Und weil er immer daran dachte, wie schlau John Silver war, lernte er von allen, mit denen er arbeitete und tötete. Der Käpt'n, der als Peter Hastings auf die Welt kam, wurde zum gefürchteten Käpt'n Silver, der nie mehr als mit 15 ausgesuchten Männern in die Schlacht zog. »15 Mann auf des toten Mannes Kiste« – er hatte so viele gute Männer sterben sehen. Nun war Zeit für den Ruhestand. Und dieser Auftrag im Gesamtvolumen von 15 Millionen Euro, der war der Weg zum Haus an der Küste bei Bristol gegenüber von Cardiff. Dort würde er in Ruhe erneut den Roman »Die Schatzinsel« lesen, der seiner Firma den Namen gegeben hatte: »*Treasure Island*«. Vielleicht wartete sie noch auf ihn. Betty, seine Jugendliebe, die er nie vergessen hatte. Sie hatte auch ihn nie vergessen, den Draufgänger, den Furchtlosen, der sie beschützt hatte, als sie ... Das ist eine andere Geschichte. Jedenfalls hatte niemand mehr Betty angerührt, seit Peter Hastings das Messer in den Oberschenkel von Bettys Vater Toby gestoßen hatte. Eine Lektion für das Leben. Von dem Tag an nannte man Toby nur noch Ahab, wie den hinkenden Kapitän in »Moby Dick«.

Auf dem Kommunikationskanal der Söldner, Handys mit eigenem Netz, erhielt der Käpt'n einen Anruf, der ihn zu einer sofortigen Entscheidung zwang: Probleme mit dem schwarzen Hund. Der neue Mann. Er trank zu viel und was schlimmer war, er redete zu viel.

»Sorry, Käpt'n. Ich entschuldige mich für den Tipp. Wir haben den Mann überprüft. Sie wissen, was der Alkohol aus Männern macht. Unsere Auftraggeber sind besorgt und möchten, dass das Problem final gelöst wird.«

»Wir erledigen das. Den Job schaffen wir ohne ihn.«

»Okay, Käpt'n. Wir halten Kontakt. Die Auftraggeber bauen auf Sie.«

»So ist es. Sie können sich auf mich verlassen. Wie immer.« Sie legten auf. Der Käpt'n musste eine Entscheidung treffen.

»Ben Gunn, Barbecue und Benbow. Automatische Pistolen Kaliber 9 mm mit Schalldämpfer, den schwarzen Van. Wir machen einen Silvesterausflug. Alles weitere unterwegs. Showtime um 22 Uhr. Der Rest bleibt in Bristol.«

»Aye-Aye, Käpt'n«, sagten alle im Chor.

Punkt 22 Uhr setzte sich der Van am Silvesterabend in Bewegung. Erkensruhr lag total im Dunkeln. In Einruhr wurde Silvester gefeiert. Sie fuhren über Einruhr, Kesternich, Schmidt und Nideggen nach Düren zum Parkplatz der Musikschule, wo sie auf das Feuerwerk warteten.

14
FRAU HÖSGEN BOCKT

Zwei Tage nach dem Einbruch in das Labor von Ulf Schwarzenberger gab es weiterhin keine Reaktion von Professor Schopen. Schwarzenberger war sauer und zögerte die Übergabe der Unterlagen hinaus. Augustin hatte alle wichtigen Dokumente im Institutssafe in Jülich verschlossen. In Aachen hing der Segen schief. Schwarzenberger ließ sich einen Termin bei Schopen geben.

»Sie wissen schon, dass der Herr Professor stark beschäftigt ist?« Schopens Sekretärin, Lisa Hösgen, Ende 30, zweimal geschieden, keine Kinder, jährlich ein neues Tattoo und wechselnde Haarfarbe, diesmal wasserstoffblond, blickte auf ihre Fingernägel, nicht auf diesen Doktoranden: Fingernagelstudio, Sonderangebot, American Style. Die halten, bis der Flieger nach Malle abhebt, dachte sie gerade, als Schwarzenberger ins Büro schneite. Die Doktoranden sprachen von ihr als »Schopens Hösgen«, womit sie nicht ganz Unrecht hatten. Eine Weihnachtsfeier, die Hölle der Kollegialität, der lockeren Sitten, des Durcheinanders von oben und unten, Glühwein ohne Ende; da waren Schopen und Frau Hösgen in einem Kabuff auf der Bowlingbahn zueinandergekommen. Die Atmosphäre war einfach so: Punsch, Glühwein, Lockerheit, laszive Blödeleien, neckische Sprüche und all der Kram, der früher im Sonderzug *Klingender Rheinländer* bei Betriebsausflügen nach Bad Hönningen getrieben wurde. Hieß ja auch Betriebsausflug, wobei viele den »Trieb« betonten. Dumm, das Doktorandin Anna die Tür des Kabuffs mit der Damentoilette verwechselte – einfach zu viel *Kleiner Feigling* – und ihren Augen nicht traute, als sie Schopen und Frau Hösgen auf dem Tisch … Weihnachtsfeiern bringen halt viel durcheinander. Sie spielten nicht Monopoly auf dem Tisch, eher irgendwas mit Mission und Missionieren. Jedenfalls war nun allen klar, dass »Schopens Hösgen« über Einfluss auf Schopen verfügte. So landete von einigen Doktoranden ab und an eine kleine Schachtel *Leonidas* auf Hösgens Tastatur. Sie trug den *Caught in the act* mit Fassung. Schopen ließ sich in ihrem Büro seltener mit ihr sehen. Nur wenn er den Roadster von Angelika zum Servicecheck brachte, wurde ab und an auch Lisa Hösgen einem, nun ja, Schopen spielte mit den Wörtern, einem Servicecheck unterworfen. Angelika wunderte sich über die kurzen Wartungsintervalle, fand allerdings die Aufmerksamkeit ihres Gatten für den Wagen reizend.

»Ja, ich weiß. Es ist dringend, Frau Hösgen.« Schwarzenberger war genervt.

»Dringend ist bei den jungen Herrschaften alles. Der Professor sagt immer, wir arbeiten für die Ewigkeit. Da kann es nicht so dringend sein.«

»Ist er denn anwesend oder arbeitet er an der Ewigkeit?« Ulf Schwarzenberger wurde ungeduldig.

»Na, na! Nicht so patzig, Herr Ulf. Immer schön ruhig mit den jungen Dingsbums oder wie das heißt.« Sie wedelte mit ihren Fingernägeln und fummelte an den Knöpfen ihrer Bluse. Ihr PC-Bildschirm hatte sich vor geraumer Zeit in den Schlafmodus verabschiedet. Post lag ungeöffnet neben der Tastatur, eine halb gefüllte Tasse mit irgendeinem Ayurveda-Zaubertee und der Aufschrift »Best Girl« stand verloren auf ihrem Schreibtisch.

»Es ist so. Die Polizei, also …«

Weiter kam Herr Ulf nicht.

»Was, Polizei, hier?«

»Ja, darum. Ich meine ja nur. Der Roadster …« Der Herr Ulf wusste sich nicht mehr zu helfen. Alle sprachen über die Roadster-Touren.

Beim Gedanken an die Spritztouren im Roadster wurde es Lisa Hösgen anders. Sie brachte einige Dinge durcheinander, lag vielleicht an den Ausdünstungen der frisch lackierten Fingernägel: American Style.

»Ich schau, was ich machen kann.« Sie stand auf, zog den hauteng sitzenden Rock zurecht und stöckelte zur Tür des Chefs. Sanft klopfte sie an.

»Ja?«

Sie öffnete und schloss sofort wieder die Tür.

Professor Schopen lag auf seinem Besuchersofa und grübelte über Inkasso, neue Darlehen, Hypotheken, Spielcasino. Schnell, er brauchte schnell Geld. Nicht erst in ein paar Monaten. Diese Trottel hatten alles vergeigt. Als er Lisa Hösgen sah, dachte er an andere Sachen: an den Roadster und den Servicecheck.

»Die Polizei. Der Ulf Schwarzenberger, der ist draußen. Dringend sagt er. Wegen Polizei.«

Schopen stand auf, reckte sich, zog Lisa Hösgen an sich heran und kniff ihr in den Allerwertesten. »Wenn es nicht die Polizei wäre, mein Hösgen, wüsste ich etwas, was uns beide vom grauen Alltag ablenkt.«

»Nicht hier, Chef. Der Herr Ulf wartet vorne.«

»Mist. Rein mit dem Kerl. Moment, ich ziehe das Sakko über. Wie sehe ich aus?«

»Wie Florian Silbereisen als Kapitän vom Traumschiff.«

»Scheiße«, sagte Schopen und schob Frau Hösgen zur Tür.

»Herr Ulf, rein mit Ihnen. Eben sprach ich mit dem Vorsitzenden des Prüfungsausschusses über Sie.«

»Herr Professor Schopen ...«

»Setzen Sie sich. Ein Glas Wasser oder lieber Tee mit Wärmemittel?« Schopen lachte sein Schopen-Lachen und zeigte auf seine Minibar. Minibar musste sein. Sogar sein Art Advisor Galerist Berndorff besaß eine gute gefüllte Minibar in der Galerie.

»Nein, nichts. Danke. Die Spuren sind bald alle weg. Wenn die Polizei heute nicht kommt, erklären die uns für verrückt. Wir melden einen Einbruch drei Tage, nachdem wir ihn entdeckt haben?«

»Es war kein Einbruch. Die Putzfrau ist am Morgen nicht gekommen, sondern am Abend. Am Morgen war sie unterwegs zu einer türkischen, Quatsch, zu einer griechischen Hochzeit in Bonn. Darum ist sie am Abend gekommen, hat oberflächlich geputzt und mehr Unordnung als Ordnung angerichtet. Alles in Butter, Herr Ulf. Ich habe bei der Security nachgeforscht. So war die Chose. Weitermachen, immer weitermachen. Sie können übrigens Termine für das Promotionsverfahren anmelden.«

Für wie blöd hält er mich, fragte sich Schwarzenberger. »Ach, dann ist ja alles bestens. Anmelden, ja, ich werde mich anmelden. Okay. Danke, Professor Schopen.« Er drehte sich um, wollte das Büro verlassen.

»Ach, Herr Ulf. Der Aktenordner mit den Ergebnissen.« Schopen brannte es auf den Nägeln. Er wollte jedoch nicht zu fordernd auftreten.

»Noch in Arbeit, Herr Professor. Etwas komplex, alles auszudrucken und so aufzubereiten, dass es gut verstanden werden kann.«

»Wäre schön, wenn es in dieser Woche klappen könnte.«

»Ich tue, was ich kann.« Schwarzenberger verließ das Büro. Lisa Hösgen hatte den PC aus dem Schlafmodus gezaubert und studierte das Wetter der nächsten drei Wochen in Cala Millor auf Mallorca.

Schwarzenberger traf Cornelia auf dem Flur und erzählte ihr von Schopens Auskünften zum Einbruch.

»Der spinnt total. Die Karoula macht alles tipptop sauber. Nie würde sie unsere Akten durcheinanderbringen. Das klär ich.«

»Warte, Cornelia. Wenn Schopen uns einen Bären aufbinden will, sollten wir vorsichtig sein.«

»Na, hör mal. Hier bricht einer ein und der Chef macht Märchenstunde.«

»Ich meine doch bloß. Ich bin sein Doktorand. Wenn wir behaupten, dass er lügt, kann ich meine Dissertation in den Wind schreiben.«

»Okay. Du weißt von nichts. Ich kümmere mich. Ich halte dich da raus. Versprochen.«

Schwarzenberger atmete tief durch. Er kannte Cornelias Gerechtigkeitssinn und ihre Durchsetzungskraft. Mit ihr wollte er sich auf keinen Fall anlegen, vor allem, weil er ihr die positiven Testergebnisse des neuen Mittels gegen Denguefieber, Malaria und Ebola verschwiegen hatte. Und weil er sie mochte.

15
MON CHÉRIE FÜR DIE STAATSANWÄLTIN

Keine Neuigkeiten im Fall Fritz Burger. Fett, Conti und Petridis standen vor einem Rätsel. Zwar war Burger öfters in der Balkan-Grotte aufgeschlagen, aber wo er wohnte, was er machte, mit wem er verkehrte: Fehlanzeige.

»Sie hatten mal einen Kontaktmann für die Fremdenlegion in Reims«, Conti erinnerte sich schwach an einen alten Fall.

»Nungesser, Thierry. Er war vor Jahren Chef der CRS, der nationalen Sicherheitskompanien für Reims und die Region. Davor war er in der Legion. Ich habe versucht, ihn zu erreichen. Er ist nicht mehr in Reims, sondern im Innenministerium in Paris. Kann mir kaum vorstellen, dass ihm der Job gefällt.«

»Können Sie ihn da erreichen?«

»Schwierig. Ich werde nicht durchgestellt. Kann sein, dass er mit einer geheimen Mission betraut ist. Jedenfalls komme ich nicht an ihn ran.«

»Und die schöne Kommissarin in Reims. Frau Kaufmann, kommt die nicht an ihn ran?« Conti stichelte gerne.

»Nein, auch nicht. Von ihr habe ich die aktuelle Info über Nungesser.« Auf die schöne Kommissarin ging Fett nicht ein. Nicht schon wieder Zickereien mit Conti wegen Frauen.

»Nochmal: Fritz Burger wird mit einer Glock Kaliber 9 mm hingerichtet. Schalldämpfer. Waffe kann nicht identifiziert werden. Alles deutet auf Hinrichtung. Folglich muss er einem in die Quere gekommen sein, einen Auftrag nicht erfüllt haben, eine alte Rechnung musste beglichen werden. Keine Kameraaufzeichnungen, weil es in Düren kaum Kameras gibt. Zeugen meinen, einen dunklen Van gesehen zu haben. Kein Kennzeichen, keine Besonderheiten, Handy verschwunden.« Conti blätterte in den Unterlagen.

»Warum hielt er sich in Düren auf?« Fett blickte sie an.

»Er hat dort kurz gelebt, danach war er im Knast, im Anschluss in der Fremdenlegion wieder zurück. Alte Kameraden, die ihn aufgenommen haben?« Conti spekulierte weiter.

»Wir sollten sein Foto veröffentlichen«, schlug Petridis vor, bevor er herzhaft in sein Chiasamenbrötchen biss.

»Ich bespreche es mit Staatsanwältin Regauer.« Fett war unzufrieden. Kein Vorankommen. Nichts.

Staatsanwältin Cordula Regauer soff in Anklagen ab. Für Fett hatte sie eigentlich keine Zeit, andererseits mochte sie den Schwerenöter – ein wenig. Er hatte ihr mal den Hof gemacht. Sie biss nicht an. Damals war ein Tennispartner hinter ihr her, den sah sie öfter. Fett spielte kein Tennis, war sportlich eher unterbelichtet, besaß allerdings mehr Humor als der Tennisspieler mit Porsche. All das schoss blitzschnell durch ihren schönen Kopf, als das Sekretariat Fett ankündigte, natürlich ohne Anmeldung, wiedermal einfach so in seinem Fischgrätmuster-Übergangsmantel.

»Herzallerliebste Frau Staatsanwältin. Vor dem Valentinstag eine Packung *Mon Chérie* für Sie.« Fett kannte ihre Schwäche für süße Nervennahrung. Für *Leonidas* war die Zeit zu knapp, darum war er kurz zum REWE in die Königsberger Straße gefahren.

»Lieber Kommissar, erstens hätte ich mir Süßigkeiten von Ihnen am Valentinstag verbeten, zweitens kenne ich Ihre Art von Bestechung und drittens mache ich gerade eine Diät. Und viertens fällt der Valentinstag in diesem Jahr auf Aschermittwoch. Alles schräg.«

»Sie treten auf?«

»Wie meinen?«

»Bei GNTM?«

»Reden Sie Deutsch, Fett.«

»Germany's Next Top Model.«

Cordula Regauer lächelte kurz.

»Hören Sie mit dem Quatsch auf. Ich lese *Brigitte* und nicht *BRAVO*. Sie haben wieder nichts. Kenne ich. Unangemeldet schleichen Sie herein. In den leeren Händen irgendwelche Süßigkeiten. Warum haben Sie nichts? Wo hakt es? Immerhin ein Tötungsdelikt, das nach Profimord aussieht, Bandenkriminalität, Drogen, Prostitution, Abrechnung im Milieu. Das alles im friedlichen Düren in der Silvesternacht. Und der Herr Kommissar stochert noch immer im Nebel. Die Presse fragt und fragt und ich, ich soll mit der Piemontkirsche abgespeist werden.«

»Also das mit Heidi Klum, das meine ich ernst. Passen Sie bloß auf sich auf. Ganz mager ist auch nicht gesund.« Nur nicht auf die Vorwürfe eingehen, dachte er.

»Wie ich sehe, beherzigen Sie das ja ausgezeichnet. Übernehmen Sie die Diät und ich Ihren Fall.«

Darauf sprang Fett nicht an. Schließlich hatte er den Kampf gegen Bauchfett fast aufgegeben.

»Fremdenlegion. Das Opfer war in der Fremdenlegion. Da komme ich nicht ran. Wir wissen nicht, wo er in Düren

Unterschlupf gefunden hatte, warum er um Mitternacht auf den Parkplatz stand. Alle Umstände weisen auf Profis hin: Auftragsmord, Abrechnung, Rache. Das hilft uns alles nicht die Bohne«, sagte Fett ernst.

»Apropos Bohne, einen Kaffee?«

»Wenn es Ihre Diät zulässt?«

»Die trete ich für unser Gespräch an Sie ab.«

»Na dann. Gerne. Milch bitte.«

»Auch noch Sonderwünsche. Aus Bodenhaltung oder Hafermilch?«

»Von glücklichen Kühen. Bloß keine Hafermilch!«

Regauer rief im Vorzimmer an, und nach einer Minute standen zwei Tassen zwischen den Aktendeckeln auf dem Schreibtisch der Staatsanwältin.

»Schon mal beim LKA oder BKA versucht?«

»Ja«, sagte Fett. »Fehlanzeige oder besser; etwas unmotiviert die Kollegen. Wenn Sie da mal helfen könnten, lasse ich die *Mon Chérie* gerne hier.«

»Die bleiben eh hier. – Okay. Ich schaue, was ich machen kann. Alle Infos haben Sie mir geschickt. Fritz Burger. – Und jetzt den Kaffee, solang er heiß und die Milch frisch ist.«

16
DER DEAL

»Joachim, alter Mitbewerber, warum rufst du mich an? Willst du verkaufen, suchst du ein Haus in Kalifornien?« Santos lachte das Lachen des erfolgsverwöhnten Milliardärs, der sein Frühstück mit Blick auf den Pazifik in der Nähe von San Diego einnahm. Für Rotberg, den deutschen Konkurrenten aus irgendeinem Kaff im Rheinland, hatte er ein offenes Ohr. Denn Rotberg hatte ihm einige Marktanteile in Afrika abgejagt. Das ärgerte Santos. Eine offene Wunde. Die galt es zu schließen. Da können Gespräche nützlich sein.

»George, ich gratuliere dir zu deinem enormen Erfolg. *Mediquasi* ist durch dich die Nummer eins weltweit geworden.«

»Genug mit fishing for compliments. Ich habe ein Tennisturnier gleich mit Julia Roberts, Lady Gaga und all diesen Gesichtern aus Hollywood. Irgendwas mit AIDS-Help oder so. Meine PR-Abteilung meint, ich muss den Schläger schwingen. So what?«

»George, es gibt eine neue Entwicklung, die für deine und meine Geschäftsgrundlage ein Risiko bedeutet. Ein neuer Impfstoff gegen Ebola, Malaria, Denguefieber.«

Santos legte seine Cohiba-Zigarre in den Aschenbecher, dachte kurz nach, blickte auf den kross gebratenen Bacon und rief die Zahlen für die Medikamente aus seinem Gedächtnis auf. Er kam auf einen Milliardenbetrag.

»Den Stoff hast du nicht erfunden, Roti, sonst würdest du mich nicht anrufen.«

»So ist es. Lass uns besprechen, wie wir ein gemeinsames Problem lösen können. Es eilt. Komm vorbei. Ich zeige dir die schöne Eifel.«

»Well, morgen komme ich nach good old Germany. Welcher Airport?«

»Köln/Bonn. Ich erwarte dich. Bring einen Tag Zeit mit.«

»Okay. Und zwei Leute von meinem Stuff, von meinem Team.«

»Überlasse ich dir, George. Danke. Good Luck auf dem Green.«

George Santos spießte den kalten Bacon auf, schleuderte ihn in Richtung Pool. Die Schäferhunde Marge und Homer schossen wie Apollo-Raketen von ihren Kissen. Homer überschlug sich und landete mit einem Fetzen Bacon im Pool. Marge bremste rechtzeitig und schaute zu, wie Homer mit Bacon in der Schnauze aus dem Pool wackelte, sich kräftig schüttelte und am Poolrand den Bacon schnabulierte, die Schnauze leckte und auf einen weiteren Wurf von Herrchen wartete. Herrchen war sauer. Sauer auf den Anruf, auf den kalten Bacon, auf Homer im Pool, auf alles. So fängt kein guter Tag an, dachte George Santos, zog noch einmal an der Cohiba, um sie anschließend kraftvoll im Aschenbecher auszudrücken.

»Shit«, sagte George Santos. »Abräumen«, rief er ungehalten zur Haushälterin. Dann wählte er die Nummer seines Assistenten Martin Duvall.

»Tennis am Arsch. Absagen. Koliken, Durchfall oder lass dir was einfallen. Wir spenden 100.000 Dollar. Heute Nacht Abflug nach Köln. Du kommst mit und von meinen Aufpassern Mickey. Ich erzähle dir alles im Flieger.«

»Wird gemacht, Chef. Was sagen wir Ihrer Ehefrau?«

»Die ist in Cape Cod mit einem Haufen durchgeknallter Weiber und trifft da so einen Filmfuzzi. Anschließend Golf in Martha's Vineyard. Sag ihr, ihr Alter muss einen Deal im alten Europa machen. Das reicht.«

»Okay, Chef.«

George Santos landete mit seinem privaten Lear Jet auf dem Flughafen Köln/Bonn. Der Anruf von Rotberg hatte ihn elektrisiert. Seine Aktionäre waren auf Gewinn getrimmt. Ein Rückschlag war nicht vorgesehen. Notwendige Entscheidungen müssen rasch und konsequent gefällt werden.

George stieg im Hyatt-Hotel in Köln ab, machte sich kurz frisch, bevor Rotberg ihn abholte. Seiner Limousine folgte ein Mercedes GLS mit Martin Duvall und Mickey, seinem Bodyguard.

»Joachim, eine Freude, dich zu sehen. Wie geht es der Familie? Alles okay?« Die breite Pranke des kalifornischen Milliardärs legte sich auf die Schulter von Rotberg, der die amerikanischen Umarmungen, das Schulterschlagen und an die Brust ziehen verabscheute. Was sollte er machen? Milliardär schlägt Millionär. So ist es bei Monopoly. Man muss das Geld für die Schlossallee haben, sonst bleibt es bei der Badstraße.

»Alles okay, George. Dein Deutsch wird immer besser. Lass uns an einem ruhigen Platz in der Natur sprechen. Wir fahren eine Stunde, schau die Köln-Aachener Bucht an, dann sind wir blitzschnell in der Eifel. Wir trinken einen Kaffee und bei dem klaren und milden Wetter, da unterhalten wir uns ein wenig. Schnee kann ich dir nicht anbieten. Klimawandel, du weißt.«

»Okay, Joachim. Sei mir nicht böse, wenn ich ein bisschen sleepy bin. Mit Anfang 70 ist das okay, nicht wahr? Kennt man ja von Joe Biden. Und hör mir auf mit dem Klimawandel. Ihr Deutschen mit eurem Klimawandel macht das Business kaputt. Ist das hier ein Elektroauto, oder was?«

»Nein, ein Verbrenner. George, komm runter. Lass uns nachher ein gutes Businessgespräch führen. Bitte, ruh dich aus. Feel free, George.«

George dämmerte vor sich hin, während Chauffeur Paul Lövenich über die A555, A553 und die A1 bis zur Abfahrt Wisskirchen fuhr, dann Richtung Nideggen, dort am zweiten Kreisverkehr die Abfahrt Richtung Schmidt und Zerkall nahm, Nideggen-Brück durchquerte und in Zerkall auf den schmalen Weg Richtung Kallerbend einbog.

George wachte kurz vor dem Parkplatz an Gut Kallerbend auf, rieb sich die Augen, dachte einen Augenblick, er sei in Disneyland, und wunderte sich über das Tal mit Fluss, Rurtalbahn, Wiesen, Feldern und Restaurant. Kein Schnee, kein Frost, frischer Wind und Bäume ohne Blätter.

»Nice place to be. Gute Wahl, Joachim. Wir Amerikaner wären in ein Steakhaus gegangen, nicht in irgendeins natürlich.«

Rotberg hatte ein geräumiges Zimmer reserviert, Käsekuchen, den Lieblingskuchen von Santos geordert, Kaffee und Softdrinks standen bereit.

»Really nice, sehr hübsch hier. Countryside, Joachim. Das ist eine Abwechslung zu Kalifornien.«

»Lass uns ein paar Schritte machen, George. Danach Kaffee und Cheesecake. Draußen sind wir abhörsicher. Das Gespräch ist zu brisant.«

Sein Assistent brachte Georg den wärmenden *Moncler* Daunenmantel, Rotberg schlüpfte in den *Lodenfrey*

Wintermantel. Rotberg schritt aus zur Rurbrücke, zeigte, wo eine Madonnenfigur im Fels gestanden hatte, bis sie gestohlen wurde. Die Rur rauschte in Richtung Obermaubach, Äste und Baumstümpfe trieben am Ufer entlang. Rotberg und Santos nahmen den kurzen und steilen Aufstieg zu einer wundervoll gelegenen Sitzbank oberhalb der Rur. Ein fantastischer Ausblick. Das Wetter spielte mit. Zwei Männer, die die Welt bewegten, setzten sich auf eine Bank oberhalb des Amazonas der Eifel. Die Begleiter von George ließen keinen Wanderer aufsteigen. Sorry, geschlossen. Unsicher, Steinfall. Sie trugen die gelben Westen aus dem Auto und sahen sehr entschlossen aus.

»George, ich rede nicht um den Brei herum. Wenn der Impfstoff auf den afrikanischen Markt kommt, können wir alle Medikamente unserer Konzerne gegen die Plagen in die Mülltonne werfen.«

»Go ahead, sprich weiter, Joachim.«

»Entweder verhindern wir radikal die Einführung des Impfstoffs oder wir beschaffen uns die Formel, entwickeln einen eigenen Impfstoff und machen einen riesigen Gewinn.«

»Was meinst du mit radikal?«

»Come on, you know. Es gibt Dienstleister dafür. Vor allem in den USA.«

»Radikal heißt alle people, die daran geforscht haben.«

»Vielleicht müssen wir sie einschüchtern oder kaufen.«

»Die Deutschen sind wieder gründlich. So kennen wir euch.«

»George, wir stehen vor einem Kollaps. Ich strecke dir die Hand aus, um unsere beiden Konzerne zu retten.«

»Danke, Joachim. Bin ich hier, hier in dieser Eifel, oder bin ich nicht hier? Ich bin hier, um mit dir, alter Sportskamerad, einen Deal zu machen. Ich säße nicht hier in dieser Disneyland-Eifel, wenn ich nicht sofort erkannt hätte, was für ein Bullshit da auf uns zukommt.« Er zog den Reißverschluss bis zum Mund hoch, sah auf die rauschende Rur, die kreisenden Greifvögel.

»Gleich wird er hinabstoßen und es existiert eine Maus weniger, Joachim.« George zeigte auf den Bussard. »So ist das in der Natur. Wir sind noch die Starken, die Big Boys. Das wollen wir auch bleiben. Sonst stoßen die anderen auf uns herunter und fressen uns. Dann bleibt nichts von uns übrig. Nothing.«

»Wir haben nicht viel Zeit. Der Teamleiter des Projekts steht unter Druck. Seine Existenz bricht zusammen. Finanzielle Probleme.«

»Da kann man dunkle Gedanken bekommen. Selbstmord, Psychiatrie … Oder wir geben ihm einen Aufschub, machen ihn abhängig. Vielleicht brauchen wir ihn noch. Sogar ein Job bei uns könnte Wunder wirken.«

»Ich wusste, wir ticken ähnlich, George.«

Beide blickten auf die Rur, die sich an Gut Kallerbend vorbeischlängelte. Der Wind frischte auf, die Farben waren winterlich, die Laubbäume ohne Blätter, Fichten von Borkenkäfern angefressen. Wäre nicht das Grün der Felder gewesen, so hätte man melancholisch werden können.

17
DAS GRÖSSTE PROBLEM

»Joachim, die Welt hat ein anderes Problem oder challenge, Herausforderung, wie wir Amerikaner sagen. Darüber spreche ich bereits lange mit guten Leuten in der Administration und der Politik. Ich teile meine Gedanken mit dir.« George blickte in den Himmel wie ein Philosoph auf der Suche nach den letzten Wahrheiten.

Joachim Rotberg wurde hellhörig. Eine Finte? Ablenkungsmanöver des Milliardärs aus San Diego?

»Was ist für dich das größte Problem auf der Welt?«, fragte George den überraschten Rotberg und blickte ihn mit kalten Augen an – wie einen Prüfling im Rigorosum der Doktorprüfung.

»Der Klimawandel. Wenn wir den nicht stoppen, bekommen wir noch mehr Probleme.« Rotberg dachte nicht lange nach. Alle redeten vom Klimawandel, man konnte es an den Regenfällen, den Überschwemmungen, den Stürmen sehen. Eschweiler war abgesoffen beim Starkregen im Sommer 2021. Eine Produktionshalle stand unter Wasser, Millionenschäden. Ganz klar: Klimawandel. Er sprach es so selbstsicher und bestimmt aus, wie Greta Thunberg und Luisa Neubauer ebenfalls geantwortet hätten. Hatte nicht Joe Kaeser, der Siemenschef, Luisa Neubauer in den Aufsichtsrat eingeladen? War eine schwachsinnige Anbiederung. Joachim Rotberg war trotzdem absolut sicher: Klimawandel. Punkt.

»Das ist die Antwort, die ich von einem guten Deutschen erwartet habe. Der Klimawandel.« George machte eine Pause, nickte. Mit seinen kurz geschnittenen grauen Haaren und hohlen Wangen ähnelte er dem Schauspieler Lee Marvin in »Das dreckige Dutzend«. Der hatte auch kalte Augen.

»Ich sehe das etwas anders, Joachim. Das größte Problem, über das kaum jemand spricht, ist die Demografie, das Bevölkerungswachstum.« George sagte es bestimmt und mit einer Gewissheit, die Rotberg überraschte. Er zuckte kurz, fühlte sich ertappt.

»Warum haben wir diese verdammten Klimaprobleme? Weil jeder Mensch auf dieser Welt ein Haus, ein Auto, ein Moped oder eine Sauna oder einen anderen Scheiß haben will. Und wir verkaufen es ihm. Alles: Autos, Handy, Haus, billige Kleidung, billiges Essen, Elektronikschrott, Tierfutter. Take, what you want. Wachstum für immer mehr Menschen. Und wir beide, wir halten sie lange am Leben mit unseren Medikamenten, um sie immer weiter auszupressen. Dazu Krankenhäuser, Ärzte, Psychiater, Reha – eine Untersuchung nach der anderen. Sie sollen lange leben, damit wir lange Kunden haben.« George blickte in den Himmel, als ob er dort die Sätze ablesen könnte.

»Worauf willst du hinaus?« Rotberg schluckte und ärgerte sich, dass er dieses Problem nicht erkannt und benannt hatte. War das der Unterschied zwischen Millionär und Milliardär? Der Weitblick, die Vogelperspektive? Bestimmt hatte Santos diese Idee in Davos beim Weltwirtschaftsforum aufgeschnappt. Davos, da kann ich lange auf eine Einladung warten, dachte Rotberg. Immerhin Karlspreis, da spendete er, da saß er seit Jahren bei der Verleihung im Krönungssaal.

»Wir haben zu viele Menschen auf der Welt, Joachim.

Das ist die Ursache für all die Probleme. Und die, die wenig haben, die keine Hoffnung sehen, die kommen zu uns, nach Europa, in die USA. Du kennst die Bilder. Seit der Papst aus Polen die Verhütung in Afrika verboten hat, steigt dort die Geburtenrate. Kinder, für die es keine Zukunft gibt. Das ist schlecht. Sie werden sich radikalisieren. Sie kommen zu uns in Karawanen, bezahlen Schlepper. Wenn die Sterblichkeit zurückgeht, werden die politischen Systeme in Afrika, Südamerika und Asien noch anfälliger für Verlockungen aus China, Russland, den arabischen Raum. Die Regierungen schaffen das nicht alleine. Stammeskämpfe nehmen zu, der Kampf um die Bodenschätze nimmt zu, das alles vermischt mit einem fanatischen Islamismus. China, Russland und andere Länder treten ohne Skrupel auf. Sie werden den Kontinent übernehmen. – Keine Seltenen Erden mehr, keine Sonnenenergie, kein Gas aus Afrika. Wir sehen es bereits. Every day. Jeden Tag. Wir verlieren an Einfluss auf dem Kontinent. Überall sind Extremisten auf dem Vormarsch, weil die Regierungen der Jugend keine Zukunft bieten. Je mehr Menschen dort leben, umso mehr verlieren wir Einfluss und umso mehr kommen zu uns, bringen Unordnung in unsere Länder.«

»Was hat das mit dem Impfstoff zu tun?«

»Joachim, bist du naiv? Wir retten mit dem Impfstoff noch mehr Leben, noch mehr Menschen, die Karawane in den Westen wird immer größer. Je mehr wir retten, umso mehr werden uns bedrohen. Verstehst du das nicht?«

»Dann darf der Impfstoff, auch wenn wir ihn entwickeln könnten, nicht auf den Markt?«

»Exactly. You got it! Du hast es verstanden. Die Überbevölkerung ist das Hauptproblem. Niemand spricht darüber. Nur in den schalldichten Zimmern der Regierungen ist es ein Thema. – Wir, du und ich, tun alles, um die Oldies mit all unseren Medikamenten so lange am Leben zu erhalten, wie es irgendwie geht. Das ist für unsere Gesellschaften nicht mehr finanzierbar. Look, immer mehr Krankenhäuser gehen bankrott. Sollen da weitere Millionen aus anderen Kontinenten einwandern?«

Rotberg wurde nervös. Er knöpfte seinen Mantel zu, blickte auf die Strömung der Rur und war sich nicht sicher, ob das Treffen eine gute Idee war. Darauf war er nicht vorbereitet.

Santos brach einen Ast ab, zeichnete etwas vor der Bank in den feuchten Boden.

»Joachim, was hast du bis jetzt unternommen in der Sache mit dem Impfstoff?«

»Ich habe einen Dienstleister, der das Material beschaffen soll.«

»Forget it. Hör auf. Ich schicke meine Jungs.«

»Dann bekommst du alle Unterlagen und kannst mich aus dem Rennen werfen.«

»Hast du nicht verstanden, was ich gesagt habe? Wer hat eben von einer radikalen Solution gesprochen, von einer radikalen Lösung? Keine Spuren werden zu Rotberg führen. Ich verspreche es. Ein Unfall. Passiert im Leben. Wir lösen ein Problem. Sonst haben wir und die Welt ein sehr, sehr, sehr großes Problem, mein Freund.«

»Du weißt, was du da sagst?«

»Wenn die Bevölkerungsentwicklung sich nicht normalisiert, kollabieren die Staaten und Europa. Verstehst du das nicht?«

»Das ist zynisch, George. Es muss einen anderen Weg geben.«

»Ich bin Businessman, nicht Priester. – Es gibt nur eine Lösung! Die Erfindung muss verschwinden. Für immer. – Sonst verschwinden wir.«

Santos stand auf. »Wirklich, nice place. Danke, dass du mir das gezeigt hast. Ich könnte noch ein Stück Cheesecake essen. Lass uns in das Restaurant da unten gehen.« Er schlug Rotberg kumpelhaft auf die Schulter.

»George, gib mir die Hand drauf. Ich ziehe meine Männer zurück. Du übernimmst und vernichtest das Patent. Ich überweise diesem Teamleiter 50.000 Euro. Alle Infos, die du brauchst, bekommst du von mir oder Doktor Marquardt.«

»Ja, mein Freund. Hand drauf. Deal.« Sie reichten sich die Hand, warfen einen letzten Blick auf die Rur und stiegen vorsichtig hinab, überquerten wieder die Brücke über den Fluss und kehrten zu einem letzten Stück Käsekuchen in Gut Kallerbend ein. Rotberg informierte Santos, nannte Namen, Kontakte. Den Rest würde Marquardt Duvall übermitteln. Der Käsekuchen wurde gelobt und die Rechnung großzügig aufgerundet. Schweigend fuhren sie zurück nach Köln. Santos schlief kurz hinter Nideggen ein. Rotberg dachte über den Deal nach und das, was Santos gesagt hatte.

Rotberg brachte Santos zum Hyatt-Hotel. Dort machte sich Santos frisch, besprach Details mit Duvall, erteilte Aufträge, danach fuhr er zum Flughafen Köln/Bonn. Für den Learjet hatte er eine zweite Besatzung mitgebracht. Santos flog zurück in die USA. Aus der Luft ließ er sich mit William Holden, einem alten Studienfreund und Chef der Sicherheitsfirma *Hammerton*, verbinden. *Hammerton* sprang da ein, wo CIA und die Navy-SEALS nicht handeln konnten – und durften.

»Ich habe eine Aufgabe für dich in good old Germany. Duvall wird dir alles mündlich erklären. Es muss schnell gehen. Die Sache muss Mitte Februar beendet sein.«

»George, mein Freund, habe ich dich je enttäuscht? Nein. Wir übernehmen das. Duvall kann jederzeit einen Termin haben. Danke, für dein Vertrauen, alter Freund.«

Rotberg informierte aus dem Auto Marquardt. Der Dienstleister werde nicht mehr benötigt. Auszahlung der Restsumme. Keine Fragen.

Marquardt wunderte sich, beugte sich dem Alten, wie er ihn nannte, und rief den Chef von Jakub, Pawel und Iwan an. Stornierung des Auftrags »Labor«. Die vereinbarte Summe für den Auftrag würde er vollständig erhalten. Stillschweigen sei die Voraussetzung.

18
DIE ZEIT DRÄNGT

»Käpt'n, es wird Zeit.« Kaya Samba rief mit dem Satellitentelefon an.

»Was heißt das?«, fragte Hastings.

»Wir brauchen den Impfstoff früher. Die M23 Rebellen sind auf dem Vormarsch nach Goma. Die Regierung reagiert halbherzig. Die Völkergemeinschaft ist nicht interessiert. Die Öffentlichkeit schaut auf die Ukraine und den Nahen Osten. Afrika ist kein Thema. Wenn die Bevölkerung im Kongo nicht bald ein Signal der Hoffnung bekommt, wird es zu Unruhen kommen. Die UN-Schutztruppe zieht ab. Ein Bürgerkrieg ist durchaus denkbar. Der Prinz setzt auf den Impfstoff, damit das Volk Hoffnung schöpft und sich bei der Wahl hinter ihm versammeln kann. Haben Sie das verstanden?«

»Heiße ich Käpt'n oder Dummkopf? Also, wann?« Der Käpt'n überschlug kurz seine zeitliche Planung.

»Im Februar.«

»Das wird eng. Wir bereiten uns gerade vor.«

»Diamanten motivieren, Käpt'n. Für jeden von Ihnen im Wert von 100.000 Euro.« Kaya hatte es mit dem Prinzen von Katanga besprochen. Die Lage wurde von Tag zu Tag schwieriger. Alles auf eine Karte: Aachen.

»Wir kriegen das hin. Danke und Ende.«

Der Käpt'n hatte einen Zeitraum von Ende Januar bis Mitte März ins Auge gefasst. Genug Zeit bis zu den Wahlen im Herbst. Ortserkundung, die Gewohnheiten der Forscher, deren Wohnungen, Büros, Labore – einfach alles sollte erfasst werden. Motorräder und Autos mussten beschafft werden. Die Fluchtwege standen noch nicht fest. Dies musste nun im Zeitraffer erfolgen. Er nahm einen Kalender zur Hand, checkte die Wochen, rief Ben Gunn und Barbecue in sein Zimmer. Mit beiden hatte er in groben Zügen Szenarien entwickelt.

»Barbecue ist unterwegs«, sagte Ben Gunn.

»Wohin?«, fragte der Käpt'n.

»Pizza besorgen in Simmerath. War so vereinbart.«

»Stimmt, hatte ich vergessen. Okay, zuerst Kaffee und später die Pizza. Bis dahin geh ich den Plan durch.« Der Käpt'n schaute zu Ben Gunn, der hungrig den Raum verließ und sich in den Speisesaal begab, wo der Rest der Mannschaft auf Barbecue wartete.

Endlich tauchte Barbecue mit dem Ford Ranger auf und lud 20 Pizzakartons aus, für jeden mindestens zwei Stück.

Nach dem Essen trommelte der Käpt'n das Team zusammen

»Herhören. Verkürzter Ausführungszeitraum. Der Auftrag muss bis Mittwoch nach Karneval erledigt sein. Bonus: Diamanten im Wert von 100.000 Euro für jeden. Wer macht mit?«

Alle Hände schossen in die Höhe. Nie hatten die Katanga-Gendarmen vor einem Auftrag zurückgezuckt, wenn er finanziell lukrativer wurde.

»Dann wollen wir mal. Auf ins Arbeitszimmer.«

Der Käpt'n ging voraus, die Mannschaft folgte. Im Kampagnenraum summten die Computer, hingen Karten von Aachen an den Wänden, Fotos von Schopen, Schwarzenberger, Ligodi. Dazu Detailaufnahmen vom

Fraunhofer-Institut, dem Uniklinikum und dem Forschungszentrum Jülich. Daneben Karteikarten mit Basisinformationen.

»Zusammen mit Ben Gunn und Barbecue habe ich zwei Szenarien entworfen. Wir nennen sie das laute und das leise Szenario. Mit Blick auf die Verkürzung der Auftragszeit spricht viel für das laute Szenario. Für das leise Szenario haben wir nicht viel Zeit. Trotzdem werden wir es versuchen. Das werden wir nun durchsprechen und mit einer Chronologie versehen. Jeder hört genau zu. Alle Fragen stellt ihr sofort. Besser jetzt als nachher im Kampf.«

Die Männer rückten näher an den Käpt'n heran. Der zoomte eine Innenstadtkarte von Aachen auf die Leinwand und deutete auf das Theater Aachen.

»Das laute Szenario. Dort wird es einen Knall geben.«

Er zeigte auf die Brücke an der Krefelder Straße, die zum Tivolistadion führte, auf den Bahnhof Rothe Erde, das Centre Charlemagne, die Domschatzkammer.

»Eine Sache, Käpt'n.« Barbecue, der alte Kämpfer aus Afrika, zögerte, fasste sich ein Herz.

»Wir sollten acht sein, sagten Sie. Nun sind wir sieben. Sieben ist keine gute Zahl, Käpt'n. Wie sieht es mit Ersatz für den achten Mann aus, Käpt'n?«

»Barbecue, mein Guter. Du irrst dich gewaltig. Sieben ist die optimale Zahl. Ich weiß nicht, hinter welchem Aberglauben du herläufst. Ob Baum-, Blüten- oder Leck-mich-am-Arsch-Aberglaube. Ich sage dir, und ich war als Kind in der Kirche, die Zahl Sieben ist eine göttliche Zahl, schon in der Antike. Sie ist unsere Glückszahl.«

»Und die sieben Todsünden, Chef?«

»Am Arsch mit den sieben Todsünden. 13 ist die Unglückszahl und 666 die Zahl des Teufels. Siehst du die hier irgendwo? Nein. Also, pack deinen Aberglauben in die Munitionskiste und verschon uns mit dem Hokuspokus. Hat jemand intelligentere Fragen oder Bemerkungen?«

Niemand. Sie kannten Barbecue und seinen Hang zum Aberglauben. Der Chef hatte es ihm gegeben. Das reichte. Dann folgten sie seinen Ausführungen zum lauten und zum leisen Szenario.

19
CONTIS AFFÄRE

Nur kurz war das Schnee-Intermezzo Ende Januar. Fett hatte die Winterreifen vergessen und rutschte mit seinem Klapprad zu Conti, die ihn mit ins Präsidium nahm. Die amtliche Unwetterwarnung reichte von Mittwoch bis Samstag. Bereits am Sonntag verschwand die weiße Pracht.

Der Sitzungskarneval lief auf Hochtouren. Die Session war kurz, Prinz Thomas IV. von Aachen düste mit seinem Hofstaat von Sitzung zu Sitzung, von Altenheim zur Lebenshilfe, parkte mit seinem Tross im Halteverbot und kassierte Knöllchen. Er versprühte erbaulichen Frohsinn, sang wie ein Profi und tanzte wie Fred Astaire. Ein Lichtblick in der dunklen Jahreszeit, geprägt vom Krieg in der Ukraine, dem Massaker der Hamas an Israelis, von Demonstrationen gegen rechts, von Angriffen auf Handelsschiffe im Roten Meer und von einem aufkommenden Antisemitismus in Europa. Eine bleierne Zeit, in der Menschen sich nach Kurzweil und Ablenkung sehnten. Die Politik diskutierte über Cannabis-Freigabe, Demokratiefördergesetz, Taurus-Marschflugkörper und sammelte ihre Anhänger für die Europawahl im Juni 2024.

Fett, Conti und Petridis traten im Fall Burger auf der Stelle. Es kostete Daniela Conti Überwindung, den Anruf zu machen, den sie Ende Januar tätigte. Nach dem Gespräch lud sie Fett am Abend zu sich in die Promenadenstraße ein. Pizza mit Primitivo? Fett sagte zu, obwohl er sich an den Schneetagen einen Männerschnupfen geholt hatte.

Er radelte eine Woche vor Fettdonnerstag – die Anspielungen auf seinen Namen blieben seit der Kindheit nie aus – mit seinem Klapprad in die Promenadenstraße, grüßte die Kollegen im Dienstwagen am Synagogenplatz und klingelte mit einem Blumenstrauß von Tariq, dem Blumenhändler aus der Komphausbadstraße, an Contis Tür.

»Blumen für die Damen«, säuselte Fett, als Conti in Jeans und Pullover von Armani die Tür öffnete und ihr schönstes Lächeln das Gesicht verzauberte. Dann musste Fett niesen.

»Piacere, bitte, Kollege, kommen Sie rein, den Bazillen ist es draußen zu ungemütlich.«

Fett hing seine Funktionsjacke auf und trat in die Wohnraumküche, in der er so oft mit Conti auf der Fensterbank die Lage der Nation besprochen hatte.

»Crémant oder direkt ein Primitivo?«

»Ein Crémant für Eddy Merckx vom Templergraben wäre nicht verkehrt«, antwortete Fett. »Hilft bestimmt gegen die aufkommende Lungenentzündung.«

»Ah, der berühmte und berüchtigte Männerschnupfen!« Conti nickte wissend.

»Machen Sie sich bloß nicht lustig. Bei Männern ist es eben schlimmer als bei Frauen. Das beginnt mit dem Vorschnupfen und endet mit dem Nachschnupfen. Muss aus dem Holozän stammen. Männer sind da viel, viel schlimmer dran als Frauen. Der Nachschnupfen zum Beispiel ...« Er musste niesen, nestelte ein Tempotaschentuch aus dem Sakko. »Der Nachschnupfen bedarf einer tiefentherapeutischen Nachbehandlung. Männer stehen quasi am Rande des Grabes. Männer reden halt nicht so viel wie Frauen.

Deshalb müssen sie gerade in solch existenziellen Situationen kommunikativ aufgefangen werden. Das nennt man die Dialektik des Männerschnupfens. Ich vertraue Ihnen damit ein zentrales Geheimnis des Unterschieds zwischen Mann und Frau an.« Fett blickte Conti abwartend an, erwartete seriöses Mitleid.

»Nach dem Crémant der dienstliche Teil, im Anschluss Pizza, Primitivo und der private Teil. Einverstanden?« Conti überhörte den pseudomedizinischen Exkurs ihres Chefs, der darüber enttäuscht war und lautstark niesen musste.

»Kein Wort zu meinen Erläuterungen?«

»Nein, Chef, Sie leiden, ich koche, wir essen.«

»Bei so viel Mitgefühl benötige ich sofort ein Erfrischungsgetränk.«

Conti holte eine geöffnete Flasche Crémant aus dem Kühlschrank.

»Benissimo, liebe Kollegin. Lassen wir das Thema mit dem Männerschnupfen und kommen zum zweitwichtigsten Thema des Abends. – Als Altersvorsitzender unseres Zweierteams und in der Abendröte meines beruflichen Daseins frage ich hiermit höflichst und mit aller Vorsicht an, ob wir nicht endlich zum Du kommen sollten? Wer weiß, wie lange mich der liebe Gott angesichts des fatalen Männerschnupfens ermitteln lässt. Falls Sie Erinnerungslücken haben sollten, was ich aufgrund Ihrer unendlichen Jugendlichkeit nie und nimmer vermute, so sei an dieser Stelle nochmals mein Vorname erwähnt, der in einem großen Buch der italienischen Literatur im Titel eine Rolle spielt. Das Buch wurde von Natalia Ginzburg geschrieben und trägt den Titel ›Caro Michele‹. Was auf Deutsch so viel heißt wie ›Lieber Michael‹, womit ich nun den Vornamen des Sprechenden habe fallen lassen. Kurzum: Ich heiße Michael.«

»Wenn ich nicht den Crémant gerade erst geöffnet hätte, so hätte ich auf die Idee kommen können, dass der Sprecher heiter und fröhlich nach der Einnahme von Erfrischungsgetränken eingetreten ist, was eigentlich bei dem fatalen Männerschnupfen untersagt ist«, antwortete Conti. »Lieber Herr Michael, man ruft mich seit der Taufe Daniela.«

Die Gläser stießen aneinander, der Crémant war eiskalt. Beide lächelten. Kurz tauschten sie Wangenküsse, fast wie unbeholfene Teenager.

»Womit wir bei der Frage wären, wie erklären wir es Frau Hof, der guten Seele des KK 11, und unserem Herrn Andy?« Conti stellte ihr Glas ab.

»Frauensache, liebe Daniela. Das musst du übernehmen. Geh mit Frau Hof zu einem Zumbakurs und erklär es zwischen dem herabschauenden Hund und dem Ausfallschritt.«

»Lieber Michael, dein gesundes Halbwissen über Yoga solltest du nicht mit Zumba, Pilates oder Capoeira durchmischen. Frau Hof tut eben was für ihre Gesundheit.«

»Und ist dauernd krank. Rücken, Bandscheibe, Knie. Vielleicht besucht sie die falschen Kurse oder verwechselt die Trainingsstunden mit der Hundeschule. Irgendwie leuchtet es mir nicht ein, dass gerade die, die dauernd Sport treiben, die höchsten Ausfallzeiten haben.«

»Du lenkst vom Büro ab. Ich soll erklären, wenn jemand fragt, warum wir per Du sind?«

»Na klar. Du bist die Schönheit, ich der alte Kommissar. Alle werden mir Absichten unterstellen und sich fragen, wie du auf die Idee kommst, plötzlich nach all den Jahren den alten Fett zu duzen.«

»Ist völlig normal. Schau auf die Anwärter. Die sind alle per Du. Die duzen sogar den Polizeipräsidenten, wenn er nicht sofort aus der Hose springt.«

»Etwas Angewöhnen finde ich wichtig. Der Herr Andy, der kann lange warten.«

»Hab dich mal nicht so, Kommissar Michael. Der Andy ist voll okay. Dein Altersstarrsinn fällt auf.«

»Danke für die Blumen. Kaum das Du angeboten, da erhalte ich Breitseiten aus der feministischen Ecke. Liebe Daniela, schnell ein Glas, bevor ich meinen Entschluss, über den ich seit dem Herbst ernsthaft, intensiv und in Workshops für den emanzipierten Mann gegrübelt habe, zurückziehe.«

Beide lachten, stießen an, blickten nachdenklich auf die Promenadenstraße, auf der zwei Jugendliche leere Pizzakartons in eine Hofeinfahrt donnerten.

»Meine Pizza ist natürlich selbst gemacht. Rezept von der Nonna aus Sizilien. Wird nicht verraten. Und für den Kommissar Michele mit Sardellen, scharfer Salami, Oliven und Peperoni. Al diavolo. So magst du sie doch?«

»Tutto bene. Wundervoll. Hunger habe ich – aber zuerst die dienstlichen Details, cara Daniela.«

»Du kennst den Grund, warum ich vom BKA weg bin. Eine Affäre. Die Affäre ist nicht mehr im Personenschutz, sondern im Innendienst. Aufstieg nennt man so etwas. Jedenfalls war er mir etwas schuldig. Viel sogar. Und so habe ich mich erstmals überwunden. Ich sehe doch, dass wir nicht weiterkommen. Andererseits ist der Burger nicht einfach so hingerichtet worden. Mein Anruf diente quasi der Gefahrenabwehr. Vorbei an allen Dienstwegen. Nun erfährst du das Ergebnis.« Conti nahm einen Schluck.

Fett leerte sein Glas Crémant und dachte über die Affäre nach. Etwas Eifersucht spürte er. Jetzt nicht verschnupft reagieren. Oder gerade doch? Er war unsicher, unkonzentriert, als Daniela fortfuhr.

»Fritz Burger telefonierte kurz vor seiner Ermordung auf einem Kanal, den das BKA und MI5, der britische Inlandsgeheimdienst, geknackt haben. Hintergrund: Söldner für Kriegsgebiete. Eine Firma aus Großbritannien mit Anwerbung auch in Deutschland. Fast so etwas wie die amerikanischen Dienstleister im Irak- und Afghanistankrieg. Sie arbeiten für Regierungen und regierungsnahe Einrichtungen. Profis also. Burger wurde von einem Kontaktmann für eine Organisation namens *Treasure Island* angeworben. Laut MI5 ehemalige Militärs aus Großbritannien, Belgien, Frankreich und Afrika. Darunter solche, die als Katanga-Gendarmen vor allem im Süden Afrikas für verschiedene Diktatoren mit Paramilitärs kooperiert haben. Der Kontakt zwischen Burger und der Person X sei ungefähr vier Wochen vor der Ermordung zustandekommen. Nachdem Burger zwei ehemalige Kumpels zur Mitarbeit in das Gespräch brachte, sei der Kontaktmann extrem verschnupft gewesen. In der Nacht seiner Ermordung sei Burger auf den Parkplatz bestellt worden. BKA und Scotland Yard tappen im Dunkeln, was den möglichen Auftrag betrifft. – Ach, das interessiert vielleicht deine Freundin in Lüttich.« Conti machte es spannend. »Am Rande des Anwerbegesprächs wurden Aachen und Kongo erwähnt.« Sie ließ das Wort im Raum stehen.

»Und das alles vor deiner Pizza Diavolo. Chantal Kalumba, meine Freundin in Lüttich, die ich länger kenne als dich, könnte uns vielleicht in Sachen Kongo helfen.« Fett dachte angestrengt nach. »Jedenfalls vielen Dank. Auch an die Affäre. Mal sehen, wie wir das gebrauchen können. Das sagt uns, dass die Auftraggeber irgendwo in der Nähe sein müssen. Wenn er am Abend aus dieser Balkan-Grotte rausgerufen wurde, reisten die nicht mit einem dunklen Van vom anderen Ende Europas oder aus dem Kongo an. Und Burger wäre nicht hier gewesen, wenn nicht der Einsatz voraussichtlich hier in der Nähe erfolgen sollte. Und er hat sich selbst rausgeschossen, indem er zwei Kumpels ins Spiel brachte, denen er von einem lukrativen Auftrag erzählte.«

»Der liebe Michael hat schnell kombiniert. Was soll ich dazu sagen? So könnte es sein. Nun kennen wir einen Hintergrund mit organisierter Kriminalität, jedoch nicht den konkreten Anlass. – Ruf mal deine Freundin in Lüttich an.«

»Gute Idee. Trotzdem: alles unbestimmt, puddinghaft, nichts Konkretes. – Salute, auf Daniela Conti, die stets bella figura macht.« Fett konnte und wollte es sich nicht verkneifen. Zu Chantal Kalumba schwieg er. So wie Daniela über ihre Affäre.

Die Pizza war scharf wie der Teufel, der Primitivo von irgendwelchen Verwandten aus Italien. Jedenfalls war er richtig gut. Getoppt vom Absacker-Grappa, selbstgebrannt, kein Etikett, Fett fragte nicht nach. Er genoss den Abend mit Daniela und riss sich zusammen, um nicht nach dem Sofa für die Übernachtung zu fragen. Wieder eine Klappbett-Sofa-Nummer. Leider lag draußen kein Schnee, sonst hätte er übernachten müssen. So schob er gegen ein Uhr nachts sein Klapprad mit schweren Beinen über den Willy-Brandt-Platz durch die Adalbertstraße in Richtung Elisenbrunnen. Obdachlose schliefen in den Eingangsbereichen der leer stehenden Geschäfte. Ein Hund bellte Fett hinterher. Er dachte an Daniela, Chantal, Zumba, Yoga, die Affäre beim BKA und das Wochenende mit Chantal Kalumba in Paris und an Organisierte Kriminalität. Sembritzki, das Arschloch, an den wollte er nicht denken.

20
DIE KONGOSPUR

»Michel, welche Freude.« Chantal freute sich immer, wenn Fett anrief.

»Meine Freude, Chantal, meine Freude. Ich habe lange an unser Gespräch über Belgien und den Kongo gedacht.«

»Hoffentlich war es nicht zu schrecklich für dich.«

»Nein, nein. Ich gestehe, vieles kannte ich nicht, vor allem nicht die Grausamkeiten. – Wir sollten uns wieder treffen, Chantal, mit anderen Themen.«

»Mais oui, lass uns gleich Termine austauschen. Tu sais, du weißt, wie viel Arbeit ansteht.«

»Ja, ja. Immer Arbeit, immer. Darum rufe ich an. Wir haben einen Toten, ermordet, Kopfschuss. Fritz Burger, Ex-Fremdenlegionär. Mittlerweile wissen wir, dass er einen neuen Job annehmen sollte. Bei der Telefonüberwachung fiel in Zusammenhang mit dem Auftragsort das Wort Kongo. Die Firma, die die Truppe zusammenstellt, heißt *Treasure Island* mit Sitz in Großbritannien. Sie soll ehemalige Katanga-Gendarmen beschäftigen. Vielleicht hörst du dich mal um. Ich meine, nun ja, es ist deine ehemalige Heimat. Du kennst dich besser aus als ich, als wir.«

»Du und dein italienischer Schatten?«

»Kollegin Conti, Daniela, für uns ist das neu und die Zusammenarbeit mit dem Verfassungsschutz ist wieder anstrengend.«

»Daniela? Endlich beim Du?«

»Wurde Zeit. Du kennst sie ja. Also wir in Deutschland brauchen immer Zeit. Schließlich arbeite ich seit 2019 mit ihr zusammen.«

»Daniela, Daniela.« Chantal konnte es nicht lassen.

»Come on, ist okay. Es ist völlig anders. Wir sind Kollegen, ein Team. Du und ich, wir sind richtig gute Freunde mit einer Geschichte, die uns niemand nehmen kann. Und viel mehr.«

»Das hast du schön gesagt. Und viel mehr. – Alors, zurück zu deinen Infos und Fragen. Ich checke es gerne und rufe dich an. Dann machen wir einen Termin aus. Nur so viel. Im Kongo wird im Herbst gewählt. Das wirft Schatten voraus. Die Parteien bringen sich in Stellung. Viele Versprechungen, viel Druck, viel Schmiergeld. Neu im Rennen ist der, den sie Prinz von Katanga nennen. Julius Mabutu hat in Europa studiert, Vater war Minister. Die Leute im Süden und Osten des Landes vertrauen ihm. Ich glaube, er musste aus dem Kongo flüchten, weil Rebellen aus Ruanda eingefallen sind. Kann sein, dass er in Niger ist. Jedenfalls hat er gute Aussichten und bedroht damit die alten Machthaber, also die, die den Kongo unter sich aufgeteilt haben. Das könnte ein Hintergrund für das Stichwort Kongo sein. Ansonsten interessieren den Rest der Welt vor allem die Bodenschätze: Gold, Diamanten, Kobalt und Coltan. Kobalt ist in jedem Handy, ein strategischer Rohstoff. Du siehst, es gibt viele Möglichkeiten, im Kongo reich zu werden. Und viele kämpfen darum. Mehr kann ich nicht sagen. Ich melde mich bei dir.«

»Merci, Chantal. Danke für deine Hilfe. Wir treffen uns. Egal, was du findest. Ich freue mich immer, dich zu sehen.«

Sie legten auf.

Fett blickte auf die Niagara-Autowaschanlage gegenüber vom Polizeipräsidium. Kongo, *Treasure Island*, Katanga-

Gendarmen, Fremdenlegion, Wahlkampf, Hinrichtung, kein Handy – ob Fritz Burger einen Job im Kongo annehmen wollte? Verkrachte Existenzen suchten ihr Glück als Söldner in unterschiedlichen Firmen, die sich Regierungen anboten. Drecksarbeit für Geld, alles außerhalb der Legalität. Die Armee machte sich die Finger nicht schmutzig.

Die Schlange an der Waschanlage wurde länger, der Rückstau auf der Trierer Straße in Richtung Autobahnausfahrt Aachen-Brand auch. Seit die Haarbachtalbrücke gesprengt und deshalb der Autobahnanschluss zum Europaplatz gesperrt war, staute sich der Verkehr auf den anderen Routen rein und raus aus der Stadt. Wo ist eigentlich Daniela, fragte sich Fett und blickte ins Büro von Frau Hof, die gerade mit *Mobilat Gel* ihren Nacken behandelte.

»Wo ist Frau Conti?«

»Daniela, Sie sind ja jetzt per Du«, antwortete Frau Hof leicht verschnupft und massierte sich versehentlich Gel in die Haare. »Frau Conti ist heute früher nach Hause. Irgendwas mit Mädelsabend, Frau Unsleber und so.«

»Und der Herr Andy, hat der heute ebenfalls Mädelsabend?«

»Der Andy ist im Sportstudio, Überstunden abbauen.«

Donnerstag. Na klar, dachte Fett. Da läuten die Mädels das Wochenende ein und Andy achtet auf Work-Life-Balance. Er war unzufrieden und hatte null Bock auf einen Fernsehabend. Der Kühlschrank war leer. Vera Braun, die hatte er lange nicht mehr getroffen. Journalistin und etwas jünger. Früher waren sie abends ab und an bei Ramrath »Am Knipp« versackt. Gott, die Welt, Aachen und die Mörder – ihre Themenpalette war solide und qualitätsvoll wie die Speisekarte in der Traditionsgaststätte. Außerdem war Schluss mit Männerschnupfen. Er war wieder gesellschaftsfähig.

21
AM KNIPP MIT JIM KNOPF

»Braun.« Die Stimme war immer noch rauchig, attraktiv, verführerisch.

»Fett.«

»Dreh dich nicht um, der Kommissar geht um. Mein lieber Don Michele, was verschafft mir vor Einbruch der Dunkelheit die Ehre deines Anrufs? Altersdepression, ein unlösbarer Fall, leerer Kühlschrank, kalte Wohnung?«

»Eine Kombination der aufgezählten Zustände sowie Lach-Entzug und Lust auf Augenpflege. Mein Augenarzt riet mir dringend dazu, die Augen durch den Anblick von Schönheit zu pflegen. Drum ruf ich dich an.«

»Ein Anruf auf Rezept?« Braun lachte.

»Privatpatient. Ich bin frei in der Wahl der Behandlung. Du stehst auf Platz eins.«

»Unglaublich! Ich bin natürlich verschreibungspflichtig. Du musst eine satte Zuzahlung leisten.«

»Das lässt sich trefflich bei den Brüdern Ramrath aushandeln; diskursiv und mit einem Narrativ oder wie das heute heißt.«

»Narrativ kommt von Narr. Mach dich nicht dazu. Außerdem denken Männer in deinem Alter allein an das Eine. Stand gerade in der Zeitung. – Du hast Glück. Das Vorbereitungskomitee für den Weltfrauentag wurde heute abgesagt. Die Referentin für die Themenblöcke Schwangerschaftsabbruch, Reparaturen im Haushalt, Wechseljahre und das Leben von Frauen und Mädchen in Afghanistan sitzt fest, weil die Bahn streikt.«

»Interessante Themen. Alle so freudvoll. Dann habe ich ja Glück oder beschäftigt ihr euch heute mit der Unfähigkeit der Männer, Socken zu sortieren?«

»Mach dich nur lustig, alter weißer Mann!«

»Nein, bitte, ich ertrinke in Single-Socken. Ein angeborener Defekt bei Männern. Stand gerade in einer Oxford-Studie. – 20 Uhr bei Ramrath? Ich lade ein. Keine Widerrede. Das ist Emanzipation.«

»Oxford-Studie. Ich lach mich tot. – Aber diese Emanzipation gefällt mir am besten. Ich erkläre dir vor dem Essen, wie das mit den Socken funktioniert. Hat zwar nie einer meiner temporären Lebenspartner kapiert, bei dir sehe ich ein gewisses Potenzial.«

»Danke, schönste Journalistin im reflexiven Talkessel. Danke, dass deine Artikel ohne Gendersternchen gedruckt werden.«

»Noch so ein Thema. Hör auf. In der Redaktion dampft die Bude. Nun, da Jim Knopf keine Pfeife mehr im Mund haben darf, gehen die Meinungen hin und her. Es ist nicht bloß die Pfeife, die vom Cover des Kinderbuchs verschwunden ist. Als ob Kinder sofort zum nächsten Tabakwarenladen rennen würden, um sich eine Pfeife anzustecken. Auch im Text wurden Passagen geändert.«

»Da haben wir Themen für einen Austausch zur Lage der Nation«, schmunzelte Fett, dem Eva Brauns Revoluzzergeist vor Jahren ebenso aufgefallen war wie ihr Hang zu schicken Lederjacken in Schwarz, Braun und Grün.

Dunkelgrün. Die Lederjacke, die Eva Braun trug, war dunkelgrün, hauteng und passte zur schwarzen Jeans und den Pumps. Sie trafen sich um 20 Uhr bei den Brüdern

Ramrath in der Gaststätte »Am Knipp«. Fett hatte einen Tisch reserviert. Richtige Entscheidung. Ratsmitglieder, IHK-Geschäftsführer und lokale Größen der Aachener Karnevalsvereine prosteten sich und den Inhabern zu. Die Stimmung war ausgesprochen heiter. Fast jeder kannte jeden und alle wussten: Essen 1a, Bier frisch gezapft.

»Zuerst die Socken, dann Schnitzel vom Eifeler Landschwein oder Salatschüssel Nizza?«, fragte Fett.

»Von Salat habe ich genug. Bringen die Kollegen in Plastikschüsseln mit ins mobile Büro und mümmeln am Schreibtisch. So ein Stück Fleisch aus der Eifel, einmal die Woche, das wird mir Landwirtschaftsminister Cem Özdemir bestimmt erlauben. Was meinst du?«

»Ich rufe ihn mal eben an.« Fett kramte sein Handy hervor, tippte eine Nummer ein. »Ja, Herr Minister, meine charmante Begleitung fragt, ob sie einmal in der Woche Bioschwein aus der Eifel essen darf. Wie? Nein, kein ganzes Schwein. Gebraten, von ehrlichen Köchen und aus Bodenhaltung. Nicht der Koch, das Schwein. Danke. Richte ich aus. Alles Gute, wie Bulgursalat? Nein, heute nicht. Bratkartoffeln, ja, aus Bodenhaltung. Bio, alles bio. Danke. Servus! – Grünes Licht von Cem und schöne Grüße.«

Vera Braun schüttelte den Kopf. »Ich wusste, es könnte kurzweilig werden.«

»Nein, lecker. Es wird lecker. Übrigens gibt es in Hürtgenwald eine Top-Landmetzgerei mit Hofladen: Lohscheidhof, Spitzenware. Wenn ich in der Eifel Mörder jage, kehre ich dort ein. Wenn du die berufliche Abendröte in der Eifel verbringen möchtest, musst du da Stammkundin werden.«

»Abendröte in der Eifel. Mal sehen.« Vera Braun runzelte die Stirn.

Fett bestellte Roastbeef mit Bratkartoffeln, Vera das Schnitzel vom Eifeler Landschwein mit Pfefferrahmsauce, dazu zwei Radler.

»Schon eine Spur?«

»Immer. Welchen Fall meinst du?«

»Der Tote aus Düren. Die Redaktion überlegt, einen vom Investigativteam anzusetzen.«

»Jede Hilfe ist willkommen. Nur für dich: Wir tappen im Dunkeln.« Fett nahm einen Schluck Radler. Er wollte nicht über die Fälle sprechen.

»Keine Lust, drüber zu sprechen?« Vera ahnte es.

»Weil wir im Dunkeln tappen. Wir kommen nicht voran. Conti und Petridis ärgern sich genauso wie ich. Staatsanwältin Regauer verdreht die Augen, und Kosslowski, unser Chef, steht hinter uns. Die Spitze vom Präsidium will wenigstens eine Ermittlungsrichtung sehen. Haben wir nicht.«

»Es heißt, er sei kein unbeschriebenes Blatt gewesen.«

»Stimmt. Allerdings werden nicht alle unbeschriebenen Blätter so hingerichtet.«

»Wechseln wir das Thema. Das Essen kommt. Was macht die Liebe?« Vera Braun lächelte.

Fett holte tief Luft. Ein Thema, das er später anschneiden wollte.

»Auf die Liebe zuerst ein Prost und zugleich auf deine Schönheit.« Fett bekam die Kurve und noch mehr.

Der Abend endete so, wie beide es sich vorgestellt hatten. Ein Abend der Leichtigkeit und mit viel Humor. Fett verschwand gegen fünf Uhr morgens aus Vera Brauns Wohnung, sie kannte ihn, den Frühaufsteher und rief ihm ein »Auf bald« hinterher. Danach schlief sie wieder ein und träumte von Männersocken.

Als erster Kunde in der Nobis-Filiale Ecke Pontstraße/ Templergraben kaufte Fett ein halbes Dutzend Streuselbrötchen. Zu Hause machte er sich kurz frisch, rasierte sich oberflächlich und kippte hastig Kaffee runter.

Als er leicht verkatert und schlecht rasiert im Büro erschien, machte sich Daniela Conti einen Reim darauf. Beim Biss in das Streuselbrötchen schmunzelte sie über den alten Chef.

»Kurze Nacht?«

»Ziemlich kurz. Wenn man alte Freunde trifft.«

»Oder Freundinnen.«

»Oder Freundinnen«, brummte Fett.

»Danke für das frische Streuselbrötchen.«

»Avec plaisir, Daniela. Und ich sag nichts weiter dazu. Von wegen Streuselbrötchenphilosoph und so.«

Andy Petridis schneite ins Büro, sah die Streuselbrötchen und lächelte. Eine kleine Sünde nach dem Chiasamenmüsli erlaubte er sich, während Fett eine WhatsApp-Nachricht an Vera Braun schickte: »Danke für den richtig schönen Abend. Liebe Grüße: Der Kommissar«.

»War mir ein Vergnügen«, kam von Vera Braun zurück. Es folgte der Zusatz: »Diesmal hast du nicht geschnarcht.«

22
SCHOPENS KURZE FREUDE

50.000 Euro. Professor Schopen atmete auf. Die Kreditraten konnten für Januar und Februar bedient werden, der Roadster wurde nicht verpfändet.

Er parkte wie jeden Morgen am Institut. Diesmal stand ein schwarzer Ford Edge neben seinem Parkplatz, verdunkelte Scheiben, Kennzeichen aus Belgien.

Als Schopen aus seinem Audi stieg, öffnete sich die linke hintere Tür des Fords, ein Mann in einem langen schwarzen Wintermantel stieg aus und kam mit schnellen Schritten auf Schopen zu.

»Wir müssen mit Ihnen reden. Steigen Sie ein.« Der Mann trug Handschuhe und eine Sonnenbrille. Die Pistole war unübersehbar. Schopen schluckte, stieg in den Wagen. Dort saß ein weiterer Mann mit Sonnenbrille, schwarzem Mantel, Handschuhen. Der dritte Mann, der Fahrer, startete den Wagen, setzte zurück, sie fuhren in Richtung Vaals.

»Professor Schopen, unser Geschäft basiert auf Leistung und Gegenleistung. Sie haben bis zum 12. Februar Zeit. Dann übergeben Sie uns die Formeln, die Proben, die Unterlagen zum neuen Medikament. Es soll nicht Ihr Schaden sein. Sie sehen, wir sind keine Unmenschen. Zeit genug für Sie. Und wir behalten Sie im Auge. Versuchen Sie nicht abzuhauen, das wäre Ihr Ruin, Ihr Schicksal, Ihr Tod. Kooperieren Sie mit uns und alles wird gut.«

Schopen atmete schwer. Die Freude über die Überweisung wich der Angst.

»Ich verstehe. Also die Doktoranden sind noch nicht fertig …«

Weiter kam er nicht. Er spürte den Lauf der automatischen Pistole in der Nierengegend.

»Doch, sie sind so weit. Wir wissen es. Sie wissen es. Kooperieren Sie. Alles wird gut. Wenn Sie uns das Material rechtzeitig geben, soll es nicht Ihr Schaden sein. Geben Sie den Doktoranden etwas ab. Ihre Frau wird glücklich sein und Frau Hösgen.«

»Was hat Frau Hösgen damit zu tun?« Schopen war verwirrt.

»Wir haben Fotos von Ihren Ausflügen, Ihren Inspektionsintervallen.«

Der Mann sprach fast akzentfrei Deutsch. *Hammerton* verfügte über Spezialisten für alle Länder der Welt. Der Deutsche hatte den Auftrag bekommen. Er war zuverlässig, schnell, entschlussfreudig und vorsichtig. Keine Spuren. Drei Partner durfte er sich aussuchen. Sie waren in Brüssel gelandet, mit dem Eurostar nach Lüttich gereist. Dort erhielten sie den Ford und das Material, das Marquardt in den letzten Wochen gesammelt hatte, darunter Fotos von Schopen und Hösgen.

»Frau Hösgen, die lassen Sie aus dem Spiel.« Schopen machte sich mehr darüber als über das Medikament Sorgen.

»Ihre Entscheidung. Wir bringen Sie zurück zum Büro. Sie werden beschattet. Keine falschen und voreiligen Entscheidungen. Das wäre nicht gut für Sie. Wir melden uns bei Ihnen.«

Der Wagen drehte im Kreisverkehr hinter Vaals und fuhr zurück zum Campus Melaten in die Forckenbeckstraße.

»Sehen Sie den Westfriedhof, Professor. Dort sind Plätze frei. Sie haben die Wahl. Golfplatz oder Westfriedhof. Wir wissen alles. Sie wissen, dass wir alles wissen. Machen Sie keine Fehler. Unsere Auftraggeber erwarten pünktliche Lieferung.«

Schopen schwitzte. Er sah den Westfriedhof, er sah das Klinikum, er sah das Technologiezentrum. Worauf hatte er sich eingelassen? Gab es ein Zurück? Nein, sagte er sich. Kein Zurück. Die Polizei? Würde sie ihn beschützen? Zugleich würde er alles verlieren, alles, alles. Wo würde er enden? In einem Zeugenschutzprogramm? Gab es das für ihn? Es gab nur einen Weg. Das Patent musste nun raus. Schwarzenberger und dieser Doktor aus dem Kongo, die hatten keine Ahnung. Er musste die Schrauben anziehen.

Der Ford hielt wieder auf dem Parkplatz. Frau Hösgen stand am Fenster ihres Büros und beobachtete die Szene. Der Chef war spät dran. Was machte er in dem schwarzen Ford mit belgischem Kennzeichen? Sie beobachtete den Wagen, der Chef hastete ins Gebäude, gleich würde er in der Tür stehen.

»Morgen, Hösgen. Ich will nicht gestört werden. Verstanden?«

»Na, na, na! Sei nicht so unfreundlich. Hat es was mit dem schwarzen Wagen zu tun?«

»Welcher schwarze Wagen?«

»Bin ich blind, oder was? Ich hab dich aussteigen sehen. Gerade eben. Der schwarze Wagen aus Belgien.«

»Hör mal zu, Lisa. Noch so eine blöde Bemerkung und wir haben Sendepause.«

»Nobbilein, sei nicht so gestresst. Sonst wird Lisa böse. Sendepause ist schon zu lange. Das ist nicht gut für unser Karma.«

»Karma am Arsch! Ich will nicht gestört werden. Hörst du? Niemand!« Schopen knallte die Tür zu und griff zur Flasche Martell. Ruhe bewahren, analysieren, These aufstellen, Ziel markieren, Weg einschlagen und das konsequent.

Während Schopen in seinem Büro mit mehreren Gläsern Martell die Gedanken kreisen ließ, besichtigten Ben Gunn und Barbecue die Domschatzkammer in Aachen. Sie deponierten ihre Taschen in einem Schließfach im Eingangsbereich, bogen danach zweimal links ab und standen vor der Kasse, hinter der ein junger Kassierer mit einer jüngeren Kassiererin herumflachste.

Hawkins und Bones fuhren zum Tivoli-Stadion, parkten auf dem Parkplatz von Porta-Möbel spazierten in Richtung Finanzzentrum. Sie nahmen die Tivolibrücke, um die Krefelder Straße zu überqueren, und staunten über das moderne schwarz-gelbe Stadion, das sie umrundeten. Bones machte Handyfotos. Hawkins schaute sich die Konstruktion der Brücke genauer an.

Benbow und Flint nahmen den RE 1 Regionalexpress von Aachen Hauptbahnhof nach Hamm, stiegen in Rothe Erde bereits aus und warfen einen Blick auf die Konstruktion des Viadukts.

Der Käpt'n hatte die Orte markiert und die Teams losgeschickt. Alles hing mit Plan B zusammen: Chaos in Aachen am Rosenmontag, Ablenkung der Polizei, riesiges Durcheinander, Ablenkung vom wahren Ziel. Von Schopens Ausflug nach Vaals wusste er nichts.

23
DER BISCHOF IN MORSCHENICH-NEU

Als der Bischof von Aachen am Sonntag, dem 4. Februar 2024, die Lambertuskapelle in Morschenich-Neu einweihte, herrschte im Umsiedlungsort viel Verkehr. Pressevertreter, Bevölkerung, der Bürgermeister von Merzenich und Polizei waren anwesend. Der Bischof war am Bürgewaldzentrum empfangen und vom Tambourcorps der Sankt-Lambertus-Schützenbruderschaft Morschenich musikalisch begleitet worden. In einer Prozession zogen sie mit Vertretern ortsansässiger Vereine, des Kirchenvorstands und der Pfarrgemeinde zur neuen Kapelle. Doktor Augustin Ligodi, katholisch erzogen, folgte gemeinsam mit Adriana der Prozession. Zunächst weihte der Bischof den Eingang des neuen Gotteshauses ein, bevor er es betrat. Dann schritt er zum Altar, zelebrierte den Gottesdienst, weihte den Altar während des Gottesdienstes ein und zündete mit einer Kerze Weihrauch auf dem Altar an.

Selten genug, dass ein neues Gotteshaus eingeweiht wurde. Viele nahmen den umgekehrten Weg, wurden entweiht und dienten für alles Mögliche. Nicht so hier. Futuristisch ragte die Spitze der Kapelle in den Himmel. Ein moderner Bau, der davon ablenkte, dass im April 2023 die Kirche in Morschenich-Alt abgebrannt war. Ein Stück Heimat fiel den Flammen zum Opfer. Warum die Kirche mitten in der Nacht in Flammen stand, konnte nicht ermittelt werden.

Während der Bischof von Aachen die Messe zelebrierte, brachen der Käpt'n und Bones die Tür von Augustins Souterrainwohnung auf. Sie waren mit einem gestohlenen Kleintransporter vorgefahren, auf dem ›Heizungsnotdienst‹ stand. Flint stand Schmiere, Bones und der Käpt'n durchsuchten die Wohnung. Die Straße war menschenleer.

»Ich glaube nicht, dass wir hier das Material finden«, sagte der Käpt'n zu Bones. »Wir machen ihn nervös. Er soll wissen, dass wir dran sind. Darum Unordnung und Druckerhöhung. Such du im Kleiderschrank, ich schau mir seinen Arbeitsplatz an.«

Bones durchwühlte die wenigen Kleidungsstücke, prüfte den Kleiderschrank auf einen doppelten Boden, klopfte die Wände ab. Der Käpt'n durchwühlte die Schubladen des Schreibtischs, steckte das iPad in seine Segeltuchtasche und blätterte durch die Bücher. Wo versteckt man die Formel für ein Medikament, das einen zum Milliardär macht? Wo liegen Sicherheitskopien, wie viele Kopien existieren, wo würde ich sie verstecken? Fragen, die der Käpt'n sich stellte. Zu Hause sicher nicht, sagte er sich. Wir müssen ihn beobachten. Er darf nicht zur Polizei gehen. Warum sollte er zur Polizei gehen? Die würden ihn nach einem Motiv für den Einbruch bei einem Juniorwissenschaftler fragen, der in einer Souterrainwohnung in Morschenich-Neu wohnt. Nicht gerade eine Goldgrube und für Beschaffungskriminalität von Drogenabhängigen viel zu weit von den Brennpunkten entfernt. Also? Würde Doktor Augustin über das Patent sprechen? Nein, sagte sich der Käpt'n. Er würde nicht einmal den Einbruch melden. – Darum: Alles richtig gemacht, sagte er sich und suchte nun im Küchenschrank der kleinen Einbauküche. Dort schnupperte er den Geruch von irgendeiner Sauce, die ihn an ein Fertiggericht erinnerte.

Adriana fühlte sich unwohl. Sie spürte Druck auf dem Magen. Lag es an den Garnelen, die sie am Vorabend für die Spaghetti angebraten hatte? Ihr Magen rebellierte. Die Nervosität von Augustin, die er in den letzten Tagen zeigte, hatte sich auf sie übertragen. Der Weihrauch in der Kapelle verstärkte ihre Übelkeit.

»Du, Augustin, ich muss zurück. Mir ist übel.«

»Okay. Ich komm mit. Leg dich etwas bei mir hin. Ich mach dir einen Tee.« Langsam verließen sie die große Gruppe der Menschen, die der Stimme des Bischofs von Aachen lauschten, dessen Worte sogar in einem Nebenraum per Live-Übertragung zu hören waren. Er predigte über die Zukunft, die Umsiedlungsgeschichte des Ortes und die Tatsache, dass Morschenich-Alt nun doch nicht abgebaggert werden sollte.

Augustin machte sich Sorgen um Adriana. Sie sah elend aus und gehörte sofort ins Bett. Adriana wohnte zur Miete in Düren am Friedrich-Ebert-Platz, dem großen Kreisverkehr; eine kleine Wohnung mit Balkon in Richtung Süden in dem Wohnblock mit Domino's Pizza im Erdgeschoss. Von dort aus gelangte sie durch die Kreuzstraße morgens zum Bahnhof, um mit dem Zug zum Forschungszentrum Jülich zu fahren, wenn Augustin sie nicht mitnehmen konnte, weil er später ins Labor musste.

Flint sah sie aus Richtung Kapelle kommen. Er griff zu seinem Walkie Talkie. »20 Sekunden. Aktion abbrechen.«

»Roger! Und bring den Peilsender am Mini Cooper an«, antwortete der Käpt'n.

»Los, raus hier. Mach nichts kaputt! Nur etwas Durcheinander.« Der Käpt'n warf einen letzten Blick auf die Unordnung.

Bones stellte zwei Tassen auf den Küchentisch, öffnete eine Schublade, dann verschwand er nach draußen. Flint saß bereits hinter dem Steuer. Der Käpt'n schloss sanft die Eingangstür, stieg in den Kleintransporter, Flint startete den Wagen, drehte. Sie fuhren in Richtung Kapelle zum Ortsausgang.

»Hast du den Peilsender angebracht?«, fragte der Käpt'n Flint.

»Erledigt«, sagte Flint, als sie an Augustin und Adriana vorbeifuhren.

Augustin las irgendwas mit Heizung, aber er konzentrierte sich auf Adriana. Er öffnete die Tür und half ihr zu seiner Bettcouch, doch sie musste zuerst ins Bad, ihr war speiübel.

Augustin wunderte sich über eine geöffnete Schublade in der Küche, zwei saubere Tassen auf dem Tisch, warf einen Blick auf seinen Schreibtisch und sah das Ladekabel seines iPads ohne iPad. Adriana kam aus dem Bad, er stützte sie und half ihr auf die Bettcouch. Unordnung auf seinem Schreibtisch, Bücher lagen geöffnet herum. Er kam durcheinander. Zuerst Kamillentee für Adriana. Die Tassen im Küchenschrank waren verschoben, die Teekartons lagen quer. Jemand war in seiner Wohnung gewesen. Einbruch. Rasch schaute er in der Kaffeedose nach. Seine Geldreserve war da. 1.000 Euro für den Notfall. Er atmete erleichtert auf. Das Wasser kochte, er setzte den Tee auf und warf einen Blick auf Adriana. Sie schlief bereits. Mit seinem iPhone versuchte er das iPad zu orten. Irgendwo auf der A4 in Höhe von Eschweiler. Was sollte er tun? Die Polizei anrufen? Den Einbruch anzeigen? Adriana sah malad aus. Jetzt Polizei ins Haus holen? Er schloss die Tür zum Schlafraum. Ich werde gleich Ulf anrufen, dachte er.

»Fahr kurz auf den Rastplatz«, befahl der Käpt'n. Sie bogen auf die Raststätte Aachener Land Nord ein und hielten auf den Parkplätzen zwischen Sattelschleppern und Reisebussen. Ein Flixbus mit Destination Antwerpen machte einen kurzen Stopp vor der Fahrt über Aachen nach Antwerpen. Die Klappen für das Gepäck waren geöffnet, jemand fummelte an einem Koffer herum.

»Bones, frag die beiden Fahrer, was der schnellste Weg nach Antwerpen ist.«

Während Bones die beiden Fahrer in ein Gespräch verwickelte, legte der Käpt'n das iPad in die Gepäckablage des Flixbusses. Gute Fahrt nach Antwerpen. Er gab Bones ein Zeichen, der bedankte sich, sie stiegen zu Flint und fuhren auf die A44 in Richtung Lüttich bis zur Abfahrt Lichtenbusch, um von dort aus über die Himmelsleiter, Roetgen, Simmerath nach Erkensruhr zu gelangen.

24
HOFFNUNGSTRÄGER

Ulf Schwarzenberger hielt ein Glas Prosecco in der Hand und stand mit Cornelia von Pettighoven in der Wohnung von Bruno Legros im Frankenberger Viertel, dem Prenzlauer Berg von Aachen. Geburtstagsbrunch am Sonntag. Bruno feierte seinen 30. Geburtstag. Seine Promotion war fast fertig. Zusammen mit seiner Freundin Barbara forschte er im Klinikum Aachen am Lehr- und Forschungsgebiet Virologie in der Arbeitsgruppe Cousin am Breitbandimpfstoff. Lachshäppchen, selbst gebratene Frikadellen, Humus, Fladenbrot, veganer Aufstrich, Salate, Bayerisch Creme, Bioschinken und Oliven – alles stand in der Küche angerichtet. Sein Doktorvater, Professor Johann Cousin, setzte gerade zu einer kurzen Geburtstagsrede an. Wie immer beim Herrn Professor fehlte ein Friseurbesuch seit mindestens fünf Wochen. Die grauen Haare strebten in alle Richtungen, die Krawatte war zu kurz gebunden und endete zehn Zentimeter über dem Hosengürtel, das Sakko spannte etwas. Er räusperte sich, klopfte kurz mit einem Messer an ein Sektglas.

»Lieber Bruno, liebe Barbara, B und B, das passt bereits und erinnert mich an die Kondensmilch meiner Jugend!« Die Anwesenden lachten verhalten.

»Heute steht Bruno im Mittelpunkt. Bruno Legros kenne ich seit dem ersten Semester. Wodurch fiel er mir auf? Durch sein Lächeln, die selbstgedrehten Zigaretten und die kritischen Fragen. Lächeln und Zigaretten machen noch keinen guten Wissenschaftler. Kritische Fragen, die machen einen guten Wissenschaftler aus. Ihre ersten Arbeiten zeigten mir, dass mehr in Ihnen steckt, dass Ihre Zukunft nicht im Gesundheitsamt von Koblenz liegt, wo sie geboren wurden. – Also nicht im Gesundheitsamt geboren.« Die Anwesenden lachten etwas lauter.

»Sie waren bereit, ins Ausland zu gehen, haben in Bordeaux und Genf eine ausgezeichnete Visitenkarte abgegeben und in den jeweiligen Sonderforschungsbereichen aktiv, kreativ und teamorientiert geforscht. Bachelor und Master sind Ihnen in den Schoß gefallen. Ihre Promotion steht kurz vor dem Abschluss, Sie werden die Wissenschaft bereichern und sind als Lead-Ansprechpartner des Klinikums im Breitbandimpfstoffprojekt gemeinsam mit Ihrem Kollegen Ulf Schwarzenberger vom Fraunhofer Institut führend in der Forschung.

Liebe Anwesende, einige von Ihnen kenne ich aus Lehre und Forschung. Deutschland braucht Sie, Europa braucht Sie, die Menschheit braucht Sie. Helfen Sie mit, die großen Probleme der Zukunft bereits heute zu lösen. Gesundheit, Energie, Klima, Ernährung – vier große Herausforderungen. Sie sind die Treiber der Politik. Die Lösung dieser Probleme entscheidet über Krieg und Frieden, über Wohlstand, über unser politisches System, über die Zukunft der Erde. Sie finden die Lösung, auf Ihnen ruht die Hoffnung. Genug der pathetischen Worte. Mit 30 steht Ihnen die Welt offen, lieber Bruno. Erheben wir das Glas auf Sie, Ihre Zukunft in der Wissenschaft und in der Partnerschaft mit Barbara. Zum Wohle!«

Ulf Schwarzenbergers Handy brummte. Er stieß mit Cornelia an, sie nickten Bruno zu.

»Kurz, knapp und passend«, kommentierte Ulf die Worte von Professor Cousin, den er flüchtig kannte. Johannes Cousin, den die Studenten liebevoll Professor Jo nannten, stammte aus einer Familie von Wissenschaftlern. Mit Schopen kam er überhaupt nicht klar, er hielt ihn für einen karrieresüchtigen Emporkömmling mit überschaubaren wissenschaftlichen Leistungen, einen eitlen und geschäftstüchtigen Fatzke. Nur in der Akquise von EU-Fördermitteln war Schopen ein Ass. Er hatte sofort nach Ausbruch der Corona-Pandemie das Forschungsprojekt beantragt und den Zuschlag bekommen. Kurz danach fuhr Angelika Schopen mit dem Roadster zum Golfplatz. Dort war Kollege Cousin nicht zu sehen. Er engagierte sich für Hilfsprojekte in Lateinamerika in Zusammenarbeit mit Misereor und »Ärzte ohne Grenzen«.

Wieder brummte Ulfs Handy.

»Ja?«

»Bei mir ist eingebrochen worden.«

»Mist. – Ich kann gerade schlecht sprechen. Warte einen Moment.« Ulf verschwand kurz nach draußen. Ein frischer Wind wehte durch das Frankenberger Viertel von Aachen, die Verständigung war mäßig.

»Was ist gestohlen worden?«

»Mein iPad fehlt und befindet sich auf dem Weg in Richtung Antwerpen. Ich kann es mit meinem Handy orten.«

»Hast du die Polizei angerufen?«, fragte Ulf nervös.

»Nein. – Was soll ich machen? Adriana geht es schlecht, Magenprobleme, sie schläft sich bei mir aus. Die Polizei wird fragen, was die Einbrecher bei mir gesucht haben.«

»Was war auf dem iPad?« Ulf wurde fast schwindelig.

»Privatkram. Keine Infos über das Projekt.«

»Gut so. Wenn dein Vermieter nichts bemerkt hat und nichts zerstört wurde, sollten wir den Vorfall begraben.« Bloß keine schlafenden Hunde wecken, dachte Ulf. Schopen reicht. Wenn nun die Polizei rumschnüffelt, stoßen die irgendwann auf unseren Schatz.

»Bleibt ein mulmiges Gefühl. Das war keine normale Kriminalität hier in Morschenich-Neu. Du weißt, was sie gesucht haben.« Augustin kam etwas zur Ruhe.

»Wir treffen uns morgen im Café Kittel, 15 Uhr. Deinen Wagen kannst du im Parkhaus Seilgraben abstellen. Pass auf, ob dir jemand folgt.«

»Okay, danke.« Augustin legte auf.

Ulf überlegte, ob er Cornelia informieren sollte. Sie war bisher nicht in die Entdeckung eingeweiht. Cornelia – wird zu kompliziert, dachte er.

»Was war denn so wichtig?« Cornelia von Pettighoven glänzte durch eine gesunde Portion Neugier und Selbstbewusstsein. Mit ihren blaugrünen Augen nahm sie Ulf durch die Gläser der randlosen Brille ins Visier. Er war zerstreut, seit Wochen kam er ihr unkonzentriert und unaufmerksam vor. Keine Komplimente, keine Jokes, immer Büro und Gespräche mit Augustin, dem Kollegen aus Jülich. Selbst Bruno fragte sie bereits, ob das Forschungsprojekt ausschließlich zwischen Fraunhofer und Jülich abgewickelt wurde. Er fühlte sich ausgebootet und war kurz davor, Professor Cousin von den Schwierigkeiten und der fehlenden Kommunikation zu berichten.

»Nichts. Augustin war dran. Sonntag und er ist alleine in diesem Morschenich. Ich wollte ihn nicht abbügeln. Wir feiern hier so schön. Er ist nicht eingeladen worden. Schade. Hätte Bruno dran denken können.«

»Du bist ein selbstloser Helfer, mein Lieber. – Bruno

hat nur die Aachener eingeladen. Leistet Adriana denn dem lieben Augustin nicht Gesellschaft?«

Ulf überhörte die Frage. Er war zerstreut.

»Übrigens, Karoula, die Putzfrau, war nie auf einer griechischen Hochzeit in Bonn. Sie war krank und unser Büro ist an dem Wochenende nicht gesäubert worden. Mit anderen Worten: Wir haben es am Freitagnachmittag sauber verlassen und am Montag die Unordnung vorgefunden. So viel zu Schopens Erzählungen.«

»Es ist nun zu spät für die Polizei. Ich habe keine Erklärung für sein Verhalten.« Ulf war in Gedanken bei Augustin.

»Trink ein Glas italienische Brause«, Cornelia reichte es ihm. »Du wirkst angestrengt in den letzten Wochen.«

»Schlussphase der Dissertation. Das wirst du auch erleben. – Lass uns das Thema wechseln. Wir wollen mit Bruno und den anderen feiern.« Schwarzenberger legte seinen Arm um Cornelia.

»Du weichst mir aus, Ulf.«

Wie ihn diese Hartnäckigkeit von Cornelia nervte. Nein, er würde sie nicht einweihen. Auch sie wäre in Gefahr. Das wollte er nicht. Dafür mochte er sie zu sehr, sie, die aus einer anderen Welt stammte.

»Das meinst du nur«, sagte er als Ausflucht, lächelte und reichte ihr ein weiteres Glas Prosecco.

»Ich bin gleich beschwipst. Dann kann ich für nichts garantieren. Außerdem habe ich dir eben erst ein Glas gegeben.« Cornelia von Pettighoven mochte Ulf, aber heute war er ihr etwas unheimlich.

»Auf einem Bein oder so ähnlich heißt doch der Spruch. Entschuldige meine Unaufmerksamkeit. – Wollte ich die ganz Zeit sagen: Du siehst entzückend aus. Danke für all deine liebe Unterstützung.«

Cornelia lächelte und freute sich über das Kompliment. Wer weiß, dachte sie.

»Auf ein Wort«, Professor Cousin störte das Lächeln des jungen Paares.

»Natürlich, Herr Professor Cousin«, Ulf stellte das Glas auf eine Anrichte neben gefüllte Weinblätter und Oliven.

»Lassen Sie den Professor. Sehe ich so aus? Ich weiß, dass Sie alle sich über mein Äußeres lustig machen. Vielleicht mein Markenzeichen. Das sollte Sie nicht über meinen Erkenntnisdrang hinwegtäuschen. – Sie sind selten im Klinikum in letzter Zeit. Wie läuft denn das Projekt?«

Cornelia entschuldigte sich und verschwand zur Toilette. Ulf holte Luft. »Bruno ist ausgezeichnet. Seine Versuchsreihen sind fast abgeschlossen. Wir lassen alles in Jülich im Supercomputer rechnen, für den Doktor Ligodi die Zeitfenster zur Verfügung stellt. Ich denke, in ungefähr einem halben Jahr könnten wir erste Zwischenergebnisse liefern.«

»Ergebnisse sind gut. Erlebnisse wäre schlecht. Sie wissen, dass Schopen und ich ziemlich verschiedene Wissenschaftler sind. Ich hoffe, er unterstützt Sie genug. Sonst melden Sie sich bitte. Das Robert-Koch-Institut und das Bundesgesundheitsministerium klopfen ständig bei mir an. Ich bin Gutachter in verschiedenen Gremien. Nicht nachlassen, Herr Schwarzenberger und etwas mehr Kommunikation mit Bruno, sonst belegt ihn seine Barbara. Sie wissen, was ich meine; so oder so.«

Schwarzenberger lächelte über die kleine Anzüglichkeit und war erleichtert. Er hatte einen Anschiss erwartet, doch Cousin war nicht Schopen.

»Danke für Ihr Angebot. Ich weiß das sehr zu schätzen.«

»Freut mich. Feiern Sie schön. Da kommt Ihre charmante Begleitung aus dem niederrheinischen Altadel.«

Cornelia kehrte zurück, Cousin nickte kurz freundlich und verschwand in Richtung Küche zu den Schüsseln mit Dessert: weißes Mousse, Schokomousse, rote Grütze mit Vanillesoße.

25
WANGENKÜSSE IN LÜTTICH

Montag, 5. Februar 2024. Fett fuhr über die E40 nach Lüttich. Mit seinem Peugeot 404 hielt er sich auf der rechten Spur und zuckelte mit 110 km/h in Richtung Centre Ville, nahm das Parkhaus unter dem Place Saint-Lambert und staunte über die bereits gelegten Schienen der Straßenbahn, die ab 2025 wieder in Lüttich fahren sollte. Er traf Chantal Kalumba um 12 Uhr in der Taverne »A Pilori« am Place du Marché. Sie saß im dunklen Gastraum und lächelte ihn an, als er von der Tiefgarage unter dem Place Saint-Lambert kommend eintrat.

»Bonjour, Chantal.« Er gab ihr drei Wangenküsse.

»Bonjour, Michel. Pünktlich wie immer.« Sie rückte einen Stuhl für ihn zurecht.

»Du hast bestellt?«, fragte er sie, als der Kellner an den Tisch trat.

»Wasser und einen Kaffee.«

»Für mich bitte einen Espresso.« Fett brauchte einen Muntermacher nach der Fahrt. »Lüttich bekommt wieder eine Straßenbahn. Mannomann, ihr seid richtig weit mit dem Ausbau.«

»Ja, es geht schnell. Der Ausbau macht Stress, viele Staus, aber wenn sie fährt, lösen sich eine Menge Verkehrsprobleme.«

Ihre Haare glänzten, die Augen waren wach, sie trug

keine Uniform, sondern die schwarze Lederjacke, die Fett seit Jahren mochte.

Das Lokal füllte sich. Mittagszeit in Lüttich. Die Angestellten vom Rathaus gegenüber suchten ihren Stammplatz. Anders als in Aachen verließen sie die Arbeitsstelle, um im Kreis der Kollegen mittags im Restaurant oder der Taverne zu essen, zu scherzen. Sie nahmen sich Zeit, arbeiteten dafür bis 17 Uhr, bevor sie zum Abendessen nach Hause fuhren. Chantal grüßte manche von ihnen, einige kamen an den Tisch, tauschten mit ihr Wangenküsse, reichten Fett die Hand. Fett dachte an das Klingeln der Mikrowelle im alten Präsidium in der Soers, an die mittäglichen Gerüche, an die Kollegen, die zwischen den Akten mümmelten. Kein Restaurant, keine Gaststätte. Niemand wollte über die Krefelder Straße zum Grünen Weg, wo man etwas essen konnte. Im neuen Präsidium war eine gute Kantine. Draußen, da war nicht viel. Sie hätten hoch nach Brand gehen müssen, dauerte zu lange, zu viel Aufwand. Hier in Lüttich, da gab es an jeder Ecke ein Bistro, eine Taverne, ein Restaurant. Er beneidete die belgischen Kollegen.

»All die Bekannten und Kollegen, sie werden von dir und dem unbekannten Deutschen reden«, sagte Fett.

»Voilà, das ist gut so. Immer schön Verwirrung stiften.« Chantal schmunzelte. Sie hatte zu Beginn ihrer Laufbahn in Eupen die Polizeistation geleitet, sprach fast akzentfrei Deutsch und seit der Fortbildung beim FBI in Washington hervorragend Englisch. Sie leitete die Police Fédérale in Lüttich. Über ihren Schreibtisch liefen alle Kapitalverbrechen, Terrorismus, politisch motivierte Straftaten.

»Ich habe mich für dich umgehört, Michel.« Sie pausierte, der Kellner brachte die Getränke.

»Die Firma *Treasure Island* steht in Kontakt mit dem Prinzen von Katanga, der bei der nächsten Wahl als Präsidentschaftskandidat antreten wird. Ich erzählte dir von ihm. Wir sitzen hier, weil ich dir diese Details nur mündlich geben kann. Der offizielle Weg würde zu lange dauern. Ehe der Verfassungsschutz dich informiert hätte, wäre es vielleicht zu spät. Unser Geheimdienst hat den Kongo auf dem Schirm. Die alten Verbindungen, von denen ich dir erzählte. Belgien fühlt sich verantwortlich, außerdem gibt es wirtschaftliche Interessen und Verflechtungen. – Der Prinz von Katanga hat einen Auftrag erteilt, der sich auf irgendetwas in Aachen bezieht. Was es genau ist, wissen wir nicht. Jedenfalls muss sich eine Gruppe von *Treasure Island* in der Nähe von Aachen aufhalten. Zuletzt hieß es, dass der Auftrag bis Karneval ausgeführt werden soll. Mehr konnte meine Quelle nicht sagen. Alles inoffiziell und nur für dich. – Ich habe dir nie etwas gesagt, wir haben uns hier zum Kaffee getroffen. Punkt.« Sie lächelte zu Kollegen am Nachbartisch, winkte kurz hinüber.

»Bis Karneval, in der Nähe von Aachen, im Auftrag dieses Prinzen von Katanga? Das könnte der Schlüssel für den Mord an Fritz Burger sein. Bist du sicher, dass es sich nicht auf einen Auftrag in Belgien bezieht?«

»Ziemlich sicher. Aix-la-Chapelle, Aachen auf Französisch, wurde mehrfach erwähnt.«

»Bis Karneval bleibt uns nicht mehr viel Zeit.«

»Oui.« Sie nahm einen Schluck Kaffee, ihr Handy brummte, sie schaltete es stumm.

»Michel, mit den Söldnern ist nicht zu spaßen. Sie gehen über Leichen. Was auch immer sie in Aachen suchen, du musst aufpassen, du und Daniela.«

»Wir passen auf. Das sind wichtige Informationen. Ich werde keine Quelle nennen, aber wir müssen uns in Aachen auf etwas vorbereiten, wovon wir nichts wissen. Wir haben nur den toten Fritz Burger.« Fett war beunruhigt und drückte die Hand von Chantal zum Zeichen seines Danks. In den Augen war Sorge zu lesen, Sorge um ihren deutschen Freund.

»Sollte der Prinz deiner Meinung nach die Wahl gewinnen?«, fragte er sie.

»Changement. Es muss ein Wechsel stattfinden. Ich kenne ihn und sein Programm zu wenig. Er musste aus der Umgebung von Goma fliehen und lebt seit Wochen in Niamey. Er wird es schwer genug haben, rechtzeitig zu den Wahlen zurückzukehren. Man wird ihn vielleicht als Flüchtling bezeichnen, als Verräter. Dass ein Wechsel nötig ist, spüren die Menschen im Kongo. Das höre ich von allen Verwandten, die dort leben.«

Als Fett Niamey hörte, dachte er an einen Offizier der Bundeswehr, den er in Brunssum im NATO-Kommando in den Niederlanden am Tag der Deutschen Einheit kennengelernt hatte. Sie hatten über Auslandseinsätze gesprochen. Auch Niger wurde erwähnt.

Chantal checkte ihr Handy.

»Darf ich dich zum Essen einladen?«, fragte Fett mit einem Blick auf die Karte.

»Merci, Michel, ich muss los. Banküberfall in Droixhe, ein Angestellter wurde angeschossen. Es ist dringend.« Ein Volvo der Police Fédérale hielt mit quietschenden Reifen am Place du Marché vor der Taverne.

»Danke, Chantal. Ich regle das hier.« Er stand auf, drei Wangenküsse. Chantal spurtete zum Wagen, der sofort losfuhr. Viele Männerblicke folgten ihr.

26
ANRUF IN AFRIKA

In Aachen checkte Fett den Karton, in dem er Visitenkarten verstaute. Ein wüstes Durcheinander. Endlich fand er die Karte, die er gesucht hatte. Major Egold, Fallschirmjägerregiment aus Seedorf, mit E-Mail und Handy-Nummer. Er hatte sie vertraulich erhalten, damals in Brunssum, nachdem sie zum Tag der Deutschen Einheit die Nationalhymne gesungen hatten. Er, all die Offiziere der NATO-Staaten und Egold, der zusammen mit einem Generalleutnant der Bundeswehr aus dem Verteidigungsministerium an dieser Feier teilnahm. Fett hatte den Kontakt zur Bundeswehr gepflegt. Die Soldaten wurden eingesetzt, wenn ein Kind gesucht wurde, eine alte Frau im Wald vermisst wurde. Dann funktionierte die Amtshilfe schnell, und zwei Kompanien durchsuchten gemeinsam mit der Einsatzhundertschaft ein Waldstück. So kam er an die Einladung zum Tag der Deutschen Einheit in Brunssum.

»Konnte Chantal helfen?«, Conti fragte ihn diesmal ohne einen Unterton.

»Ja«, sagte Fett einsilbig und versuchte sich an das Aussehen des Offiziers zu erinnern.

»Das ist mal eine ausführlicher Antwort, so kommen wir weiter.« Conti schälte eine Mandarine und wartete auf Fetts Erklärung.

Petridis kam mit Bauernsalat in einer Plastikschüssel ins Büro. Gedankenverloren blickte Fett auf diesen Höhepunkt der Ernährungskultur, dachte an die Bistros in Lüttich und schüttelte müde den Kopf.

»Heißt das nun Ja oder Nein?« Conti aß die Mandarinenstücke mit Genuss.

»Der Salat«, sagte Fett geistesabwesend.

»Aus einem Bioladen«, Petridis lächelte ihn an.

»Dann kann man bestimmt sogar das Plastik essen. Ich meine nur in Sachen Nachhaltigkeit und so.« Fett schaute ihn fragend an.

»Ähm, ich entsorg das im gelben Sack, der Salat ist garantiert Fair Trade.« Petridis verzog die Augen.

»Bestimmt«, murmelte Fett. »Bestimmt aus Bodenhaltung und so. Schöne neue Esskultur. Na ja, das sagt der Richtige. Ich möchte nicht all die Currywürste sehen, die ich in meinem Leben verspeist habe.«

»Selbstkritik ist der Weg zur Erkenntnis«, meinte Conti.

»Warst du in Bonn in der Kant-Ausstellung, oder was? Andy mit Biosalat in Plastikschüssel, du mit Biomandarine und Sprüchen aus der Aufklärung. Habt ihr außer Fair Trade und Sprüchen was zum Fall zu sagen, bevor ich die Infos aus Lüttich raushaue?«

»Ist schon gut. Warum so gereizt. Zu wenig Zeit mit Chantal?« Conti konnte es nicht lassen.

»Noch so eine Bemerkung und der nächste Crémant besteht aus Mineralwasser.« Fett schüttelte den Kopf.

»Wir haben nichts, Chef.« Petridis spießte ein Stück Avocado auf.

»Avocado, lieber Herr Andy. Wissen Sie, wie viel Wasser man für eine Avocado benötigt?«

»Yes. Habe es zu spät im Salat entdeckt. Ich bekenne mich schuldig«, sagte Petridis genervt.

»Nichts ist nicht gut, liebe Daniela, lieber Herr Andy.

Nichts ist schlecht. – Ich erzähle euch das, was mir Chantal in Lüttich vertraulich gesagt hat«

Fett brachte sie auf den Stand der Dinge und erwähnte seinen Kontakt zum Major der Fallschirmjäger, der von einem Einsatz in Niger berichtet hatte.

»Die sind in Niamey im Einsatz«, sagte Conti nach kurzem Check im Computer. Egolds Name tauchte als Kontingentführer auf der Webseite der Bundeswehr auf. »Egold ist mittlerweile Oberstleutnant. Er wird als Kontingentführer auf der Webseite der Bundeswehr erwähnt. Es sind die Fallschirmjäger aus Seedorf.«

»Wenn ich ihn offiziell um Auskunft bitte, geht es über das Verteidigungsministerium. Wahrscheinlich schaltet sich das Außenministerium ein und wir haben Ostern. Es bleiben maximal zehn Tage Zeit.«

»Anruf auf dem Handy«, sagte Conti. »Meine ich ernst. Es bleibt uns nichts anderes übrig. Vielleicht vorab WhatsApp. Wäre höflich und nicht so überraschend.«

»Gute Idee«, sagte Fett und schnappte sich sein privates Handy.

Die Antwort kam prompt. »Freue mich auf Kontakt. Anruf möglich ab 19 Uhr German Time.«

Um 19 Uhr war Fett in seiner Wohnung am Templergraben. Er wählte von seinem Privathandy die Nummer von Oberstleutnant Egold.

»Egold.« Der knappe Jargon der Bundeswehr.

»Fett, Mordkommission Aachen. Danke für die Gelegenheit zum Austausch. Ich hoffe, es geht Ihnen gut. Glückwunsch zur Beförderung.«

»Danke, Herr Kommissar. Dafür rufen Sie nicht an.«

»Wir haben einen erschossenen Ex-Fremdenlegionär, der für eine Söldnertruppe namens *Treasure Island* arbeiten sollte. In abgehörten Telefongesprächen kam der Prinz von Katanga vor. Der habe *Treasure Island* einen Auftrag in Aachen erteilt, der bis Karneval erledigt werden soll. Karneval ist am 14. Februar vorbei.«

»Warum sagen Sie mir das?«

»Weil Sie in Niamey sitzen und der Prinz dort irgendwo abgetaucht ist. Sollten Sie Kontakt haben, könnten Sie ihn nebenbei auf Aachen ansprechen. Vielleicht verhindern wir eine große Sache oder können sogar die Mörder des Ex-Legionärs in den Blick bekommen. – Das alles ist außerhalb der Dienstvorschrift. Ich weiß.«

»Der Prinz von Katanga ist hier. Ich sehe, was ich machen kann. Sie hören von mir. Good luck.«

»Auch für Sie. Man hört, die nigrische Regierung wechselt zu den Russen und wirft die europäischen Truppen raus?«

»Yes. Sie haben vor allem die Franzosen und Amerikaner auf dem Kieker. Die Lage ist beschissen. Entschuldigen Sie den Ausdruck. Das Militär hat geputscht, überall weht die russische Flagge, der Mob geht auf die Franzosen los. Ich kann Ihnen nichts versprechen. Wir verlassen das Camp nur in Ausnahmefällen. Machen Sie es gut.« Egold legte auf.

Fett überlegte, ob er Kriminalrat Kosslowski einweihen sollte. Besser nicht, sagte er sich. Und Staatsanwältin Regauer erst recht nicht. Die zickt dann wieder rum.

Müde öffnete er seine Kühlschranktür. Erdbeermarmelade, Margarine, ein angebrochener Crémant, vertrockneter Gouda und ein abgelaufener Blaubeerjoghurt. Tolle Aussichten. Er schlurfte ins Wohnzimmer, öffnete die Mediathek und schaute Loriots »Ödipussi«. Er lachte herzhaft.

27
KAKAO IM CAFÉ KITTEL

»Zweimal Kakao mit Sahne.« Ulf und Augustin trafen sich am Montag im Café Kittel in der Pontstraße in Aachen. Generationen von Studenten kannten dieses Café. Der Kakao war ein Klassiker – wie die Inneneinrichtung. Im Sommer war der Garten zum Augustinerbach gut gefüllt. Noch konnte man dort das Wandgemälde »Liebespaar« des Aachener Wandmalers Klaus Paier gut erkennen, der ab 1978 nachts in Aachen unterwegs gewesen war, um Bilder auf Wände der RWTH Aachen und öffentliche Einrichtungen zu malen.

»Mir wird die Sache zu gefährlich.« Augustin begann das Gespräch, indem er sich vorbeugte und leise sprach.

»Hör zu, Augustin. Wir können der Menschheit und besonders deinem Heimatland einen großen Dienst erweisen. Wir haben etwas erfunden, womit wir in die Geschichte der Medizin eingehen werden. Bevor wir übereilt handeln, sollten wir nachdenken.« Ulf trank einen Schluck Kakao. Die Sahne blieb unter der Nase hängen.

»Wir sind denen nicht gewachsen, Ulf. Sie verfügen über Mittel, die wir nicht haben. Die marschieren einfach rein in meine Wohnung. Ich fühle mich nicht sicher. Ich habe Angst um Adriana.«

»Bleib ruhig, Augustin. Ich habe mir Gedanken gemacht. Wichtig ist, dass wir keine anderen Freunde gefährden. Erzähle Adriana nichts davon. Cornelia fragt mich ständig, ich sage ihr nichts. – Ich mag sie wirklich und will sie nicht in Gefahr bringen.«

»Siehst du. Sag ich doch.« Augustin unterbrach ihn und schaute sich immer wieder um. »Vielleicht werden wir sogar hier beobachtet.«

»Im Café Kittel? Du spinnst.« Ulf lächelte. Er hatte Flint nicht bemerkt, der an einem der hinteren Tische Platz genommen hatte und die Stadtteilzeitung KLENKES durchblätterte. Heute hing Flint an den Fersen von Augustin. Der Peilsender machte es möglich.

»Ich habe mir was überlegt. Erstens bringen wir alle Unterlagen raus aus dem Forschungszentrum. Zweitens gehe ich zur Polizei.«

»Zur Polizei?« Augustin verstand die Welt nicht und schaute ihn verwirrt an.

»Ja. Zur Polizei. Was haben wir zu verbergen? Nichts. Ich werde von dem Einbruch in der Forckenbeckstraße berichten und von dem Einbruch bei dir. Und ich werde sie auf die Spur des Breitbandimpfstoffs bringen. Von ›Rurfieber‹ werde ich schweigen. Der Breitbandimpfstoff, der braucht ungefähr zwei Jahre. Das weiß die Polizei nicht. Trotzdem werden sie verstehen, dass das ein Grund für die Einbrüche sein könnte. – Verstehst du das?«

»Das ist nicht schlecht. Die Polizei wird sie abschrecken. Klingt gut.« Augustin trank einen Schluck und dachte nach. »Sie werden dich fragen, warum du jetzt erst kommst.«

»Weil Schopen mir erklärt hat, dass es kein Einbruch im Institut war. Der Einbruch bei dir, das hat uns wach gemacht. Nun haben wir Angst. – So müsste es funktionieren.« Ulf hatte den Plan am Sonntagabend ausgedacht. Der Einbruch bei Augustin, das Verhalten von Schopen; alles unheimlich. Er wollte seine Erfindung nicht gefährden.

»Und wo bringen wir die Unterlagen hin?«, fragte Augustin.

»Lass das meine Sorge sein. Mir fällt bis morgen etwas ein.« Das war Ulfs größtes Problem. Wo könnte er die Unterlagen sicher verstecken?

»Augustin, wir dürfen mit niemandem darüber sprechen. Ist dir das klar?«

»Natürlich.« Augustin schluckte und schaute durch das Schaufenster des Cafés auf die Pontstraße. Ob der Prinz etwas mit dem Einbruch zu schaffen hatte? Er wollte nicht daran glauben, das durfte einfach nicht sein.

»Abgemacht. Morgen bringen wir die Unterlagen an einen sicheren Ort und am Mittwoch gehe ich zur Polizei.«

»Ja«, sagte Augustin leise, den das alles mittlerweile überforderte.

28
SAFE HOUSE UND WILDER KERMETER

Das Safe House von *Hammerton* lag an der Landstraße von Vaals nach Maastricht. Ein unscheinbares Haus, dessen ungepflegter Garten von hohen Hecken umgeben war. Die Fahrzeuge, die durch das Seitentor in den Hinterhof fuhren, konnten von der Straße aus nicht gesehen werden. *Hammerton* besaß in allen Ländern der Europäischen Union Safe Houses, Häuser, in denen die Agenten Unterschlupf, Verpflegung und Material für die Aufträge vorfanden. Südlimburg mit der Nähe zu Maastricht, Lüttich, Aachen, Brüssel, Antwerpen und Eindhoven lag ideal, um rasch in mehreren Ländern Aufträge auszuführen: Belgien, Deutschland, Luxemburg, Niederlande, Frankreich.

Vier Mann hatte *Hammerton* geschickt. Die Herren White, Blue, Red und Green. Sie benutzten nie ihre richtigen Namen. Vier ehemalige US-Soldaten, zwei Marines, zwei Navy-Seals. Mister White hatte einige Zeit bei der CIA gearbeitet, bevor er sich für die Navy-Seals entschied. Zumeist war der Weg umgekehrt, aber White hasste Papierkram. Zu viel Papierkram in Langley, dem Hauptquartier der CIA. Sie sprachen Deutsch, denn sie hatten mehrere Jahre in Ramstein verbracht, von wo sie Einsätze im Nahen Osten starteten. Sie hatten ihre Narben, Narben vom Einsatz im Irak, in Afghanistan, in Afrika. Deshalb wurden sie zurückgestuft in ihrer Einsatzfähigkeit. Das mochten sie nicht. Sie fühlten sich topfit, *Hammerton* sah das genauso und zahlte besser inklusive der Versorgungsleistungen für die Angehörigen im Fall von »Killed in Action« oder »Missing in Action« – im Einsatz getötet oder im Einsatz vermisst.

William Holden hatte sie persönlich gebrieft. Das war er seinem alten Studienfreund George Santos schuldig. Zudem stimmte die finanzielle Übereinkunft mit George. Sie hatten es bei einem Menü im Restaurant »ADDISON« in San Diego besprochen. Die vier Herren von *Hammerton* hatten Schopen einen Schreck eingejagt, ihm seine Lage aufgezeigt und ihm zugleich ausreichend Zeit gegeben, die Unterlagen zu beschaffen. Sie beschatteten Schopen in Zwölf-Stunden-Schichten. Sie verloren ihn nie aus den Augen. Er bemerkte sie nicht. Im Hinterhof des Safe Houses standen mehrere Autos mit deutschen, niederländischen, belgischen und luxemburgischen Kennzeichen. Sie wussten, was sie taten. Sie wussten allerdings nicht, das *Treasure Island* mitmischte.

In Erkensruhr wurden Plan A und Plan B vorbereitet. Zugleich wurde Augustin beschattet. Bones verfolgte ihn auf seinen Fahrten zum Forschungszentrum Jülich. Ein letzter Versuch, bevor Plan B in Kraft trat, sollte ohne große Aufmerksamkeit zu den Unterlagen führen. Dafür hatte der Käpt'n das erforderliche Material zusammengestellt.

Die Werkfeuerwehr des Forschungszentrums Jülich bestand aus rund 100 haupt- und nebenberuflichen Personen. Ein imposanter Fuhrpark. Alles im Internet auffindbar. In der Woche von Fettdonnerstag 2024 fuhr nach Einbruch der Dunkelheit ein Mercedes Sprinter 515 CDI in die unbenutzte Garage des ehemaligen Hotelkomplexes in Erkensruhr. Kein normaler Sprinter, sondern ein gestohlener Sprinter der Freiwilligen Feuerwehr Floisdorf. Er verwandelte sich in einen Krankentransportwagen der Werksfeuerwehr Jülich, Funkrufname Käfer 04/ Florian WF FZJ KTW-01 mit dem Kennzeichen JÜL-FZ 112. Der Krankentransportwagen, kurz KTW, bot genug Platz für vier Personen in Rettungssanitäterkluft.

Der Käpt'n hatte das Institut ausfindig gemacht, in dem Augustin arbeitete. Irgendwo dort mussten die Unterlagen liegen, die Formeln, die Proben, die Analysen, um das Medikament zu erzeugen. Es sollte ein Versuch werden, der ohne das ganz große Besteck auskommen würde.

»Barbecue, Flint, Ben Gunn, Hawkins – Vorbereitung für die Fahrt zum Forschungszentrum Jülich. Wir werden euch von außen leiten und für Ablenkung sorgen, falls erforderlich. Wir arbeiten mit einer Drohne, die das Gelände überwacht. Wenn wir dort nichts finden, bleibt dieser Kumpel von Augustin übrig, dieser Schwarzenberger. Dann müssen wir etwas Druck ausüben. Showtime, Dienstag, 6. Februar, 17 Uhr, wenn die normale Arbeitszeit in Jülich endet. Ihr habt 30 Minuten Zeit, im Labor und im Büro des Instituts nach den Unterlagen zu suchen. Danach wird die Feuerwehr sich fragen, wer mit Käfer 04 auf dem Gelände unterwegs ist. Prägt euch die Pläne gut ein, ihr werdet keine Zeit haben, vor Ort zu navigieren. – Fragen?« Niemand hatte Fragen.

Just an diesem Dienstag der Woche vor Rosenmontag packte Augustin alle Unterlagen ein, so wie er es mit Ulf im Café Kittel besprochen hatte. Ulf hatte Sorge, dass er keinen Zugriff mehr auf die Ergebnisse und Aufzeichnungen von »Rurfieber« bekommen könnte. Schopen fragte ständig nach, der Einbruch bei Augustin, Diebe in seinem Labor im Fraunhofer-Institut – er spürte, dass der Wettlauf um seine Erfindung begonnen hatte. Schopen konnte sich Zugang zur Cloud verschaffen, wo alle älteren Ergebnisse gespeichert waren. Auch das bereitete Ulf Kopfschmerzen.

»Hol heute alles raus aus Jülich. Dort kommen wir im Zweifelsfall nicht mehr an das Ergebnis unserer Arbeit«, sagte Schwarzenberger am Dienstagmorgen zu Augustin, um dessen Zweifel zu zerstreuen.

Augustin bemerkte, dass Ulf »unserer Arbeit« sagte, dabei stammten alle Versuchsanordnungen von Ulf. Augustin hatte den Superrechner gefüttert und die Ergebnisse analysiert. Ihm saß das Gespräch mit Julius Mabutu in den Knochen. Die Versuchung, Minister in der Regierung der Demokratischen Republik Kongo zu werden, war groß.

Augustin packte am Dienstagnachmittag die Akten, die Festplatte und die Laborproben in einen Aluminium-Aktenkoffer und fuhr gegen 17 Uhr aus dem Haupttor des Forschungszentrums in Richtung Düren. Kurz vor der Autobahnauffahrt auf die A4 bog er nach links in das Gewerbegebiet, fuhr an der Fressnapf-Filiale vorbei, bog im Kreisverkehr rechts ab und stoppte auf dem Parkplatz des Baumarktes Hornbach bei Huchem-Stammeln. Den grünen Ford Focus mit Bergheimer Kennzeichen hatte er nicht bemerkt. Ulf erwartete ihn im Drive-In-Bereich des Baumarktes, wo er rasch den Koffer entgegennahm.

Bones hatte sich an die Fersen von Augustin geheftet. Er sah, wie Ulf und Augustin sich kurz umarmten. Er musste sich entscheiden. Wem sollte er folgen? Ulf oder Augustin. Er entschied sich für Schwarzenberger. Ulf hatte den Golf von Cornelia geliehen und machte sich auf den Weg nach Heimbach zu seinem Elternhaus. Die Dunkelheit brach ein. Noch hatte er keine Idee, wo er alles verstecken wollte. Schließlich wollte er seine Eltern nicht in Gefahr bringen. Unterwegs fiel ihm der Vorsitzende des Freundeskreises der Abtei Mariawald ein, Jürgen Klinkhammer, ein pensionierter Lehrer, der ihm stets ein väterlicher Freund gewesen war. Er besaß ein kleines Büro in der Kloster-Buchhandlung, von wo aus er für den Freundeskreis der Abtei die Geschäfte führte, nachdem die Abtei zum Glück von der Gemünder Brauerei übernommen worden war. Mariawald blieb bestehen, der Freundeskreis blühte auf. Im Büro des Freundeskreises würde niemand wertvolle Unterlagen des Projektes »Rurfieber« suchen. Niemand! Davon war Ulf Schwarzenberger überzeugt. Er nahm die Strecke über Embken und Hergarten, denn die Zufahrt von Heimbach war weiter gesperrt. Die Landstraße wurde saniert. Ulf schaute oft in den Rückspiegel. Wurde er verfolgt? Er bog in Richtung Wolfgarten ab und sah in der Ferne im Rückspiegel einen Wagen, den er seit Embken bemerkt hatte. Vorsichtshalber nahm er nicht die Abzweigung zur Abtei Mariawald, sondern fuhr weiter in Richtung Wilder Kermeter. Dort hielt er an. Ein grüner Focus passierte den Parkplatz und fuhr weiter in Richtung Staumauer der Rurtalsperre. Ulf startete den Golf, drehte und fuhr zurück zur Abzweigung nach Mariawald. Dort kannte er jeden, dort war seine Heimat. Er bog auf den Parkplatz der Abtei, überlegte kurz, schnappte seinen Arbeitsrucksack vom Rücksitz und ging in die Kloster-Buchhandlung. Geschlossen. Klar, er war zu spät, sah allerdings noch Licht brennen in der Klosterkantine. Er klopfte an. Den grünen Ford Focus, der ohne Licht auf den Parkplatz gerollt war und aus dem heraus fotografiert wurde, bemerkte er nicht.

Edmund Kelleter öffnete Ulf die Türe. Sie kannten sich seit der Kindheit. Edmund half in der Klosterküche, der Kloster-Buchhandlung und bei der Buchung von Pilgerbesuchen.

»Edmund, bitte stell den Rucksack ins Büro von Jürgen. Er wartet darauf.«

»Was machst du denn hier? Ich wollte gerade abschließen. Jürgen pilgert nach Trier, der kommt am Wochenende zurück.«

»Ich weiß, aber er braucht es direkt nach der Rückkehr. Habe ich ihm am Telefon versprochen. Ich muss los. Danke dir.«

»Sekunde, komm mit«, Edmund schritt rasch mit Ulf zur Kloster-Buchhandlung, öffnete, griff zu einer Dose »Mariawalder Erbsensuppe« mit Fleischeinlage. »Ohne die lass ich dich nicht gehen!«

Ulf lachte, dankte ihm, nahm die Suppe und schritt rasch zurück zum Golf, der auf dem Parkplatz stand.

Edmund schaute ihm kopfschüttelnd nach, richtig wundern konnte er sich nicht. Ulf war immer ein Überflieger gewesen – und er, Edmund, kochte hier Erbsensuppe, allerdings wurde sie oft genug prämiert. Er holte den Schlüsselbund und brachte den Arbeitsrucksack in das Büro von Jürgen, den alle hier nur Jojo nannten. Der Aluminium-Aktenkoffer blieb im Kofferraum von Cornelias Golf.

Ulf konnte nicht hinunter nach Heimbach fahren, die Straße war wegen Bauarbeiten seit Monaten gesperrt. Er bemerkte den grünen Ford Focus nicht. Ulf Schwarzenberger fuhr über Wolfgarten zurück auf die B265 Richtung Hergarten. Er nahm den Weg über Düren zur A4. Der grüne Ford Focus bog auf der B265 ab in Richtung Gemünd, Vogelsang, Einruhr, Erkensruhr.

29
ALARM IM FORSCHUNGSZENTRUM JÜLICH

Die Nummer mit dem Krankentransportwagen startete, als Augustin gerade mit seinem Mini Cooper durch die Hauptwache fuhr. Er nahm den Krankenwagen wahr, dachte sich nichts dabei.

Die Schranke wurde geöffnet. Das Wachpersonal kannte die Fahrzeuge der Werksfeuerwehr. Durch die Abenddämmerung konnte Wachmann Oskar Delahaye Fahrer und Beifahrer nicht richtig erkennen. Sie winkten ihm zu. Er winkte zurück. Käfer 04 fuhr in Richtung Institut für Biologische Informationsprozesse, kurz IBI.

Das Gelände war gut ausgeleuchtet. Wenige Wissenschaftler und Angestellte arbeiteten noch in der einbrechenden Dunkelheit. Der Wachhabende der Sicherheitsfirma, Gustav Schlepütz, der seinen gezwirbelten Bart hegte und pflegte und oft als Jean Pütz angesprochen wurde, war durch den Käpt'n von seinen Schulden erlöst worden und so gelangte der Wachplan in die Hände von *Treasure Island*. 30 Minuten. Die Tür stellte kein Hindernis dar, der Code für die Alarmanlage lag vor, dank des Wachhabenden, der mit einer Sondertilgung den Kredit für das Wohnmobil ablösen konnte. Edith wollte diesen riesengroßen Oschi. Immer wollen Frauen einen riesengroßen Oschi. Gustav hätte den Zweiachser genommen.

Nein, sie wollte den KNAUS SUN I, den Dreiachser. Von wegen kein Problem mit der Finanzierung. Und das neue Dach, deckte sich das von alleine? Er hatte es vorausgesehen. Wie sollte das denn gehen mit den Tilgungen und den Reisen und dem neuen Dach für ihren Flachdachbungalow. Doch plötzlich kam dieser Silver mit einem Angebot. Einmal den Wachplan durchgeben, einmal einen Krankentransportwagen rein- und rauswinken, einmal den Code durchgeben und die Probleme lösten sich auf. Nun war der Oschi finanziert, das Dach auch.

Hawkins saß in der Kluft des Rettungssanitäters am Steuer und hielt über Funk Kontakt zu Barbecue, Flint und Ben Gunn, die bereits im Gebäude nach dem Material suchten.

»Noch 15 Minuten«, sprach Hawkins ins Mikrofon.

»Roger«, klang es zurück.

Barbecue durchsuchte das Büro von Doktor Augustin Ligodi. So stand es auf der Tür. Rechenoperationen: Doktor Augustin Ligodi. Nichts. Barbecue fand nichts. Kein Laptop, nur ein Standrechner. Passwort? Er probierte auf gut Glück: Kongo1! Bingo. Passwörter sind immer einfach, sagte er sich. Er schob den USB-Stick in den Schlitz und zog alle Dateien darauf. Kann nicht schaden.

Flint und Ben Gunn suchten im Labor. Fehlanzeige. Der Tresor. Wo war der Tresor? Sie öffneten das Vorzimmer des Institutsleiters Professor Doktor Avi Zissou. Na bitte. Da stand das gute Stück. Mitnehmen, sprengen, öffnen?

»Noch zehn Minuten.« Hawkins schaute in den Rückspiegel.

»Den brechen wir aus der Wand. Falls Proben im Tresor sind, werden die durch eine Explosion vernichtet. Hat der

Käpt'n gesagt.« Sie befestigten ein Stahlseil an der Klinke des Tresors, Barbecue holte die elektrische Seilwinde aus dem Krankenwagen, platzierte sie so, dass sie nicht wegrutschen konnte, und schloss sie an den Strom an. Der Tresor von der Größe eines alten Röhrenfernsehers fiel auf das Sofa des Institutsleiters, das sie unter den Wandtresor gestellt hatten. Das Sofa brach zusammen, der Aufprall verursachte kein Geräusch. Das Sofa bekam ein neues Design, ein sogenannte Innenknick-Modell, in dem die Sitzenden aufeinander zu rutschen.

»Sackkarre!«, befahl Barbecue.

»Noch drei Minuten.« Hawkins hatte die Uhr im Blick.

Die drei Sanitäter Barbecue, Flint und Ben Gunn schoben den Tresor zum Ausgang. Hawkins stand an der geöffneten Hecktür von Käfer 04, sie wuchteten den Tresor in den Wagen, schlossen die Tür, als plötzlich ein dunkler BMW neben ihnen stoppte.

»Alles okay hier?« Doktor. Martin Schüller vom Ernst-Ruska-Centrum für Mikroskopie und Spektroskopie mit Elektronen war spät dran für die Verabredung im FitX Fitnessstudio.

»Ja, kleine Übung. Exercise«, sagte Hawkins in gebrochenem Deutsch.

»Übung. Prima. Schönen Feierabend.« Doktor Schüller war erleichtert. Übung ist wichtig. Auch für mich. Auf zu den Übungen mit der schönen Patricia im Fitnessstudio. Er gab Gas und fuhr zum Haupttor des Forschungszentrums Jülich.

»Da kurvt ein KTW beim IBI der Molekularbiologie rum.« Frank Burmeister, Diensthabender der Werkfeuerwehr, blickte irritiert auf den Monitor der Überwachungskamera. Wer konnte zeitgleich 16 Monitorkacheln im Blick behalten? Außerdem war für die Sicherheit der Wachdienst zuständig. Die kamen nicht mehr ohne Fremdfirmen aus. Privater Sicherheitsdienst. Er hielt nicht viel davon. Abends Disco-Türsteher, tagsüber Wache im FZJ. Das bringt es nicht, hatte er bei der letzten Besprechung des Geschäftsbereichs S – S für Sicherheit – gesagt. Er holte sich einen Rüffel. Sei nicht seine Aufgabe. Er solle die Schläuche sauber halten und habe gerade erst einen neuen Ziegler-Leiterwagen bekommen. Immer schön ruhig bleiben, so die Sicherheitsbeauftragte Carina Bücken.

Burmeister griff zum Telefon und wählte die Nummer des Diensthabenden der Sicherheit.

»Schlepütz, Sicherheit.«

»Burmeister, Feuerwehr. – Sag mal Kollege, hast du den KTW Käfer 04 auf dem Bildschirm bei der Molekularbiologie?«

Gustav schluckte kurz, checkte den Monitor, er sah den KTW, dann zog er den Stecker.

»Moment. Bildstörung. Die Scheißanlage muckt seit Tagen und der User Helpdesk schläft.«

»Da tragen gerade drei Sanis was aus dem Gebäude in den KTW.« Burmeister beugte sich zum Bildschirm, doch die Auflösung war in der Dunkelheit zu schwach. Die Laterne brannte mit Notbeleuchtung. Ausgerechnet heute war die Funzel vor dem IBI im Eimer.

»Was machen die denn da?« Burmeister rief die Liste der Fahrzeuge auf. Alle in der Halle. Kein Wagen abgemeldet. Die Bereitschaft in den Ruheräumen.

»Bei mir flackert der Bildschirm weiter. Ich schalte auf Back-up. Moment, Kollege.« Gustav Schlepütz drückte Knöpfe, die Bildschirme flackerten.

»Unser Käfer 04 steht in der Halle. Spinne ich oder was. Schick mal eine Streife raus zur Molekularbiologie.« Burmeister sah, dass der KTW gestartet wurde.

»Streife? Alle unterwegs. Moment. Ich hab zwei Mann, die schicke ich los.«

»Und halt den Wagen am Tor auf. Da stimmt was nicht.« Burmeister nahm einen großen Schluck Kaffee. Der war so heiß wie die Sache da draußen.

»Was hast du gesagt? Verbindung schlecht. Ich kümmere mich, Kollege. Mach ich. Bildschirm springt wieder an.«

»Okay und gib gleich Bescheid. Den KTW schauen wir uns an.« Burmeister legte auf und wählte die Nummer des Bereitschaftsführers. Heute war Doris Nörenberg dran, erste Frau als Bereitschaftsführerin der Werksfeuerwehr.

»Doris, fahr mal zur Hauptwache. Ein unbekannter KTW mit unserer Käfer 04-Nummer ist auf dem Gelände. Irgendwas stimmt da nicht.«

»Mach ich, Frank.« Doris Nörenberg rief den Kollegen Toni Grunwald, griff nach der Einsatzbekleidung und nahm den Schlüssel für den VW-Bulli.

Während Doris Nörenberg und Toni Grunwald den VW-Bulli starteten, erreichte Käfer 04 mit dem Team von *Treasure Island* wieder die Hauptwache. Dort hatte niemand etwas von den Merkwürdigkeiten mitbekommen.

»Do kütt hä widder.« Oskar Delahaye, Wachmann mit der Hand am Schrankenknopf, wunderte sich, griff zum Hörer und rief Gustav Schlepütz an.

»Der Käfer 04 fährt hier rein und raus. War vor 30 Minuten da. Ich habe keine Meldung von der Werkfeuerwehr. Schranke auf oder zu?«

»Auf«, sagte Schlepütz blitzschnell. Delahaye drückte auf den grünen Knopf, der Fahrer des KTW winkte, Delahaye kannte ihn nicht, winkte trotzdem zurück. Dann ließ er die Schranke runter. Eine Minute später standen Doris Nörenberg und Toni Grunwald mit dem VW-Bulli der Werkfeuerwehr auf dem Seitenstreifen an der Hauptwache.

»Wo ist denn der KTW Käfer 04?«, fragte Doris Nörenberg einen überraschten Delahaye.

»Der ist raus.«

»Wie raus?«

»Komische Frage. Schranke hoch und ab. War doch euer Käfer 04.«

»Ne, unser Käfer 04 steht in der Halle.« Doris Nörenberg schüttelte den Kopf und griff zum Funkgerät. Delahaye runzelte die Stirn. Der Schlepütz hat doch »Schranke auf« gesagt. Er griff sich an die Stirn.

»Doris an Frank, kommen.«

»Frank hört, kommen.«

»Der KTW ist weg. Die haben die Schranke hochgefahren. Kommen.«

»Mist. Kehrt zurück. Ende.«

»Verstanden. Ende.«

Burmeister rief Schlepütz an.

»Warum ist der raus?«

»Wer?«

»Der KTW, Herrgott noch mal.«

»War der nicht von euch?«

»Hab ich doch gesagt. Anhalten am Tor!«

»Missverständnis am Haupttor. Verbindung war am Arsch. Habe ›Tor auf‹ gehört.« Schlepütz gab sich zerknirscht. »Ich schicke zwei Mann zur Molekularbiologie. Ende.« Er legte auf. Ausgerechnet dieser Burmeister. Ein scharfer Hund, der sieht jeden Mückenschiss auf der Scheibe der Feuerwehrkisten und macht Rabatz.

Burmeister rief die Maske für das Tagesprotokoll auf den Bildschirm und begann mit der schriftlichen Rekonstruktion. Warte Bürschchen, diesen Scheiß lass ich mir nicht an die Hacken kleben. Ihm sollte niemand einen Fehler nachweisen.

Flint gab Gas und bog mit dem KTW von der B56 bei Krauthausen ab in Richtung Merken. An einem Waldstück des Pierer Waldes parkten zwei Toyota-Geländewagen mit der Aufschrift einer Trockenputz-Firma aus Sankt Augustin. Die vermissten seit der Ankunft von *Treasure Island* ihre Wagen. In Erkensruhr fielen sie niemandem auf. Trockenputz für die Hotelruine. In dem Waldstück wurden der Tresor umgeladen und die Klamotten gewechselt. Hawkins präparierte den Zeitzünder auf 15 Minuten. Dann würde der KTW in Flammen aufgehen und sie bereits auf der B56n in Richtung Nideggen unterwegs sein.

30
GEROLSTEINER IN DER WÜSTE

Der Konvoi mit gepanzerten Geländewagen der Feldjäger, zwei Dingos – gepanzerte und luftverladbare bewaffnete Radfahrzeuge – näherte sich dem Haus des Prinzen von Katanga. Egold hatte Rückendeckung vom Verteidigungsministerium und dem Auswärtigen Amt. Aus dem Einsatzführungskommando in Potsdam hatte es grünes Licht für den Termin mit dem Prinzen von Katanga gegeben. Der Termin lief unter der Devise »Wandel durch Annäherung – Friedliche Kooperation und feministische Außenpolitik«. Ein paar Wörter reichten, schon bekamen Damen und Herren im Auswärtigen Amt, kurz AA, feuchte Augen. Endlich ein Offizier, der die Linie des AA verstand. Egold erhielt Handreichungen zur richtigen Wortwahl, eine Infobroschüre zur Lage der Frauen im Kongo sowie eine persönliche Botschaft der Außenministerin für den Prinzen von Katanga. Die Amerikaner und Franzosen waren eingeweiht, die Italiener desinteressiert. Egold fuhr mit seinen Stabsoffizieren vor die Villa, die von schwer bewaffneten Leibwächtern bewacht wurde. Sie salutierten, als Egold den geschützten Geländewagen »Wolf« der Feldjäger verließ. Egold grüßte kurz und sah in der Haustür den Mann, den sie den Prinz von Katanga nannten und der älter wirkte, als er tatsächlich war.

Julius Mabutu lächelte und breitete seine Arme aus. Er empfing Oberstleutnant Egold wie einen alten Freund, den er lange nicht gesehen hatte. Mabutu trug eine randlose Brille, durch die hellwache Augen den Kontingentführer der Bundeswehr interessiert musterten. Er wirkte sanft, wie ein Prediger, doch ein Prediger brauchte keine Leibwächter.

»Willkommen in meinem bescheidenen Domizil, Oberstleutnant. Bitte, treten Sie herein. Auch Ihre Männer, die Offiziere und Unteroffiziere. Hier sind Sie so sicher wie in Abrahams Schoß.« Er lachte, streckte seine Hand aus, die in einem edlen Sakkoärmel steckte, sein weißes Hemd strahlte wie aus der Waschmittelwerbung, und er trug keine Sonnenbrille wie seine Leibwächter und Berater. Julius Mabutu war ein Kommunikationsgenie, ein großer Erzähler, ein Menschenfischer, mit wachen Augen, großer Empathie und der Sehnsucht, endlich als Friedensbringer in die Geschichte des Kongo einzugehen. Er sprach bestes Oxford-Englisch.

»Sie sind im Dienst, Oberstleutnant, da dürfen Sie keinen Alkohol trinken. Ich weiß, ich weiß. Ich möchte Sie nicht in Verlegenheit bringen. Wir haben extra für Sie, aus Ihrer Heimat, frisches Mineralwasser aus der Eifel. »Gerolsteiner« Mineralwasser – für die tapferen Soldaten der Bundeswehr, die Spezialkräfte des Heeres. Ich weiß, ich weiß, sagen Sie nichts. Ich bin bestens informiert.« Er lachte wieder, winkte kurz. Die ungeöffneten Flaschen mit Mineralwasser wurden auf den Tisch gestellt, bevor alle Platz nahmen. Die Villa war überladen mit Fotos, Figuren, einem Mischmasch aus moderner, alter und Volkskunst.

»Das hier alles stammt vom ermordeten Vorbesitzer. Ein trauriger Fall. Sie wissen ja, die Seltenen Erden sind heiß begehrt. Es hieß, er wollte nicht an ein bestimmtes Land verkaufen. Nun laufen die Geschäfte. Und er ist tot.

Friede seiner Seele. Seine Familie ist nach Europa geflüchtet. Dort hatte er diverse Konten. Seine Frau lebt mit den beiden Kindern in Paris. Die Regierung hat mir dieses Haus zur Verfügung gestellt.« Julius Mabutu zeigte auf verschiedene Skulpturen, auf Designermöbel aus Italien und goldene Wasserhähne aus Spanien.

»Danke, Herr Mabutu, aufrichtigen Dank für Ihre Gastfreundschaft.« Oberstleutnant Egold, der immer wieder Monate in den USA mit Trainingseinheiten verbracht hatte, sprach fließend Englisch mit Julius Mabutu. Der Dolmetscher wurde nicht benötigt. Die Gastfreundschaft und Herzlichkeit überraschte Egold. Seine Stabsoffiziere nahmen Platz. Alle erhielten ungeöffnete Mineralwasserflaschen. Sie waren vor Leitungswasser gewarnt worden. Der Prinz von Katanga wusste genau, wie er die Situation entspannen konnte.

»Was führt Sie zu mir Oberstleutnant? Sie können sich denken, dass ich eher mit Legationsräten und Direktoren aus dem Auswärtigen Amt zu tun habe. Ich bin Deutschland sehr dankbar für die Unterstützung, für die moralische Unterstützung meiner demokratischen Partei. Und, lassen Sie mich das offen sagen, ich beobachte die Situation hier in Niger mit großem Interesse.«

»Herr Mabutu, danke für Ihre Offenheit. In Abstimmung mit unserem Auswärtigen Amt und dem Bundesverteidigungsminister bin ich hier. Wir sind quasi Nachbarn am Stadtrand von Niamey. Nehmen Sie meinen Besuch als Anerkennung Ihrer politischen Arbeit. Ich darf Ihnen im Namen unserer Außenministerin und in Abstimmung mit dem Verteidigungsminister eine Grußbotschaft überreichen.«

Der Prinz von Katanga lachte, hob sein Glas und nahm

den Briefumschlag aus dem Auswärtigen Amt entgegen, prostete mit einem Glas Wasser, gefüllt mit Eiswürfeln und einer Zitronenscheibe, in die Runde.

»Das haben Sie schön gesagt, Oberstleutnant. Kommen wir einfach zur Sache. Wir, unter Männern. Den Brief lese ich, wenn Sie mich verlassen haben. Ich möchte nicht unhöflich sein.«

»Zur Sache. Okay. Deutschland ist neutral. Wir werden uns nicht in mögliche Konflikte einmischen, die hier anstehen könnten. Ich betone, die entstehen könnten. Seien es innerkongolesische Konflikte oder Konflikte mit der Regierung von Niger, die schwächelt, während das Militär unruhig wird. Wir sind hier, um unsere Kameradinnen und Kameraden in Mali zu unterstützen.«

»Danke, Oberstleutnant. Ich weiß Ihre Offenheit zu schätzen. Glauben Sie mir, Niger steht auf der Seite Europas, auf der Seite der Demokratie! Genauso wie die Menschen im Kongo.« Julius Mabutu legte seine linke Hand auf das Herz und deutete eine Verneigung an. – Er schloss seine Augen, nickte mehrfach, um sich selbst zu bestätigen. Im Grunde wusste er es besser.

»Wir sind ebenfalls Gäste hier in Niger. Wir möchten vor den Wahlen und müssen vor den Wahlen zurück in den Kongo. Nichts liegt uns ferner, als hier Unruhe zu erzeugen.«

»Herr Mabutu, dann sind wir uns rasch einig.« Oberstleutnant Egold nickte zustimmend. Er warf einen Blick durch das große Fenster des Wohnzimmers auf den Garten der Villa.

»Lassen Sie uns kurz den Garten anschauen, lieber Herr Mabutu. Das ist mein Hobby daheim in Norddeutschland. Vielleicht kann ich einige Anregungen mitnehmen. – Nur wir zwei.«

»Sehr gerne, Oberstleutnant. Zwar regnet es im Niger selten, aber der Vorbesitzer hat daran gedacht. Ich zeige Ihnen die Bewässerungsanlage. Kommen Sie.«

Der Prinz von Katanga verstand sofort, warum Egold das Gespräch draußen führen wollte. Natürlich waren in dem Haus Wanzen angebracht, Abhöranlagen des nigrischen Geheimdienstes. Julius Mabutu war froh, dass nicht er den Gartenausflug vorgeschlagen hatte. Die Lauscher saßen derweil in ihrem Hauptquartier in der Innenstadt und ärgerten sich, dass sie den Garten nicht verwanzt hatten.

Egold gab seinen Männern ein Zeichen. Sie blieben sitzen, tranken weiter ihr Gerolsteiner und unterhielten sich mit Kaya Samba. Samba sprach fließend Englisch.

»Zeigen Sie mir die Bäume dort am Ende des Gartens«, Egold zeigte auf vertrocknete Bäume, die diesen Sommer nicht mehr überleben würden. Sie passierten einen verlassenen Pool, den die Natur zurückerobert hatte.

Schweigend erreichten sie das Ende des Gartens, der von einer hohen Ziegelsteinmauer umgeben war, zusätzlich durch Stacheldraht auf der Mauerkrone gesichert.

»Was wissen Sie vom Kongo, Oberstleutnant?«

»Nicht viel. Das gebe ich zu. Wir sind auf Niger und Mali vorbereitet worden. Kongo stand nicht auf dem Lehrplan, als der Befehl für den Einsatz kam.«

Mabutu lachte. »Sie ziehen sich schön aus der Affäre, lieber Oberstleutnant. Welche Bilder, Vorurteile, Klischees, Stereotype haben Sie im Kopf?«

»Wie ich bereits sagte. Da ist nicht viel. Ich zähle ein paar Wörter, ein paar Namen auf: Patrice Lumumba, Leopold II., Massaker, Joseph Conrad, zweitgrößtes Land von Afrika, die Rebellen von M23, Kobalt, Coltan, Kivu, Katanga-Gendarmen, Gold, Diamanten, der Fluss Kongo,

Joseph-Désiré Mobutu, der Diktator, sein Nachfolger Kabila, die Interessen Europas an den Bodenschätzen, an Kautschuk, Ihr Land hieß eine Zeit Zaire, unter dem Namen habe ich als Jugendlicher davon gehört. Tja, da ist noch Papa Wemba, den ich auf einer World Music CD von Peter Gabriel entdeckt habe.«

»Gut, sehr gut, lieber Herr Oberstleutnant. Papa Wemba! Leider ist er bereits gestorben. Mitten in einem Konzert. Zaïko Langa Langa könnte man als seinen Nachfolger bezeichnen.« Mabutu lachte und schlug sich auf den rechten Oberschenkel. »Das ist gut. Ich habe bisher keinen Europäer getroffen, der Papa Wemba kannte. Gratuliere. Sie wissen viel über den Kongo.« Er lächelte und schüttelte den Kopf, denn er hatte nicht mit all den Stichwörtern zu seinem Land gerechnet.

Plötzlich wechselte Mabutu den Tonfall. »Sie sind nicht gekommen, um etwas über mein geliebtes Land zu hören, in dem endlich Frieden einkehren muss. Sie sind nicht gekommen, um mit mir über Putschpläne zu sprechen, die der deutsche Geheimdienst entdeckt hat. Es gibt diese Putschpläne. Ihre amerikanischen Freunde haben Andeutungen gemacht.«

Mabutu blickte auf die Bäume. »Sie sind nicht gekommen, um mir diesen Brief mit Phrasen der Außenministerin zu geben, die von irgendeinem Afrika-Referenten im Außenministerium notiert wurden und zwei Wochen lang durch alle Abteilungen lief, damit bloß kein falsches Wort drin steht. Sie sind nicht gekommen, um mit mir über die toten Kinder in den Kobaltminen zu sprechen, über Hungerlöhne der Arbeiter, über Tausende kongolesischer Kinder, die statt zur Schule zur todbringenden Arbeit unter und über Tage in die Kobaltminen geschickt werden. Über die Ausbeuter aus dem Westen, aus China, korrupte Eliten im Kongo. Sie sehen, wir haben viel zu tun, damit wir bei der nächsten Wahl eine Regierung erhalten, die all die Missstände abstellt, eine gerechte Regierung, für eine bessere Zukunft der Menschen. Eine Regierung der nationalen Versöhnung, die sich daran orientiert, was Patrice Lumumba einst für unser Volk versprach, bevor er ermordet, zerstückelt und in Schwefelsäure aufgelöst wurde. Und heute? Denken Sie daran, jeden Tag stirbt ein Kind im Kongo, damit andere ihre Handys einschalten können.« Er machte eine Pause.

»Warum sind Sie hier, Oberstleutnant?« Mabutu drehte seinen Kopf und blickte in Egolds Augen.

»Es stimmt. Ich bin nicht gekommen, um über die Ausbeutung Ihres Landes zu sprechen. Das, was Sie sagen, erinnert mich an die dunkle Zeit unter Leopold II., dem König der Belgier. Es stimmt, wir reden in Europa nicht über das, was in Ihrem Land mit den Kindern in den Minen passiert. Wir kaufen neue Handys, schalten sie ein und aus, denken nicht darüber nach, wer für dieses Handy mit dem Leben bezahlt hat. Glauben Sie mir, ich nehme Ihren Willen nach Veränderung wahr und wünsche Ihnen, dass Sie für Ihr wundervolles Land eine gerechte Regierung formen können.«

»Danke für Ihre Worte, Oberstleutnant. Ich glaube Ihnen. Warum sind Sie hier?«

»Ich habe gute Freunde in Nordrhein-Westfalen, genauer in Aachen.« Egold machte eine Pause.

Julius Mabutu nickte. Nun ahnte er, warum er mit Egold zwischen den trockenen Bäumen des heruntergekommenen Gartens stand.

»In Aachen ist man besorgt. Es könnte dort etwas zum

Nachteil des Kongo passieren.« Wieder machte Egold eine Pause. Der Prinz von Katanga stieg nicht ein. Er schwieg.

»Es wäre gut, wenn Sie nichts damit zu schaffen hätten. Vielleicht können Sie Einfluss ausüben, damit alles ruhig bleibt. Das würde das Verhältnis zu Ihnen weiter positiv beeinflussen. – Verstehen Sie, was ich meine?«

»Nicht genau.«

»Wir haben belastbare Informationen von befreundeten Geheimdiensten. Die Uhr läuft, Herr Mabutu. Der Name Prinz von Katanga ist gefallen.« Egold verstärkte den Druck.

»Schauen Sie, Herr Oberstleutnant, wir Kongolesen lernen gerne von anderen Völkern. Auch von Völkern, die uns früher unterdrückt haben. Das heißt nicht, dass alles falsch war. Zum Beispiel die Eisenbahn. Ich glaube, Sie verrennen sich in etwas. Man will mich als Kandidaten verhindern. Jedes Mittel wird dafür eingesetzt. Auch Trolle im Netz, auch Fake News. Was soll ich mit dieser Stadt Aachen zu schaffen haben? Mit Karl dem Großen? Ich bitte Sie. Meine Arbeit gilt der Wahlkampagne. Indem Sie hier mit den Jeeps und Panzerwagen vorfahren, wird mir wieder eine Geschichte angedichtet. Die Konkurrenten im Kongo schlafen nicht. – Alles gut, wie man so sagt. Sie brauchen nichts zu befürchten.«

»Ich hoffe es. Ich hoffe es in Ihrem Interesse und im Interesse Ihres Landes. Es wäre bedauerlich, wenn ein, sagen wir mal, wenn ein Vorfall mit Personenschaden in Aachen plötzlich mit Ihrem Land oder Ihrem Namen in Verbindung gebracht würde.« Egold begab sich auf Glatteis.

»Ich verstehe nicht, was Sie meinen, Oberstleutnant. Ich habe es akustisch und inhaltlich nicht verstanden. Ich habe es sogar vergessen. So, wie der Westen den Kongo vergessen hat. Die Ukraine und der Nahe Osten sind täglich in den Nachrichten. Und der Kongo, die Flüchtlinge im Osten unseres Landes? Hören Sie davon? Wir sind nur Lieferant für Rohstoffe, für Seltene Erden. Mehr nicht.«

»Doch, Sie sind mehr, Sie sind die Hoffnung auf eine bessere Zukunft. – Lassen Sie uns zurückkehren und die Gläser leeren, es ist heiß hier im Garten.« Egold zeigte auf seine Soldaten im Wohnzimmer. Die Sonne stach vom Himmel. Mehr konnte er nicht ausrichten. Die Warnung hatte er platziert, er war deutlich geworden.

Sie kehrten zurück ins Wohnzimmer. Egolds Offiziere sahen ihn fragend an. Kaya Samba blickte zu Mabutu, der kurz nickte. Samba verstand. Es wurde ernst.

Egold dankte für die Möglichkeit zum Gespräch und reichte Mabutu die Hand. Der Blick des Prinzen von Katanga war nachdenklich.

»Ihr Freundschaftsbesuch wird das Verhältnis zwischen Deutschland, dem Kongo und Niger weiter stärken. Ich bin gewiss.« Mabutu schüttelte Egold lange die Hand, wollte er sie nie mehr loslassen?

»So sehe ich das ebenfalls. Passen Sie auf sich auf, Prinz von Katanga. Ihr Land braucht Sie.« Egold nickte, salutierte kurz und verschwand mit seinen Offizieren in den Fahrzeugen des Begleitkommandos.

»Und?«, fragte Leutnant Amann, Führer des schweren Pionierzuges erwartungsvoll.

»Schwierig«, sagte Egold. »Sind wir Afrika-Experten? Sind wir auf das hier vorbereitet? Ich sage Ihnen, Amann, je früher wir hier raus sind, umso besser.« Egold blickte auf das Allschutz-Transport-Fahrzeug Dingo, das vor ihrem gepanzerten Jeep über die Piste kurvte.

»Und unser Auftrag?«, fragte Amann.

»Den erfüllen wir natürlich. Die Evaluation danach muss schonungslos sein. Da dürfen wir kein Blatt vor den Mund nehmen. Auch nicht die Kameraden in Mali. Wir sind nicht das Technische Hilfswerk und nicht Misereor. Die Probleme müssen die Länder selbst lösen. Wir können weder Mali noch Niger mit unseren Soldaten stabilisieren, islamistische Terroristen bekämpfen, Flüchtlingsbewegungen aufhalten. Das ist meine persönliche Meinung. Bleibt unter uns.« Egold nahm kurz den Helm ab, wischte sich den Schweiß von der Stirn. Es war heiß unter der schusssicheren Weste.

»Wenn wir Niger verlassen, was wird dann passieren?« Amann setzte nach.

»Ich bin pessimistisch. Wir haben bereits den Putsch der Militärs. Russland ist präsent. Zwar ist dieser Prigoschin-Arsch im Jenseits, aber Putin hat die Söldner integriert und wird sie weiter benutzen. Kurzum: Der Westen zieht ab, Russland übernimmt, doch gegen den islamistischen Fundamentalismus wird sogar Russland verlieren – wie damals in Afghanistan. Wieder ein Staat, der wie Afghanistan umkippt. Meine persönliche Einschätzung.«

Mabutu stand lange im Türrahmen und sah dem Konvoi hinterher.

»Es muss jetzt schnell gehen, sonst ist alles vorbei und wir haben nichts – außer viel Geld ausgegeben«, sprach Mabutu zu Samba, der neben ihm stand.

31
DICKE BACKEN

Während die Freiwillige Feuerwehr Merken die Reste des brennenden KTW mit einem Schaumteppich eindeckte, trug das Team von *Treasure Island* den Tresor ins Basislager in Erkensruhr.

Mittlerweile wunderte sich niemand in Erkensruhr über die nächtlichen Fahrten der Baustellenfahrzeuge, irgendwo müssen die Baubären ein Bier trinken gehen, sagten die Einwohner.

»Wer kennt sich mit dem Tresor aus?« Der Käpt'n blickte seine Männer an.

»Ich mach das«, sagte Barbecue.

»Nicht mit Dynamit! Da könnten Proben drin sein.« Flint warf es in die Runde.

»Seh ich aus wie ein Sprengmeister?« Barbecue verteidigte seine Ehre. Er griff zu seiner Segeltuchtasche, holte einen Beutel heraus, der mehr einem Kulturbeutel als einer Sporttasche glich. Die Männer leuchteten mit der Taschenlampe auf das Schloss des Tresors, in dem Barbecue mit irgendeinem Teil herumfummelte, bis die Tür plötzlich, wie von Geisterhand, aufsprang.

»Voilà, meine Herren.«

»Applaus für Barbecue. Rekordzeit. Olympiaverdächtig«, sagte der Käpt'n. Die Männer klatschten in die Hände.

Papiere, Dokumente, Formeln. Silver sah die Unterlagen sorgfältig durch. Mehrheitlich Kooperationsverträge und irgendwelche Evaluationen, Dokumente. Nichts, das auf ein Medikament gegen Ebola, Malaria und Denguefieber hinwies.

»Nada, niente, nichts. Alles umsonst. Ich sag es euch offen heraus. Wir müssen weitermachen. Der Auftraggeber sitzt mir im Nacken. Wenn es schiefgeht, bekommen wir nur die Spesen ersetzt. Ist euch das allen klar?«

Seine Männer nickten. Wäre zu schön gewesen.

»Die Nummer war nicht schlecht«, sagte Flint in die Stille. Dann lachten alle.

»Ja«, sagte der Käpt'n lachend, »die Nummer mit dem Krankentransportwagen war wirklich gut. Bleibt im Gedächtnis. – Darauf geb ich einen aus. Ich betone: einen! Wir sind keine Säufer.«

Siehe da, Käpt'n Silver kramte kurz in seinem Zimmer und brachte einen schottischen Whiskey zum Vorschein mit sieben Gläsern. Das achte Glas lag zerbrochen im Bauschutt.

»Schöne Bescherung. Wir brauchen die Kameraaufzeichnungen.« Oberkommissar Fuchs, altgedienter Einbruchspezialist von der Kreispolizeibehörde Düren, streifte die Einmalhandschuhe ab. »Der KTW steht ausgebrannt im Pierer Wald bei Merken. Da finden wir nichts mehr. Das waren Profis.« Mal was anderes, dachte er. Kein Kellereinbruch, Kupferklau, Metalldiebstahl auf dem Friedhof. Seine Kollegen sicherten die Spuren, suchten Fingerabdrücke. Vergebliche Müh, dachte Fuchs. Wer die Nummer hier abgezogen hat, der lässt keinen Gruß zurück. Was soll es: Routine.

»Profis«, wiederholte Gustav Schlepütz und schaute ernst auf die Unordnung, die die Diebe hinterlassen hatten.

»Profis, sehe ich ebenfalls so.« Der ist ja superklug, dieser Wachheini, dachte Fuchs.

»Kollege Burmeister von der Werkfeuerwehr sagte, er habe Sie aufgefordert, die Hauptwache zu schließen.« Mittäter, fragte sich Fuchs. Hier kommt niemand so einfach rein. Irgendwo sitzt ein Tippgeber, ein Informant.

»Missverständnis, Herr Fuchs. Es passierte so schnell, der Funk brach kurz zusammen. Ein richtig blödes Missverständnis.«

»Tja. Warten wir mal auf den Leiter des Instituts. Viel Aufwand, um einen Tresor zu stehlen. Großes Risiko. Geld war hier kaum zu finden«, sprach Fuchs mehr zu sich selbst. Er erwartete keine Antwort von Schlepütz. Den hatte er bereits im Visier.

»Ich muss wieder in die Sicherheitszentrale«, murmelte Schlepütz. Fuchs murmelte ein »Okay«. Dieser private Sicherheitsheini war ihm nicht geheuer.

Carina Bücken, Leiterin des Geschäftsbereiches Sicherheit im Forschungszentrum Jülich, hatte die letzten Klänge des »Pasqualini Quartetts« mit Hans Otto Horch, Roswitha Kuhnen, Susanne Trinkhaus und Wolfgang Böttcher im Ohr. Der Auftritt des Quartetts in der Jülicher Propsteikirche wurde durch das Forschungszentrum gefördert. Die Teilnahme daran war für den Vorstand und die Leiter der Geschäftsbereiche Vergnügen und Pflicht zugleich.

Als der Anruf von Schlepütz eintraf, blätterte sie zu Hause im Programmheft des Abends. Sie hätte gerne ein Instrument gelernt, aber in ihrem Elternhaus reichte es nicht für die Gebühren der Musikschule. Corinna Bücken, 49, stupste ihren bereits schlafenden und schnarchenden Wolfgang kurz an. Kater Herzog lag auf seinem Schoß und schnurrte.

»Einbruch im Institut für Biologische Informationsprozesse. Ich muss dahin. Und geh bitte endlich ins Bett.«

»Hm. Pass auf dich auf.« Dann sägte Wolfgang weiter und träumte irgendwas von Grillgut, Kölsch und dass er die Holzkohle vergessen hatte. Kater Herzog gähnte, blickte Corinna Bücken hinterher, legte den Kopf wieder auf Herrn Bückens Plauze.

Als Corinna Bücken gegen 21 Uhr im Institut eintraf, stand Professor Avi Zissou bereits bei Oberkommissar Fuchs und informierte ihn über den Inhalt.

»Schauen Sie dort rechts im Regal nach. Dort liegt das Tresorbuch. Frau Ludwig trägt ein, wer, wann, was in den Tresor gelegt und entnommen hat. Natürlich ausschließlich Stichworte, nicht die Inhalte.« Professor Zissou zeigte auf ein Buch.

Fuchs schritt vorsichtig zu dem Regal, nahm das DIN A5 große Buch und blätterte zur letzten Seite.

»Nicht viel Bewegung im Tresor: Akten, Verträge, Dokumente.«

»Bargeld dürfen wir nicht aufbewahren.«

»Zuletzt hat ein Doktor Ligodi Unterlagen und eine Festplatte entnommen. Das war gestern. Wer ist Doktor Ligodi?«, fragte Fuchs.

»Doktor Ligodi, ein fähiger junger Mann. Er ist für die Rechenoperationen unseres Instituts mit dem Hochleistungsrechner ›Jedi‹ verantwortlich.«

»Was hat er vor wenigen Tagen in den Tresor verbracht und gestern entnommen?«

»Das kann ich Ihnen nicht sagen. Da müssen Sie ihn fragen oder Frau Ludwig.« Professor Zissou, gebürtig aus Haifa, kam von der israelischen Partneruniversität der RWTH Aachen, dem Technion in Haifa. Seine Vorfahren waren vor dem Holocaust aus Rumänien nach Israel geflohen. Nach dem dreijährigen Militärdienst hatte Avi Zissou studiert, danach Technion Haifa, Promotion und Habilitation in Stanford. Er war dem Ruf ans Forschungszentrum Jülich gefolgt, weil er dort im Verbund mit anderen Instituten, Fächern und Disziplinen optimale Forschungsvoraussetzungen vorfand. Nun wunderte sich der hochgewachsene, stets leicht gebräunte und durchtrainierte Professor über Doktor Ligodi, den er schätzte, der unentbehrlich am Institut war.

»Es ist spät. Die Kollegen von der Kriminaltechnik haben alles auf mögliche Spuren untersucht. Und Sie sagen, dass in dem Tresor keine Patente oder Wertgegenstände enthalten waren?« Fuchs blickte ihn mit Respekt an. Im Grunde ahnte er nicht einmal in Ansätzen, woran hier geforscht wurde. Komplizierte Materie, dachte er. Muss einfach sein, die in Jülich werden bestimmt etwas erfinden, was der Menschheit hilft.

»Patente oder wertvolle Entdeckungen landen in einer Datenbank und der dazugehörigen Cloud. Nicht in einem Tresor aus den 90er-Jahren, Herr Kommissar.«

»Danke. Fragen wir morgen mal den Doktor Ligodi und Ihre Sekretärin.«

Alle verließen den Ort des Diebstahls. Später erfuhr Fuchs, dass der ausgebrannte Krankentransportwagen aus Floisdorf stammte. Dort war er vor zehn Tagen gestohlen worden.

32
SCHMELZER UND URMEL

»Ich möchte einen Einbruch melden«, Ulf Schwarzenberger sprach durch die Sprechanlage im Polizeipräsidium an der Trierer Straße.

»Haben Sie Ihren Ausweis dabei?«

Schwarzenberger schob den Ausweis durch, der Beamte telefonierte kurz.

»Kommissariat 42 nimmt die Anzeige auf. Warten Sie einen Moment, Sie werden abgeholt.«

Schwarzenberger suchte einen freien Platz. Mehrere Personen saßen gelangweilt auf Stühlen, hielten Unterlagen in der Hand, schauten auf den Boden, tänzelten mit den Füßen unruhig herum. Zeugenbefragungen, Einbestellungen? Er war in eine andere Welt gelangt.

»Herr Schwarzenberger?« Eine junge Polizistin mit braunem Pferdeschwanz blickte ihn an. »Folgen Sie mir«, sagte Kommissarin Inge Spiwoks.

Er folgte ihr durch die Gänge. Sie grüßte hier und da Kolleginnen und Kollegen, schließlich öffnete sie einen Raum, in dem außer einem Tisch und einem Computer nur mehrere Stühle standen.

»Bitte, nehmen Sie Platz. Sie möchten eine Anzeige aufgeben. Ihren Personalausweis, bitte. Um was geht es denn?«

Als Ulf Schwarzenberger ihr alles über den Vorfall vor mehreren Wochen berichtet hatte, kam er zum Einbruch bei seinem Freund und Kollegen Doktor Ligodi am vergangenen Sonntag.

»Und Sie glauben, das hängt mit Ihrer Forschung an diesem neuen Breitbandimpfstoff zusammen?«

»Ja, Frau Kommissarin.«

»Und warum zu Hause bei Doktor Ligodi?«

»Das kann ich nur vermuten. Jedenfalls hatten wir keine Unterlagen in der Forckenbeckstraße. Weil nun mein Freund und Kollege direkt bedroht ist, bin ich hier. Das habe ich mit ihm abgesprochen. Er muss heute arbeiten.«

»Und Ihr Institutsleiter, Professor Schopen, der hat zurückhaltend reagiert?«

»Ja. Vielleicht dachte er, wir machen uns wichtig. Jedenfalls wäre ich nicht hier, wenn es nicht den Einbruch bei Doktor Ligodi gegeben hätte. Verstehen Sie mich bitte nicht falsch. Wenn uns der Durchbruch mit diesem Breitbandimpfstoff gelingt, hat dieses Medikament einen unvorstellbaren Wert.«

»Millionen oder Milliarden?«

»Eher Milliarden, denke ich.« Schwarzenberger wurde langsam ruhiger und empfand eine gewisse Sympathie für die junge Kommissarin. Sie musste in seinem Alter sein, schlank, schmale Augenbrauen, ein zartes Lächeln um die vollen Lippen.

»Warten Sie hier, Herr Schwarzenberger. Ich habe alles mitgeschrieben. Der Drucker steht auf dem Flur. Ich muss kurz ins Büro und bringe Ihnen das Original der Anzeige.«

Kommissarin Spiwoks rief aus ihrem Büro im Kriminalkommissariat 23 an, zuständig für Wirtschaftskriminalität.

»Ingelein, was kann ich für dich tun?«

Ingelein musste sich zurückhalten, die stets und auf alle Kolleginnen eifersüchtige Sibylle vom Vorzimmer KK 23.

»Sibyllchen, ist Chefilein zu sprechen?«

»Tagung beim LKA in Düsseldorf. Morgen wieder. Kann bestimmt warten.«

»Handynummer bitte.«

»Hallo! Nun stör den Dieter bloß nicht auf der Tagung. Das sag ich dir.«

»Rück die Nummer raus, sonst geh ich zum Leitenden Polizeidirektor.«

»Nicht so schnippisch. Kriegste gleich per Mail. Tschüssikowski.«

Sibyllchen knallte den Hörer auf.

Dieter Blume, von den Kollegen Urmel genannt, weil er ständig mit dem Kopf wackelte wie Urmel aus der Augsburger Puppenkiste, knallte gerade kopfwackelnd in der Pause in Düsseldorf einen Witz raus, als sein Handy klingelte. Er wischte sich über die Augen, atmete tief durch, schließlich hatte er am meisten über seinen eigenen Witz gelacht.

»Breitbandimpfstoff. Milliarden. Verstehe. Ich melde mich gleich.«

Er sprach Polizeidirektor Bernd Schmelzer vom LKA an, den Leiter der Fortbildung zum Thema Wirtschaftskriminalität und ehemaligen Kollegen von Fett. Schmelzer hatte den Aufstieg geschafft, Fett hing fest im reflexiven Aachener Talkessel mit Schmelzers Nachfolgerin Conti.

Schmelzer, dem die Bürotätigkeit im LKA zu einer unverhofften Leibesfülle verholfen hatte, schmunzelte kurz, denn er dachte an seinen letzten Einsatz mit Kommissar Fett am Burgberg in Bergstein.

»Breitbandimpfstoff? In Aachen im Forschungsverbund? Passt. Wir haben zunehmend Fälle von Industrie-, Wirtschafts- und Wissenschaftsspionage. Ist so eine

Schnittmenge für uns und den Staatsschutz. Die Kollegin Ventzke vom Staatsschutz, die sollte informiert werden. Jedenfalls würde ich alle Pferde in Bewegung setzen. Nicht auf die leichte Schulter nehmen, lieber Dieter. Und grüß den Kollegen Fett von mir. War damals ein kurzer Gruß zum langen Abschied. Liegt mir auf dem Magen. Aber meine Frau, Familie, Justus … War etwas viel und Fett verlangte immer vollen Einsatz.«

»Der Fett kann bald in den Ruhestand. Die Arbeit machen eh die Conti und der Neue, der Grieche, der Petridis.« Urmel-Blume war auch so ein griesgrämiger Arsch, der Fett die Erfolge bei der Aufklärungsquote nicht gönnte. Sein Techtelmechtel mit Sibyllchen hatte sein Ehe ruiniert, dazu stets irgendwelche Wirtschaftsmillionäre und das schlechte finanzielle Ende der Scheidung.

Schmelzer blickte ihn erstaunt an. »Lieber Dieter, der Michael Fett, von dem kannst du dir eine Scheibe abschneiden. Erzähl nicht so einen Scheiß und kümmere dich um den Fall. Sonst zieh ich mir den Vorgang und ihr könnt weiter Sishabuden auf Geldwäscherei prüfen. Das hab ich nicht gehört.«

»Schon gut. Reg dich bloß nicht so auf. Wir kümmern uns drum. Wenn ich Hilfe brauche, melde ich mich«, sagte Urmel mit heftig wackelndem Kopf.

»Hört sich bereits besser an. Und informier mich über den Sachstand. Breitbandimpfstoff ist von nationaler Bedeutung, falls du das nicht erkannt haben solltest. – Außerdem siehst du ziemlich lädiert aus. Ein neues Sakko müsste mal drin sein. Und weiße Turnschuhe sind seit fünf Jahren so was von out. Weiß ich von meinem Sohn. Bis bald.« Schmelzer ließ Blume stehen und wandte sich den Kollegen aus Düsseldorf zu, die andere Sorgen und Nöte im Kommissariat Wirtschaftskriminalität hatten: Schleuser in NRW, die reiche Chinesen gegen Bargeld ins Rheinland holten. Schmelzer pendelte von Aachen nach Düsseldorf, außerdem konnte er oft Homeoffice machen. Anne unterrichtete noch in der Grundschule, lebte rein vegetarisch und war oft gestresst. Justus ging ins Geschwister-Scholl-Gymnasium, war Klassensprecher. Weiße Turnschuhe waren für ihn der Horror. An die kleinen Fluchten mit seinem Vater zu McDonald's am Dahmengraben und in den Sauerbratenpalast erinnerte er sich gerne. Auch er griff mittlerweile weniger zu Fleisch und öfter zu Salat.

»Verbinden Sie mich mit Frau Ventzke, Staatsschutz in Aachen.« Schmelzer blickte aus seinem Büro in Düsseldorf auf die Völklinger Straße.

»Ventzke, Staatsschutz Aachen.«

»Schmelzer, LKA Düsseldorf.«

»Das gibt es nicht! Was macht denn Kollege Schmelzer im LKA?«

»Akten, liebe Frau Ventzke, Akten. Wirtschaftskriminalität spielt sich in den Papieren ab. Keine Sorge, ich wohne weiter in Aachen und pendle jeden Tag.«

»Hab ich gehört. – Was verschafft mir das Vergnügen?«

»Kollege Urmel, also der Blume, der ist bei mir zu einer Tagung. Ich glaube, er hat die Dimension einer Anzeige nicht vollständig erfasst, die heute Morgen in Aachen aufgegeben wurde.«

»Gut möglich. Bei Urmel, meine ich.«

»Na, höre ich da Kritik am Kollegen?«

»Urmel, ähm, der Blume, der hat viel um die Ohren. Vielleicht war er nicht richtig bei der Sache. Wackelte er stark mit dem Kopf?«

Schmelzer konnte so gerade ein Lachen unterdrücken.

»Genug! Ich mache es kurz. Einbruch im Fraunhofer-Institut in Aachen, Biotechnologie. Die forschen an einem Breitbandimpfstoff gegen Pandemien. Einbruch bei einem der Forscher aus dem Forschungszentrum Jülich, Projektpartner. – Breitbandimpfstoff ist das Stichwort. Ein Milliardenprojekt. Da könnten ausländische Mächte dran interessiert sein. Ich denke, Sie sollten mal nachfassen. Ziehen Sie sich den Vorgang aus dem Netz. Halten Sie mich auf dem Laufenden. Wäre peinlich, wenn Wissenschaftsspionage dahintersteckt und wir von Beschaffungskriminalität schwafeln.«

»Verstanden, Herr Schmelzer. Machen Sie es mal gut da in Düsseldorf.«

»Ich versuche es. Und Grüße an Fett, wenn Sie ihn sehen.«

»Richte ich aus. Ab und an, wenn er nicht mit seinem italienischen Schatten in der Eifel auf Spurensuche ist.«

»Italienischer Schatten. Das ist typisch Fett. Kann mit ihr durch die Eifel rennen. Reichte mir damals. Ciao.«

»Tschüss, Herr Schmelzer. Man sieht sich. Spätestens im Sauerbratenpalast auf der Vaalser Straße.« Sie legte auf.

Schmelzer starrte auf den Hörer. Sauerbratenpalast. Woher wusste die das denn? Bestimmt wieder der Fett. Da war mal was mit der Ventzke. Vor der Liaison mit der Afrikanerin in Lüttich. Wie hieß die noch mal? Schalumba, nein Kalumba. Diese Fahrten nach Lüttich. Obwohl – die scharfen Merguez-Würstchen, die Fritten mit Sauce Americaine. Er bekam Hunger und klickte auf den Speiseplan im LKA: Salatwoche. Scheiße.

33
GEFAHR IM VERZUG

Gabi Ventzke blickte auf die Notizen. Breitbandimpfstoff, Anzeige, Fraunhofer-Institut. Sie rief die Anzeige auf. Ulf Schwarzenberger, Doktorand, gebürtig aus Heimbach. Einbruch bei seinem Kollegen Doktor Augustin Ligodi, gebürtig aus der Demokratischen Republik Kongo. Dann gab sie Augustin Ligodi separat in die Suchmaschine ein: Einbruch im Forschungszentrum Jülich. Tresor geklaut, letzte Einlieferung von Doktor Augustin Ligodi. Sie wurde stutzig. War das Patent schon in den falschen Händen? Oberkommissar Alwin Fuchs aus Düren als Ansprechpartner.

»Fuchs, Düren.«

»Ventzke, Staatsschutz Aachen. Tach, Kollege.«

»Staatsschutz beim Einbruch? Was ist los, Kollegin?«

»Was hat Doktor Ligodi im Tresor deponiert?«

»Warum wollen Sie das denn wissen?«

»Vertraulich. – Weil Sie es sind. Er arbeitete an einem Patent für einen Breitbandimpfstoff. Milliarden. Nicht Millionen. Euro. Nicht Lire.«

»Danke für die Aufklärung. Blöd sind wir nicht in Düren. Wir haben ihn noch nicht vernommen. Ich überlasse ihn gerne Aachen. Wir haben genug zu tun.«

»Okay. Ich übernehme. Wir haben heute die Anzeige seines Projektpartners Ulf Schwarzenberger aufgenommen. Einbruch bei Ligodi zu Hause. Wahrscheinlich wurde dort nicht das gefunden, was im Tresor lag. Falls es im Tresor lag. Wie ist Ihr Eindruck?«

»Da waren Profis im Forschungszentrum. Die hatten Insider-Information und waren bestens vorbereitet. Geklauter Krankentransportwagen, umgespritzt, vier Mann, die wussten exakt, wo der Tresor stand. Außerdem gibt es Unklarheiten bei der privaten Wachfirma. Könnte sein, dass jemand von denen geholfen hat. Leider keine Beweise. Nur Vermutungen.«

»Danke, Kollege. Ich ziehe mir den Fall. Mail dazu kommt.«

»Viel Glück, Frau Ventzke. – Passen Sie auf sich auf.«

»Mach ich.«

Schlagwortsuche: Kongo. Gabi Ventzke tippte die fünf Buchstaben in die Maske. Petridis hatte gute Arbeit geleistet. Zack, da ploppte der Fall Fritz Burger auf. Fett! Verdammt noch mal, was hat Fett mit Kongo zu schaffen. Ventzke las den Sachstand durch. Ermordeter Söldner in der Silvesternacht in Düren. Kopfschuss, keine Spuren, nur Hinweise auf einen Auftrag, der irgendetwas mit der Demokratischen Republik Kongo zu tun haben könnte.

»Hof, Mordkommission.«

»Ventzke, Staatsschutz. Ich brauch mal den Kollegen Fett.«

»Wie, Sie brauchen unseren Chef? Wir brauchen den auch.«

»Frau Hof, konzentrieren Sie sich auf die Sonderangebote von Galeria Kaufhof, bevor der zumacht. Ich brauche Fett, husch, husch sonst kommt die Kavallerie.«

»Nicht so zickig, bitte. Galeria, ich hab was Besseres zu tun.« Natürlich war sie ertappt worden.

»Fett.«

»Ventzke.«

»Gabi, du, ich steh unter Druck. Wichtig?«

»Kongo.«

»Kongo?«

»Ja. Könnte mit deinem Fall zusammenhängen. Kann ich vorbeikommen.«

»Natürlich. Ich hole Daniela und Herrn Andy hinzu.«

»Wenn es der Wahrheitsfindung dient. Wenn deine Daniela wieder zickt, beiße ich zurück, dass das mal klar ist. Bis gleich.«

Nicht schon wieder! Fett verdrehte die Augen, gab Frau Hof ein Signal, dass Conti und Petridis in den Besprechungsraum kommen sollten.

»Telefon für Sie, Chef. Bundeswehr, Egold oder so ähnlich.«

Fett gab Conti und Petridis ein Zeichen für den Besprechungsraum und nahm das Gespräch an.

»Egold, Herr Fett, wir waren bei Julius Mabutu, den man den Prinzen von Katanga nennt. Beim Stichwort Aachen wechselte er etwas den Ton. Der Mann will zweifellos das Beste für sein Land. Trotzdem schließe ich nicht aus, dass etwas im Busch ist. Jedenfalls hat er gestern von mir die Warnung erhalten.«

»Vielen Dank, Herr Oberstleutnant. Hier verdichten sich gerade Hinweise auf den Kongo, obwohl wir immer noch nicht das Motiv kennen. Ich informiere Sie, sobald wir Näheres wissen.« Fett legte auf und bat Frau Hof um Kaffee. Teambesprechung mit Gabi Ventzke in fünf Minuten im Besprechungsraum.

Daniela Contis Füße lagen auf dem Schreibtisch, sie hatte Kopfhörer aufgesetzt, hörte Bob Marley »Jammin' Live at the Pavillon de Paris, 1977«. Wenn der Druck stieg, zog sie Kopfhörer an. Abschalten, die Welt draußen lassen. Was hatten sie übersehen? Was hat der Fall mit dem Kongo zu tun? Was könnte in Aachen von Interesse sein?

Bob Marley hatte sie spät entdeckt. Nun hörte sie das Album »Babylon By Bus« rauf und runter und wippte mit den Westernstiefeln im Takt der Musik. Frau Hof tippte auf ihre linke Schulter und zeigte auf den Besprechungsraum. Conti hob die linke Hand, gleich, gleich. Sie folgte dem Klatschen des Publikums, dem Jubel, wenn Bob Marley das Wort ergriff.

Soll mich die Conti mal, dachte Frau Hof. Langsam geht hier in dem Laden alles drunter und drüber. Kommt davon, wenn kein Polizeipräsident mehr im Haus ist. Der PP war in den Ruhestand gegangen. In Nordrhein-Westfalen waren die Polizeipräsidenten politische Beamte. Immer noch keine Ernennung durch den Innenminister. Onkel Herbert, wie Innenminister Reul von den Beamten genannt wurde, ließ sich Zeit. Niemand wusste, warum Aachen ohne Präsident blieb. Machtspiel zwischen CDU und Grünen? Jedenfalls stand Aachen ohne Präsident oder Präsidentin da. War nicht gut, denn Karlspreisträger im Jahr 2024 sollte Oberrabbiner Pinchas Goldschmidt werden, Präsident der Europäischen Rabbiner und zudem alle jüdischen Gemeinschaften in Europa. Politik und Karlspreisdirektorium brauchten einen Ansprechpartner mit politischer Spürnase. Die hatte der alte PP bei Lützerath gezeigt, auch wenn er von der Landesregierung alleine im Matsch von Lützerath gelassen wurde. Kein Ministerpräsident, kein Innenminister, keine stellvertretende Ministerpräsidentin hinter den Polizisten. Das kam nicht gut an. Frau Hof füllte die Kaffeekanne und holte die übliche Keksdose aus dem Schrank. Wenn schon Sitzungsraum mit

Ventzke, dann das volle Programm mit ihren Betonkeksen. Ein bisschen Zickenkrieg kann dem Chef nicht schaden. Er wirkt seit Wochen müde, denn dieser Mordfall tritt fulminant auf der Stelle. Die Frauen werden ihn beleben.

»Herr Andy, könnten Sie mal mit den Tassen helfen?«

»Solange noch alle im Schrank sind, immer gerne.« Petridis, der sich an Frau Hofs plötzlich einsetzende Rückenschmerzen genauso gewöhnt hatte wie an die Currywurstattacken des Chefs, lud die Tassen auf das Tablett.

»Hafermilch?« Er sah Frau Hof fragend an.

»Bin ich bei ›Bauer sucht Frau‹, oder was? Können Sie sich selber backen. Hier gibt es nur Vollmilch.«

»Ich meine ja bloß.«

»Herr Andy, mit dem Meinen und der Hafermilch ist das so eine Sache. Meine Freundin Christiane sagt immer … – Jetzt hab ich es vergessen. Alles wegen der Hafermilch. Die Kekse nicht vergessen. Ab in den Besprechungsraum.«

Gabi Ventzke erschien mit weißer Jeans und blauer Jeansjacke im Büro. Frau Hof verzog kurz die Augenbrauen. Das wird lustig, dachte sie.

Conti stiefelte mit Bob Marley im Ohr in den Besprechungsraum. Ein kurzes Kopfnicken, Fett und Herr Andy kamen hinzu.

»Selbstbedienung seit Kaiser Karls Zeiten oder schüttet Kollege Fett uns einen ein?« Gabi Ventzke eröffnete die Kommunikation und schmunzelte.

»Der liebe Michael ist ein Gentleman. Der wird uns Frauen bestimmt bedienen und auch den Herrn Andy. Oder?« Conti lieferte ihren Kommentar ab.

Wenn ich einen Fehler bei der Bedienung mache, zicken die mich tot, dachte Fett. Er griff zur Kanne, füllte vier Tassen und fragte: »Die Damen, wie hätten Sie es gerne?«

Alle lachten. Nur Andy verstand die Anspielung nicht.

»Wir sind emanzipiert, nicht wahr, Frau Ventzke. Das kriegen wir alleine hin und wissen, wie wir es gerne hätten.« Daniela verteilte die Tassen und stellte das Milchkännchen in die Mitte des Tisches.

»Okay, Ladies. Was gibt es, Gabi? Wir treten auf der Stelle mit dem Kongo.« Fett ließ seine laszive Frage und die laszive Antwort verpuffen.

»Doktor Augustin Ligodi, Forschungszentrum Jülich. Arbeitet an einem Breitbandimpfstoff zusammen mit Fraunhofer und Uniklinikum. Einbruch bei ihm zu Hause, Diebstahl im Forschungszentrum Jülich. Profis am Werk. Ligodi kommt aus dem Kongo. Breitbandimpfstoff ist eine Milliardennummer. Nationale Sicherheit. Die Info kam über Urmel-Blume zu deinem alten Schatten Schmelzer ins LKA. Ulf Schwarzenberger, Doktorand Fraunhofer-Institut, hat heute Morgen eine Anzeige aufgegeben. Einbruch beim Fraunhofer-Institut. Und die Kollegen aus Düren waren im Forschungszentrum Jülich. Jülich war eine Profi-Nummer mit geklautem Krankentransportwagen. Da stecken Knete und mehrere Täter im Hintergrund. Beim Abgleich in der Datei stieß ich auf Kongo-Burger. Euer Fall. Voilà. Jetzt können wir mal eins und eins zusammenzählen. – Und viele Grüße von Schmelzer.«

»Hammer. – Danke für die Grüße«, sagte Fett kurz angebunden.

»Missing link. Wir sollten mal an unsere Tafel gehen«, sagte Conti.

Andy checkte alles im iPad und nickte.

Sie standen vor dem Foto vom toten Burger und zeichneten Linien. Eine führte zum Prinzen von Katanga.

»Wer ist das denn?«, fragte Gabi Ventzke.

»Sein Name fiel. Habe ich aus sicherer Quelle«, sagte Fett.

»Deine sichere Quelle kann nur Chantal Kalumba sein, mein Lieber«. Ventzke blickte zu Conti, die leicht schmunzelte.

»Die Quelle bleibt mein Geheimnis. Es gab Telefongespräche, in denen der Prinz von Katanga erwähnt wurde.«

»*Treasure Island*?« Gabi Ventzke zeigte auf den Namen und die Artikel über die Firma.

»Söldner«, sagte Conti. »Burger sollte mitmachen. Vermutlich haben sie ihn auf dem Gewissen. Die verfügen über Personal und Geld für die Nummer in Jülich.«

»Sorry«, sagte Andy, »was will der Prinz von Katanga mit einem Breitbandimpfstoff? Ich frag ja nur. Der steht irgendwie im Wahlkampf, wenn ich das so sehe. Und Pandemien sind gerade nicht so richtig angesagt. Wäre doch eher was für die Chinesen? Warum sollte ein Wahlkämpfer im Kongo hinter dem Impfstoff her sein?«

»Gute Frage, Herr Andy. Geld, Macht?« Fett blickte zu Daniela und Gabi.

»Herr Petridis, Sie stellen die richtigen Fragen. Wir müssen Doktor Ligodi und seinen Kollegen Schwarzenberger befragen.« Conti zeigte auf das Bild von Augustin. »Ligodi könnte der Kontakt zu dem Katanga-Mann sein. Wir müssen ihn herholen. Sofort.«

»Sehe ich auch so. Nach unseren Infos läuft der Countdown für eine Operation. – Mein Kontakt in Niamey hat den Prinzen gewarnt. Könnte schnell gehen.« Fett fragte sich, ob die Idee mit Egold richtig war.

»Dein Kontakt in Niamey, wow!«, sagte Gabi Ventzke. »Bist du beim Staatsschutz?«

»Wir sind alle in gewisser Weise beim Staatsschutz«, warf Conti ein. »Vor allem sollten wir keine Zeit verlieren.«

»Zustimmung. Separate Vernehmung von Schwarzenberger und Ligodi«, sagte Fett. »Holt sie ins Präsidium. Gefahr im Verzug.«

34
SCHOPEN DREHT DURCH

»Ich brauche den Schwarzenberger«, Schopen sprach konfus, warf ständig Aspirin ein und schnauzte Lisa Hösgen für Kleinigkeiten an.

»Der ist nicht im Labor.« Hösgens Anruf war ins Leere gegangen.

»Und wenn er auf dem Mond ist, ich brauche ihn. Sofort!« Der letzte Anruf von Mister Blue saß Schopen in den Knochen. Er dachte an die Polizei. Welches Märchen sollte er denen erzählen. Breitbandtherapeutikum, alles dreht sich um den Breitbandimpfstoff. Russen, vielleicht sind es Russen oder Auftragskiller der Chinesen? Die Geschichte muss stimmig sein. Was, wenn die Polizei Schwarzenberger verhört? Wird der über »Rurfieber« quatschen, den Einbruch der Trottel ins Labor? Wenn die Polizei diese Typen nicht bekommt, benötige ich Polizeischutz, die legen mich um oder erpressen mich mit Hösgen oder weiß der Teufel was.

Cognac, ich brauche Cognac. Er griff zur Flasche und starrte auf die Bücherwand, den Katalog über Basquiat. Berndorff fiel ihm ein, der Arsch, der ihm wertlose Kunst angedreht hatte. Abhauen, einfach abhauen? Wohin, womit, mit welchem Geld? Bleibt allein Schwarzenberger, der muss das Patent rausrücken, den muss ich weichkochen.

»Was ist mit dem Schwarzenberger?«, schrie er ins Telefon.

»Feierabend, Nobbi, du kannst mich mal. Noch so ein Brüll und ich melde dich bei der Gleichstellungsbeauftragten. Tschüssikowsi, ich muss ins Nagelstudio. Morgen ist Weiberfastnacht. Wir sehen uns am Veilchendienstag.«

»Leck mich am Arsch!«, brüllte Schopen, stieß den Cognacschwenker um und blickte auf den Fleck auf seiner Hose. Dann ließ er sich aufs Sofa fallen. Er holte sein Handy aus dem Sakko, suchte die Mobilnummer von Schwarzenberger und drückte auf die Ruftaste. Anrufbeantworter. Er säuselte etwas daher, irgendwas von der Doktorarbeit, sie sei auf einem guten Weg, er brauche dringend ein persönliches Gespräch mit Schwarzenberger. Er legte auf und donnerte das Handy aufs Sofa. Weiberfastnacht. Angelika war mit den Mädels – so nannte sie ihre reifen Freundinnen Mitte 60 – nach Belek verreist. Karnevalsgolf, das machten sie seit Jahren. Die 50.000 Euro waren futschikato – wie eine Kiste Printen zur Weihnachtszeit. Alles weg. Sparkasse, Autohändler, Versicherungen. Die letzte Chance: »Rurfieber«.

Derweil saß Ulf Schwarzenberger im Polizeipräsidium und blickte auf Kommissaranwärter Andreas Petridis, der ihm gegenübersaß. Im Nachbarraum blickte Doktor Augustin Ligodi auf Fett, Gabi Ventzke saß seitlich auf einen Stuhl und hörte ihnen zu.

»Mittwoch, 7. Februar 2024, 16 Uhr, anwesend sind Ulf Schwarzenberger, Doktorand am Fraunhofer-Institut für Biotechnologie in Aachen; Kommissaranwärter Andreas Petridis und Kollegin Daniela Conti, KK 11, Mordkommission. – Herr Schwarzenberger, Sie haben heute Morgen bei der Anzeigenstelle im Präsidium eine Anzeige aufgegeben«, sagte Andreas Petridis.

»Stimmt, aber ich verstehe nicht, was das hier soll. Wieso Mordkommission?«

»Erzählen Sie uns noch mal alles. Wir nehmen die Anzeige sehr wichtig. Darum.«

Schwarzenberger erzählte wieder von den Einbruchspuren im Labor und dem Einbruch bei Augustin.

»Was wurde bei Augustin und im Labor gesucht?«

»Ich vermute, der oder die Täter suchten den Entwicklungsstand für den Breitbandimpfstoff.«

»Wie weit sind Sie denn damit?«

»Es geht so. Wir brauchen noch ungefähr zwei Jahre. Ob wir Erfolg haben, das hängt von vielen Faktoren ab. Ist nicht sicher.«

»Haben Sie vielleicht etwas anderes entdeckt?«, fragte Petridis, und Conti zuckte auf ihrem Stuhl kurz zusammen. Gute Frage, dachte sie.

Schwarzenberger schaute fragend, ihm war unwohl, Petridis war auf dem richtigen Weg.

»Wie meinen Sie das?«

»Könnte ja sein, dass Sie zufällig einen Virus oder ein anderes Medikament entdeckt haben. Das sage ich natürlich mit meiner laienhaften Vorstellung.« Petridis lächelte ihn an.

»Nein, nichts.« Schwarzenberger schluckte. Das wäre der Moment gewesen, um alles auf den Tisch zu legen, dachte er.

Fett stellte Augustin Ligodi dieselben Fragen. Dann schwenkte er um.

»Was wissen Sie über den Einbruch in Ihrem Institut im Forschungszentrum?«

»Einbruch?« Ligodi blickte ihn überrascht an.

»Sie sind doch angerufen worden.«

»Von der Polizei in Düren, da sollte ich heute Nachmittag vorbeikommen.«

»Ich höre.«

»Nichts, ich weiß nichts.«

»Sie haben am Dienstagnachmittag etwas aus dem Tresor geholt, der am Abend gestohlen wurde. Was war das?«

»Unterlagen.«

»Welche Unterlagen?«

»Über den Breitbandimpfstoff.«

»Wo sind sie jetzt?«

»Ich habe sie Schwarzenberger gegeben.«

»Sie packen die Unterlagen vor ein paar Tagen in den Tresor, holen sie am Dienstag raus, geben sie Schwarzenberger und am Abend kommen Profis und stehlen den Tresor.«

»So war es. Am Nachmittag habe ich sie Schwarzenberger gegeben.«

»Wo und warum?«

»Gestern Nachmittag bei Hornbach auf dem Parkplatz. Er sollte sie verstecken. Wegen des Einbruchs bei mir.«

»Bei Hornbach auf dem Parkplatz. Haben Sie zu viel James Bond geguckt, oder was?«

»Wir haben so ein Gefühl. So, als ob uns jemand verfolgt. Darum auf dem Parkplatz.«

»Wir machen eine Pause. Kaffee?«

»Ja, gerne. Merci.«

Fett gab dem Beamten in Uniform ein Zeichen, nickte kurz zu Ventzke, sie blieb im Raum und Fett ging ins Nachbarbüro zu Conti und Petridis.

»Wo haben Sie gestern die Unterlagen von Doktor Ligodi versteckt?« Fett fragte direkt. Petridis und Conti machten ein Pokerface, als seien sie in alles eingeweiht.

»Ich habe sie zu mir mitgenommen.«

»Was heißt, zu mir?«

»Nach Hause, das heißt, kurz und gut: zu einem Freund, der in der Abtei Mariawald arbeitet, dann habe ich es mir anders überlegt. Ich hatte das Gefühl, dass ich verfolgt werde. Darum habe ich die Originalunterlagen mitgenommen und meine Arbeitstasche dort gelassen. Den Aluminiumkoffer habe ich in Cornelias Auto gelassen und später bei ihr deponiert. Sie weiß nicht, was er enthält. Außerdem sind alle Formeln im Institut in einer Cloud. Es geht nur um die allerneuesten Ergebnisse der Forschung.«

Was Schwarzenberger nicht wusste: Cornelia hatte den Koffer bei Adriana versteckt.

»Warum war der Tresor denn nicht sicher genug?«

»Ich weiß nicht. Warum fragen Sie mich so. Bin ich angeklagt? Ich habe die Anzeige gemacht. Ich bin doch kein Täter.«

»Und Ihr Freund, der hat vielleicht die Typen an den Hacken, die hinter Ihnen her sind.«

»Nein, niemand ist mir gefolgt. Es ist alles gut. Ich wollte nicht so spät zu meinen Eltern, darum der Freund in Heimbach.«

»Herr Schwarzenberger, Ihre Anzeigen kommen spät. Herr Ligodi holte gestern die Unterlagen ab, abends findet der Einbruch statt. Am 4. Februar wurde in Morschenich-Neu bei Ligodi eingebrochen. Finden Sie das alles normal?«

»Was ist normal, Herr Kommissar?«

»Haben Sie Feinde, haben ausländische Personen versucht, mit Ihnen Kontakt aufzunehmen, wer interessiert sich außerhalb Ihres Jobs für Ihre Arbeiten?« Conti setzte die Befragung fort. Fett setzte sich neben Petridis.

»Nein, nichts. Niemand.« Schwarzenberger war erschöpft. Hier lief etwas schief. So hatte er sich das nicht vorgestellt.

»Welches Interesse könnte die Demokratische Republik Kongo an Ihren Forschungen haben?« Fett beugte sich bei der Frage leicht vor.

»Kongo?« Schwarzenberger blickte Fett fragend an. »Keine Ahnung. Augustin kommt aus dem Kongo.« Das rutschte ihm sofort raus. Bis jetzt hatte die Polizei keine Ahnung vom Projekt »Rurfieber«, für sie war der Breitbandimpfstoff das Motiv. Kongo? Augustin, ob er Kontakt aufgenommen hatte? Darum der Einbruch bei ihm, der Einbruch in Jülich? Schwarzenberger versank in Gedanken.

»Sie können gehen«, sagte Fett in das Schweigen. »Passen Sie auf sich auf. Wir brauchen allerdings die Adresse von dem Freund in Heimbach und von dieser Cornelia, die den Aluminiumkoffer noch im Auto hat. – Ist das Ihre Freundin?«

»Ja, nein«, Schwarzenberger dachte an Cornelia von Pettighoven. War sie seine Freundin? Kollegin, Kommilitonin, Partnerin. Er hatte an sie gedacht, als Fett die Frage stellte.

»Entscheiden Sie sich mal«, sagte Conti lächelnd. »Und passen Sie auf die Noch-Nicht-Freundin auf.«

Petridis atmete tief durch. Sein letztes Date hatte ihn versetzt und die Kollegin aus der Einsatzhundertschaft urlaubte auf Mallorca.

Schwarzenberger notierte die Adresse von Jürgen Klinkhammer und Cornelia, dann stand er erschöpft auf, reichte zuerst Conti, dann Fett, dann Petridis die Hand. Die hatten das selten erlebt, dass sich jemand so förmlich von ihnen verabschiedete.

Die Tür des Nachbarraums öffnete sich. Augustin Ligodi trat ebenfalls erschöpft aus der Tür, Gabi Ventzke stand hinter ihm und blickte zu Fett. Die beiden jungen

Wissenschaftler drehten sich kurz um, dann gingen sie schweigend zum Aufzug.

»Beide haben etwas auf dem Herzen.« Gabi Ventzke sprach aus, was alle dachten.

»Das sind keine Täter. Wir sollten diesen Professor Schopen befragen, der das Projekt leitet«, sagte Petridis in die Stille. Drei Augenpaare richteten sich auf den Anwärter.

»Gute Idee, Herr Andy. Sie werden immer besser«, sagte Fett anerkennend.

»Lassen Sie in Heimbach diese Unterlagen holen, die der Schwarzenberger bei diesem Klinkhammer deponiert hat. Und fragen Sie bei der Cornelia nach. Muss rasch geschehen.«

Es war zu spät.

35
DIE LETZTE ERBSENSUPPE

Dunkelheit über der Abtei Mariawald. Der Wind brauste von Westen über die Hochfläche, schmutziges Laub wirbelte durch die Luft, der Parkplatz war leer. Die Uhr schlug Viertel vor fünf. Keine Kunden in der Kloster-Buchhandlung. Ben Gunn, Flint, Barbecue und Hawkins betraten in schwarzen Bomberjacken den Verkaufsraum. Sie trugen Sonnenbrillen. »Wie, wie kann ich helfen?«, fragte Verkäuferin Halina ängstlich, die um diese Uhrzeit alleine im Laden war.

»Wir schauen uns etwas um.« Barbecue sprach recht gut Deutsch, nickte ihr zu und blieb vor der Theke stehen. »Sie können die Kasse schließen, junge Frau. Wir bleiben nicht lange.«

Ben Gunn, Flint und Hawkins verschwanden im Nachbarraum, standen vor den Konservendosen mit Erbsensuppe und Gulasch, dann sahen sie die Tür zum Büro.

»Bleiben Sie ruhig. Ihnen wird nichts passieren. Ich gebe Ihnen mein Wort«, sagte Barbecue und lächelte.

Die Türglocke klingelte. Peter Stollenwerck aus Einruhr suchte ein Geschenk für das befreundete Ehepaar Hallstein aus Kall, das ihn und seine Hildegard am kommenden Wochenende besuchen wollte. Forellenessen und Austausch von Anekdoten, so lautete die Planung für den Abend. Klosterlikör und Erbsensuppe als kleine Geschenke kamen immer gut an.

»Ach, Herr Stollenwerck, wir haben bereits geschlossen.« Halina, die aus Krosno in Südostpolen stammende Verkäuferin, lächelte Peter Stollenwerck entschuldigend an.

»Aber hier sind Kunden.« Stollenwerck zeigte auf Barbecue, der Postkarten in die Hand genommen hatte und sie aufmerksam durch seine Sonnenbrille betrachtete.

»Der Herr hat bereits gezahlt. Die Kasse habe ich abgeschlossen. Wirklich, Herr Stollenwerck. Ich stelle Ihnen alles zurück. Nur …«

»Komisch. Klappt sonst immer. Das ist blöde.«

»Nehmen Sie einfach mit. Zahlen Sie morgen.« Barbecue schaute auf Stollenwerck wie der schwarze Abt eines jenseits der Zivilisation gelegenen Klosters.

»Ja, ja. Gute Idee«, beeilte sich Halina.

»Na, ich hol mal die Suppe und den Likör«, sagte Stollenwerck.

Flint, Hawkins und Ben Gunn durchsuchten das Büro hinter dem Shop und fanden den Arbeitsrucksack. Sie hörten das Gespräch im Laden, durch den Türspalt sahen sie Peter Stollenwerck am Regal hantieren. Er kehrte mit einer Flasche Klosterlikör und zwei Büchsen Erbsensuppe zurück an die Theke. »Schreiben Sie es auf, Halina. Vielen Dank. Eine gute Idee von dem Herrn.« Er traute sich nicht, Barbecue anzuschauen.

Barbecue nickte, legte die Postkarten beiseite. »Dann gehen wir gleich zur Küche rüber, nicht wahr, Frau Halina.« Barbecue blickte durchdringend auf Stollenwerck, der immer weniger verstand, was hier los war. Gang zur Küche – der Mann muss etwas mit der Abtei zu schaffen haben, sagte er sich. Schon beruhigte sich sein Gewissen, und er schritt rasch hinaus in die Dunkelheit, wo irgendwo sein Auto stand. Der Wind packte ihn, er schlug seinen

Mantelkragen hoch, fast wäre ihm die Flasche mit dem Klosterlikör aus der Hand gefallen.

»Sehen Sie, Frau Halina. Alles kein Problem. Sie hatten hier die letzten Kunden, können sich an nichts erinnern, wenn Sie gefragt werden.« Barbecue legte ihr seine rechte Hand auf die Schulter. Sie spürte einen leichten Druck, als hätte sie eine Umhängetasche über die Schulter geworfen.

»Ja, tak, proszę, bitte, danke«, murmelte sie in einer Mischung aus Deutsch und Polnisch.

»Sehen Sie, Frau Halina, das geht doch.« Barbecue winkte seinen Kameraden, die mit dem Rucksack die Kloster-Buchhandlung verließen.

»O boże«, stöhnte Halina, was so viel wie »Ach du lieber Gott« bedeutete.

»Wie meinen Sie, Frau Halina?« Barbecue nahm seine Hand von ihrer Schulter.

»Nichts, nic, gar nichts, mein Herr. Alles gut, alles gut.« Sie schlug ihre Augen nach unten und betete still ein »Ave Maria«.

Barbecue verschwand durch die Tür, die Türglocke erschallte, er zog kräftig zu, blickte sich um, schaute zu Frau Halina, legte einen Finger auf seine Lippen und signalisierte ihr, dass sie schweigen solle.

Frau Halina nickte ein wenig und stand wie eine Salzsäule vor der Tür, als hätte der Leibhaftige soeben die Kloster-Buchhandlung heimgesucht. Das alles hatte wenige Minuten gedauert. Ihr kam es wie eine Ewigkeit vor.

Plötzlich erblickte sie ein Gesicht in der Tür und erschrak fast zu Tode.

Edmund schnitt ihr eine Fratze. Er liebte es, Halina zu überraschen, die sich stets erschreckte und erleichtert »Edmund! Lass das!« rief.

»Komm schon. Kleiner Feierabendspaß. Morgen ist Weiberfastnacht. Da darfst du allen Männern die Krawatte abschneiden.«

»Noch so ein Schreck und ich schneide dir was anderes ab.« Es rutschte ihr raus.

»Halina! Das sagst du im Angesicht der Heiligen Jungfrau und unseres Herrn Jesus Christus!«

Sie bekreuzigte sich dreimal, dachte an die vier Männer in den schwarzen Bomberjacken, knuffte Edmund. Gut, dass es ihn gab, dachte sie. Den Rest vergesse ich. Mir glaubt eh niemand.

Barbecue fuhr über Wolfgarten, Gemünd, Vogelsang zurück nach Erkensruhr. Gegen 18 Uhr erreichten sie die Hotelruine, in der sie weiterhin ihr Hauptquartier aufgeschlagen hatten. Das Tal lag in tiefer Dunkelheit. Am Ende des Ortes herrschte Stille, keine Fenster waren erleuchtet, niemand spazierte mit einem Hund durch den Wald, der Bach plätscherte vor sich hin. Manchmal blickte der Mond durch die Wolken auf den Ort, Wolken jagten vorbei, der Wind heulte durch das Tal.

Der Käpt'n griff nach dem Arbeitsrucksack, öffnete ihn und nahm Aktendeckel und einen Collegeblock heraus. Keine Festplatte, kein USB-Stick, keine DVD, keine CD, bloß Papiere.

»Das ist nicht das, was wir suchen. Wertlose Aufzeichnungen und Sitzungsprotokolle. Der junge Mann hat uns auf die falsche Spur geführt.«

Er blickte in die Augen seiner Männer und wusste, dass er sich auf sie verlassen konnte. Niemand jammerte, keiner nölte, meckerte.

»Wir machen weiter«, sagte Ben Gunn.

36 SCHOPEN SCHWITZT

Schopen schwitzte. Er saß nervös in einem kargen Verhörzimmer des Polizeipräsidiums Aachen. Conti und Fett saßen ihm gegenüber, Petridis an der Wand. Über den Flur liefen Kolleginnen und Kollegen mit Luftschlangen um den Hals. Weiberfastnacht.

»Erzählen Sie uns von Ulf Schwarzenberger, Herr Professor«, Fett blickte in die flackernden Augen des Professors, sah die Schweißperlen auf der Stirn, bemerkte die knetenden Hände.

»Ist das eine Vernehmung, ein Verhör, bin ich beschuldigt?«

»Nicht so nervös, Herr Professor. Alles gut«, sagte Conti und lächelte ihn charmierend an. »Wir sind auf der Spur von Einbrechern. Sie können uns vielleicht wertvolle Tipps geben.«

»Ich bin Professor und trotzdem von dieser Welt. Sie sind von der Mordkommission, nicht vom Einbruch. Also bitte ich Sie um Aufklärung. Was ist hier los?«

»Das Spiel ist einfach, Herr Schopen«, sagte Fett, »wir fragen, Sie antworten und schon können Sie um 11.11 Uhr nach Burtscheid fahren, auf den Markt gehen, Alaaf rufen oder zum Tennisclub fahren.«

»Ich leite ein Projekt, das von nationaler und internationaler Bedeutung ist. Sie kommen mir hier mit Alaaf und Helau. Daran krankt unser Land. Dauerkarneval ist wichtiger als Fortschritt. – Schwarzenberger arbeitet an einem Breitbandimpfstoff, der gegen Pandemien eingesetzt werden kann. Das ist wertvoller als Gold, damit Sie es verstehen.«

»Wann werden Ergebnisse vorliegen?«, hakte Fett nach.

»In circa zwei Jahren. Wir müssen alles testen. Im Hochleistungsrechner in Jülich und leider auch an Tieren.«

»Wie haben Sie auf die Einbrüche reagiert?« Conti lächelte ihn an.

»Welche Einbrüche?«

»Spielen Sie gerne Verstecken, Herr Schopen?« Conti lächelte und Fett blickte ihn ernst an.

»Ich werde meinen Anwalt einschalten. Worauf wollen Sie hinaus?«

»Warum haben Sie den Einbruch in das Labor in der Forckenbeckstraße nicht ernst genommen?« Fett beugte sich leicht vor.

»Ein Irrtum. Alles ein Irrtum. Irgendwas mit der Putzfrau.«

»So ein Zufall. Herr Schwarzenberger hat es anders dargestellt.«

»Der junge Mann ist nervös. Ihm wurde klar, wie wertvoll sein Projekt ist. Nun sieht er Gespenster.« Schopen versuchte zu lächeln, was misslang.

»Oder haben die jungen Forscher etwas anderes entdeckt, das wertvoller als Gold ist und produktionsreif?« Fett blickte ihn aufmerksam an und bemerkte den unruhigen Blick.

»Nichts, nein. Kann nicht sein. Alles basiert auf anderen Grundlagen.« Schopen zog eine Packung Papiertaschentücher aus seiner Sakkotasche und schnäuzte sich.

»Wir werden es überprüfen und mit der Leitung Ihres Instituts sprechen. Sie können gehen.« Fett stand auf. Schopen sagte ihm nicht die Wahrheit. Davon war er überzeugt.

Schopen dachte kurz über die Drohung nach. Jetzt wäre die Chance, auszupacken. Dann dachte er an Angelika, den Roadster, die Schulden und Lisa Hösgen. Er schwieg.

»Auf Wiedersehen«, sagte Conti süffisant.

»Besser nicht«, antwortete Schopen und verließ den Raum.

Auf dem Marktplatz, in Burtscheid und in anderen Stadtteilen wurde Weiberfastnacht gefeiert. Das Wetter hielt sich in Grenzen, die Narren nicht. Niemand achtete auf Flint, Bones, Barbecue und Hawkins, die in der Stadt unterwegs waren und sich über die merkwürdigen Verkleidungen der Narren wunderten.

Die Männer von *Treasure Island* deponierten derweil in Erkensruhr in Mülltonnen vorbereitete Pakete, verschlossen die Müllbehältnisse mit Schlössern und klebten Aufkleber der Stadt Aachen darauf: »Sondermüll. Abholung am Dienstag nach Rosenmontag.«

Weiberfastnacht herrschte ein großes Durcheinander in der Stadt Aachen. Im Safe House in Vaals dominierte Ratlosigkeit. Kein Signal von Schopen. Das Team von *Hammerton* bereitete Maßnahmen vor. Schopen sollte eine letzte Warnung erhalten.

In Erkensruhr trug der Käpt'n auf einer Karte von Aachen Markierungen ein und stellte den Zeitplan auf. Die Waffen wurden gesäubert, eingeölt, die Akkus für die Funkgeräte geladen. Er hatte die Teams zusammengestellt. Ein Hubschrauber stand in Lüttich in Bereitschaft, eine gecharterte Cessna auf dem Flugplatz Dahlemer-Binz in der Eifel. Doppelte Sicherung, falls ein Weg versperrt sein sollte. Die Drohnen waren flugbereit. Der Learjet für den Flug von Luxemburg nach Niamey war ebenfalls für Rosenmontag startklar gemeldet.

Der Prinz von Katanga nutzte in Niger seine Kontakte. Es würde Landeerlaubnis geben am Rosenmontag für einen Direktflug Luxemburg – Niamey. Die Landeerlaubnis kostete ihn eine Spende an die Militärjunta, die auch in Zukunft an einer engen Zusammenarbeit mit dem Kongo interessiert war.

Über Hauptmann Hake, Luftwaffenverbindungsoffizier, erreichte Oberstleutnant Egold am Freitagnachmittag die Info, dass für Montagabend ein Learjet aus Luxemburg um Landeerlaubnis gebeten habe. Dem sei stattgegeben worden.

Egold erreichte Fett am Freitagabend via Satellitentelefon.

»Egold hier. Habe folgende Info: Am Montagabend soll ein Learjet aus Luxemburg landen. Liegt nicht so weit von Aachen entfernt.«

»Danke, Oberstleutnant. Gut zu wissen.« Fett legte auf.

Irgendetwas braut sich zusammen, dachte er, rief Conti an und verabredete sich mit ihr im Lagezentrum in Aachen.

Dort herrschte Hektik. Karneval, die grundsätzliche Bedrohung durch Attentate, die Vorbereitung für den Rosenmontagszug. Einsatzbereitschaft für die Polizei Aachen. Am Bahnhof und an den Grenzübergängen verstärkte die Bundespolizei die Kontrollen in Zusammenarbeit mit der belgischen und niederländischen Polizei.

37
FRIDOLIN SCHLÄGT AN

Als Fett und Conti im Lagezentrum eintrafen, erreichte eine Nachricht vom Stadtbetrieb die Leitstelle.

»Eilmeldung. Unbekannte Mülltonne an der Tivolibrücke oder CHIO-Brücke wie sie neuerdings heißt. Die Tonne gehört nicht dem Aachener Stadtbetrieb. Hat ein Kehrmännchen festgestellt, der auf dem Weg zur Bushaltestelle war. Routineblick. Er hat sich über das Vorhängeschloss gewundert und seinen Chef angerufen. Der wusste von nichts, war jedoch sensibilisiert wegen der allgemeinen Terrorgefahr.«

Kriminalrat Alfons Kosslowski war der Diensthabende und vertrat den Leitenden Polizeidirektor Hiltenkamp, der beim Ju Jutsu mit der Senioren-Polizeimannschaft einen Hexenschuss erlitten hatte. Kosslowski, ein erfahrener Beamter kurz vor der Pensionierung, Schachspieler aus Leidenschaft, stand mit seinem grauen Bürstenhaarschnitt neben den Kollegen in der Leitstelle.

»Bereich um die Tonne absperren. Abteilung 5, Dezernat 54, Tatortgruppe Sprengstoff und Entschärfung in Düsseldorf beim Landeskriminalamt anfordern. Ständigen Einsatzstab in Köln informieren. Info an Feuerwehr und Rettungsdienst. Sie sollen auf dem Porta-Parkplatz entsprechende Stärke für den Fall Sprengstoffexplosion mit Verletzten bereithalten. Ordnen Sie Bereitschaft Bergungsgruppe 1 des Technischen Hilfswerks Aachen an.« Kosslowski wollte kein Risiko eingehen.

»Holla, volles Programm, Herr Kosslowski?« Sembritzki war als Vertretung eingeteilt und schob mit einer Banane in der linken Hand an Kosslowski heran.

»Was dagegen? Machen Sie einen Vermerk, Kollege. Und schneller essen. Es gibt Arbeit.« Kosslowski ließ sich nicht beirren.

»Da könnte einfach einer reinschnuppern. Vielleicht ein blöder Scherz für Karneval.«

»Vielleicht, Kollege Sembritzki. Vielleicht ist nicht sicher. Ich will Sicherheit. Ich trage die Verantwortung.«

»Kommissariat Verkehr fragt nach Absperrung Krefelder Straße.« Kommissarin Malik, Referentin des Ex-Präsidenten, war im Lagezentrum am Freitagabend als Referentin des Diensthabenden eingeteilt.

»Krefelder Straße von Norden ab Prager Ring schließen, von Süden ab Kreuzung Passstraße. Keine Zufahrten vom Grünen Weg. Von der JVA nur in Richtung Würselen und Autobahn.« Kosslowski kannte Aachen wie seine Westentasche. Auf dem Bildschirm mit der Straßenkarte wurden die Balken sichtbar, die die Sperrungen markierten.

»Da freut sich die Bürgerschaft.« Sembritzki nörgelte weiter.

»Herr Kollege, Sie betreuen die Tatortgruppe Sprengstoff des Landeskriminalamtes. Begeben Sie sich in die Nähe der Tivolibrücke, prüfen Sie, ob die Absperrungen greifen. Das ist eine Anweisung.«

Sembritzki nickte und verschwand schlecht gelaunt aus dem Lagezentrum.

»Tatortgruppe Sprengstoff bricht in Düsseldorf mit Helikopter auf. Landung in ungefähr 20 Minuten auf dem Reitturniergelände inklusive Sprengstoffspürhund. Feuerwehr Aachen kommt mit Spezialzug und Rettungstransportwagen.« Kommissarin Malik stand in Kontakt mit dem Landeskriminalamt.

»Danke. Informieren Sie das Presseamt der Stadt Aachen, den Fachbereich Verkehr und teilen Sie den Sachverhalt ohne Dramatisierung der Oberbürgermeisterin mit. Wir haben alles im Griff. Vermutlich ein blöder Scherz. Wichtig, dass kein Verkehrschaos entsteht. Der Feierabendverkehr ist durch – Kollege Fett, was kann ich für Sie tun? Sie sehen ja, gerade etwas Ausnahmezustand.«

»Wir haben Hinweise auf eine mögliche Großlage, Herr Kosslowski.«

»Wie bitte?«

»Seriöse Hinweise. Hängt mit dem Mordfall Burger zusammen.«

»Sehen Sie das ebenfalls so, Frau Conti?«

Conti nickte.

»Sofort in mein Büro«, sagte Kosslowski.

Fett berichtete kurz und knapp. Kosslowski schaute aus dem Büro auf die Leuchtreklame der Niagara-Autowaschanlage.

»Was schlagen Sie vor, Fett? Bitte nicht Personenschutz für die jungen Wissenschaftler. Können wir definitiv nicht leisten. Ich schätze Sie, das wissen Sie. Es bleiben viele Fragezeichen. Jülich, Aachen, Morschenich-Neu – das alles riecht nach Spionage. Sie sind durch den Mord an diesem Burger darauf gestoßen. Handfeste Beweise haben wir keine. Frau Ventzke haben Sie bereits eingeweiht und Schmelzer im LKA ist auf dem Laufenden. Wir haben allerdings nichts in der Hand, außer Puzzlestücke. Und ich habe da draußen eine beschissene Mülltonne, die nicht dem Stadtbetrieb gehört, die versiegelt ist und von der niemand weiß, was drin ist und warum sie unter der Tivolibrücke steht. Das ist eine Sofortlage, da kann ich nicht nebenher eine Besondere Aufbauorganisation für Ihren Fall installieren. Das Lagebild an der Tivolibrücke ist absolut diffus und hat Priorität.«

»Klar, Chef«, sagte Fett. »Conti, Petridis und ich werden die Augen aufhalten.«

»Machen Sie das. Und nach dem Karlspreis bauen Sie die Überstunden ab. Das ist eine Anweisung.«

»Machen wir.«

Es klopfte kurz an der Tür und zack, da stand Frau Malik im Raum.

»Tschuldigung, Herr Kosslowski. Noch eine Mülltonne mit Siegel, die nicht dem Stadtbetrieb gehört. Diesmal Bahnhof Rothe Erde.« Ihr Blick sprach Bände.

»Verdammt, was ist da los?« Kosslowski sprang blitzschnell auf und folgte Kommissarin Malik in den Lageraum.

Der Hubschrauber mit den Sprengstoffspezialisten vom Landeskriminalamt landete auf dem heiligen Rasen des Reitturnierstadions. Das Team von Kommissar Spindler, zwei Kollegen, Sprengstoffspürhund Fridolin, wurde von Sembritzki erwartet.

»Na, Kollegen, Ausflug nach Aachen. Ich glaub, ihr könnt schnell retour in die Düsseldorfer Altstadt«, meinte Sembritzki zum Auftakt der Zusammenarbeit.

»Mal sehen, Kollege. Unsere Spürnase wird das entscheiden«, sagte Spindler und tätschelte den Schäferhund, der sich sichtbar auf seine Arbeit freute.

Nach einer kurzen Lagebesprechung zog Kommissar Spindler die Schutzausrüstung an, lobte den belgischen Schäferhund, streichelte ihn und näherte sich vom Finanzzentrum der Mülltonne, die am Aufgang zur Tivolibrücke stand. Fridolin nahm Witterung auf, wurde unruhig. Ein Zeichen für Sprengstoff.

»Kosslowski an alle Einheiten. Durchführungsplan wie folgt: Tatortgruppe Sprengstoff analysiert Lage und gibt Beurteilung ab. Oberste Priorität: Schutz von Menschen, Verhinderung Explosion, falls scharfer Sprengstoff. Prüfung, ob Entschärfung vor Ort möglich, Sprengung vor Ort oder sicherer Abtransport. Letztentscheidung nach Lagebild durch den Diensthabenden in Abstimmung mit Ständigem Stab Köln. Ende.«

In der Leitstelle des Lagezentrums verfolgte Kosslowski den Einsatz, nachdem die Kollegen vom Bahnhof Rothe Erde Vollzug gemeldet hatten. Alles abgesperrt. Kein Zugverkehr, stattdessen Schienenersatzverkehr und Umleitung der ICE- und Eurostar-Züge über Mönchengladbach. Bei der Pressestelle der Polizei Aachen landeten die ersten Medienanfragen.

»Keine näheren Auskünfte. Polizeiliche Maßnahmen«, sagte Kosslowski zu Malik, die den Pressesprecher informierte.

Fridolin bellte die Tonne an und Spindler öffnete mit einem Bolzenschneider das Vorhängeschloss. Vorsichtig hob er den Deckel der grünen Tonne hoch, führte eine kleine Teleskopkamera mit Punktstrahler ein, die ihm das Innenleben der Tonne auf dem Display seines Handys zeigte. Fridolin saß hechelnd neben ihm. Braver Hund.

»Ich sehe ein Paket, eingeschlagen in braunes Packpapier, Größe ungefähr 30 mal 30 Zentimeter, Dicke ungefähr 20 Zentimeter. Ende.« Spindler sprach ins Mikro des im Helm integrierten Funkgeräts, seine beiden Kollegen Jäger und Körfer hörten mit, die Leitstelle war aufgeschaltet.

»Das Paket liegt auf Gartenabfällen, Distanz zum

Deckel ungefähr 50 Zentimeter. Keine Verdrahtungen zum Deckel und den Seiten erkennbar, keine Senderantenne. Paket wirkt vollkommen verschlossen. Ende.«

»Jäger an Spindler. Verdrahtung mit Boden wäre möglich. Ende.«

»Spindler an Jäger. Möglich, Fall bisher unbekannt, Gartenabfälle soweit erkennbar Gras, Baumschnitt. Verdrahtung durch diesen Dreck wäre aufwendig. Ich öffne Deckel nun vollständig. Ruf Fridolin zurück. Für alle Fälle. Ende.«

»Jäger an Spindler, verstanden. Ende.« Jäger nahm die Hundepfeife. Ein kurzer Pfiff. Fridolin schaute eine Sekunde besorgt auf Spindler, dann sprintete er zurück, wo Jäger und Körfer mit einem Leckerli hinter dem Finanzzentrum auf ihn warteten.

Schweißperlen tropften auf das Visier des Schutzhelms von Spindler. Vorsichtig hob er mit den massiven Schutzhandschuhen das Paket aus der Tonne und legte es so sanft wie möglich auf den Boden.

»Spindler an alle: Gewicht ungefähr fünf Kilogramm. Keine elektronischen Aktivitäten von außen erkennbar. Ende.«

»Piontek, ständiger Einsatzstab Köln für Kosslowski.« In der Leitstelle wurde Piontek auf den Computer im Lagezentrum geleitet. »Bitte eine Lageeinschätzung.«

»Lagebild diffus. Keine Drohungen, kein Bekennerschreiben, keine außergewöhnlichen Veranstaltungen in Aachen, dem Tivoli oder Reitturniergelände. Zwei Mülltonnen, die nicht dem Aachener Stadtbetrieb gehören, stehen an Verkehrsknotenpunkten. In Nummer eins ein verdächtiges Paket. Sprengstoffspürhund hat angeschlagen. Tonne zwei analog. Grüne Tonne mit einem vermeintlichen Siegel des Aachener Stadtbetriebs und Vorhängeschloss. Herkunft Tonne, wann wurde sie platziert, näherer Inhalt – alles unbestimmt. Bis jetzt: Tonne eins gefüllt mit Gartenabfällen und einem Paket in den durchgegebenen Maßen. Vorbereitungen für Anschlag und Explosion wurden getroffen. Feuerwehr, THW und Krankenhäuser informiert. Öffentlichkeit noch ruhig. Umleitung Bahnverkehr an Tonne zwei verursacht größere Probleme.«

»Danke. Checken Sie alle Kameraaufzeichnungen auf dem Weg zu den Stellplätzen der Tonnen. Irgendwo sind die zu erkennen, die die Tonnen abgestellt haben.«

»Wir sind dran, Herr Piontek. Freitagnacht nicht ganz einfach.«

»Kann ich verstehen. Wie ist der Stand bei den Feuerwerkern?«

»Kommissar Spindler prüft Öffnung des Paketumschlags. Alternativ Abtransport.«

»Entscheidung liegt beim Fachmann. Ich gebe grünes Licht für seine Entscheidungsbefugnis.«

»Verstanden. Sie bleiben eh aufgeschaltet, Herr Piontek.«

Spindler erhielt Entscheidungsfreigabe.

Vorsichtig schnitt er mit einem Skalpell das Packpapier auf. Nirgendwo waren ein Zeitzünder, eine Uhr oder ein Handy zu sehen. Nur ein Paket mit Plastiksprengstoff ohne Zünder.

Spindler setzte sich auf den Boden neben das Paket, zog den Helm ab, wischte sich den Schweiß aus den Augen.

»Entwarnung. Sprengstoff ohne Zünder und ohne Fernsteuerung. Ende.«

Erleichterung bei seinen Kollegen, Kosslowski und im Ständigen Einsatzstab in Köln. Blieb die zweite Tonne, über die Kosslowski nun das Team informieren musste.

»Kollegen, wir haben eine zweite Tonne. Das gleiche Problem. Bahnhof Rothe Erde. Wir bringen Sie dahin zusammen mit Fridolin. Ende.«

»Schöne Bescherung, Herr Kosslowski. Wir müssen die Rollen tauschen. Ich übernehme Entschärfung, Spindler kümmert sich um den Plastiksprengstoff, Körfer führt Fridolin. Den können wir nicht austauschen. Wir haben nur ihn. Wir machen den Job. Spindler informiert die Kollegen über den Umgang mit dem Plastiksprengstoff. Er muss jetzt ausruhen. Okay?« Jäger hatte die Führung des Teams übernommen.

»So machen wir das, Kollege Jäger. Sie werden sofort von einem Mercedes-Sprinter abgeholt und zum Einsatzort gebracht. Ende.«

Wieder eine grüne Tonne, die an der Bahnunterführung Rothe Erde verloren herumstand. Auch sie war einer Reinigungskolonne des Stadtbetriebs aufgefallen. Was macht eine grüne Tonne am Bahnhof Rothe Erde? Als Herbert Müllejans, Einsatzleiter des Stadtbetriebs, diese Info erhielt, reagierte er geistesgegenwärtig und hielt die Kollegen davon ab, das Vorhängeschloss aufzubrechen, das Siegel zu entfernen und den Inhalt zu inspizieren.

Wieder schlug Fridolin an. Wieder ein Paket mit Plastiksprengstoff ohne Zünder. Jäger kehrte mit Körfer und Fridolin zurück zu Spindler. Der hatte mittlerweile eine erste Theorie zur Herkunft des Sprengstoffs.

Über Funk meldete sich Spindler bei Kosslowski.

»Spindler an Kosslowski, nach erster Einschätzung handelt es sich um C4-Sprengstoff aus NATO-Militärbeständen, dem seit einiger Zeit in den westlichen Produktionsländern stark riechende Stoffe beigefügt werden, damit Spürhunde sie im Missbrauchsfall leichter entdecken können. Genaue Analyse kann ausschließlich im Labor vom LKA in Düsseldorf erfolgen. Ende.«

»Danke, Kollege Spindler. Jäger, Körfer und Fridolin sind auf dem Weg zu Ihnen. Kehren Sie gut nach Düsseldorf zurück. Kann der Sprengstoff im Hubschrauber transportiert werden? Ende.«

»Kein Problem. Völlig ungefährlich ohne Zünder. Wir nehmen den Scheiß mit. Sie können alles freigeben. Viel Erfolg bei der Suche nach den Tätern. Ende.«

»Danke, guter Job, schönes Wochenende und Ende.« Kosslowski legte das Funkgerät beiseite. Er blickte zur Kollegin Malik. »Glück gehabt. Oder sollten wir Glück haben? Keine Zünder in den Tonnen, keine Fernbedienung.«

»Vielleicht waren die Täter noch nicht fertig?«

»Unwahrscheinlich. Zu viel Aufwand, Entdeckungsgefahr zu groß. Was geht hier vor?«

»Piontek an Kosslowski.« Piontek erschien auf dem Bildschirm. »Wir geben alle Infos an BKA und Verfassungsschutz weiter. Wenn es C4-Sprengstoff ist, war das kein Karnevalsscherz. Hier zeigt uns jemand, wozu er in der Lage ist. Prüfen Sie nochmals alle besonderen Vorkommnisse in Aachen in den letzten Wochen und das, was alles stattfinden wird. Die Karlspreisverleihung an den Oberrabbiner müssen wir im Blick behalten.«

»Stimmt, Herr Piontek. Wir bleiben im Kontakt. Seien Sie mal froh, dass Sie vor Rosenmontag so einen Mist nicht in Köln haben.«

»Bin ich. Danke und Ende.«

»Sonntag geht der Kinderkostümzug durch die Stadt«, Kommissarin Malik sagte es eher beiläufig zu Kosslowski.

»Ich weiß, mein Enkelkind ist mit seiner Grundschule Vaalserquartier dabei«, sagte Kosslowski nachdenklich.

»Alles absagen?«, fragte Malik.

»Nein. Internen Krisenstab für Großlage Samstagmorgen 9 Uhr einberufen. Alle die, die den Karneval vorbereiten, plus Staatsschutz und Kontaktpersonen zu Feuerwehr, THW, Ordnungsamt.«

»Okay, mache ich.«

»Ach, den Fett und die Conti ebenfalls. Die haben so Andeutungen gemacht.«

Malik nickte und setzte sich an ihren PC.

38
SAMSTAG VOR ROSENMONTAG

Die Herren von *Hammerton* bereiteten sich am Samstagmorgen auf einen Besuch bei Schopen vor. Mister Blue observierte das Haus. Schopen war allein zu Hause am Luxemburger Ring.

Der schwarze Ford Edge hielt kurz vor Schopens Haus, die Herren White, Red und Green stiegen aus, Mister Blue fuhr davon, parkte in der Nähe der Jugendherberge Colynshof und wartete ab.

Als es klingelte, blickte Schopen nicht auf die Kamera der Türschließanlage. Vermutlich der Postbote. War seine Uhrzeit. Stattdessen blickte er in den Schalldämpfer einer SIG Sauer Pistole P226 MK25, Kaliber 9 mm Luger.

»Mister Schopen. Die Zeit läuft und Sie schweigen. Das ist nicht gut.«

Schopen schluckte, schritt rückwärts in Richtung Küche, stieß gegen die Tür und erhielt einen Faustschlag in den Solarplexus. Atemnot, Schwindel, Übelkeit – so ein Schlag von einem durchtrainierten Soldaten der US-Army kann tödlich sein. Schopen rutschte am Türrahmen auf den Boden und blickte abwechselnd auf die drei Sonnenbrillenmänner, die vor ihm standen. Er hustete, rang nach Luft.

»Soll das alles hier stehenbleiben oder soll es einen Kurzschluss geben in der Küche? Was meinen Sie, Herr Schopen. Sie sind bestimmt versichert. Wenn es nach Versicherungsbetrug aussieht, sehen Sie keinen Euro.« Mister

White übernahm die Gesprächsführung. Red und Green verschwanden in den Zimmern, machten sich auf den Weg in Schopens Büro.

»Sie bekommen«, Schopen hustete, war schlagartig leichenblass geworden, hustete wieder, »Sie bekommen alles. Ich habe es noch nicht. Alles, was ich habe, ist oben auf meinem PC. Aber nicht die Erfindung.«

White drückte den Schalldämpfer auf Schopens Solarplexus.

»Das Ding macht puff. Nicht mehr. Sie erhalten einen Nachruf. Das war es. Wir können vorher in die Küche gehen. Kaffee kochen, heißes Wasser aufsetzen. Vielleicht verbrennen Sie sich dabei. Oder Ihre Hand berührt die Herdplatte. Die meisten Unfälle passieren im Haushalt. Das ist statistisch erwiesen. – Also: Wer hat den Scheiß und wo?«

»Schwarzenberger und Ligodi. Die beiden. Sie rücken es nicht raus.« Schopen schwitzte vor Angst. Er stammelte, war nicht fähig, einen klaren Gedanken zu fassen.

»Rufen Sie die beiden heute an. Sie sollen am Montag, nach dem Karnevalsscheiß, um 18 Uhr in Ihr Büro ins Institut kommen. Mit allen Unterlagen. Es sei wichtig. Sagen Sie, auch der Rektor der Hochschule sei da. Es gehe um diese Entdeckung. Lassen Sie sich was einfallen. – Montag um 18 Uhr. Verstanden?«

Schopen nickte, hustete, hielt sich den Bauch. Red und Green kamen aus der ersten Etage mit Schopens Notebook.

»Sie spielen alles auf diesen USB-Stick. Dann verschwinden wir.«

Schopen gab das Kennwort ein, White schloss die externe Festplatte an, Schopen kopierte alle Dateien auf die Festplatte. Seine Hände zitterten.

»Sie sehen, alles einfach. Und am Montag sind Sie von allen Sorgen befreit, Mister Schopen.« Red packte Schopens Genick. Ein Griff wie ein Schraubstock.

White gab ein Zeichen, Blue war bereits vorgefahren. Die Herren von *Hammerton* verschwanden nach wenigen Minuten. Schopen versuchte aufzustehen, hielt sich den Bauch und schleppte sich ins Wohnzimmer. So konnte er Schwarzenberger und Ligodi nicht anrufen. Er musste sich sammeln, Luft holen, durchatmen und die Tränen abwischen.

Die Luft im Besprechungsraum des Polizeipräsidiums an der Niagara-Autowaschanlage war stickig. Irgendwas mit der Klimaanlage funktionierte nicht, und die Fenster mussten geschlossen bleiben. Dicke Luft im Raum, dicke Luft bei allen Anwesenden. Samstag vor Rosenmontag.

Polizeidirektor Hiltenkamp war immer noch mit Hexenschuss bettlägerig. Kosslowski hatte Sitzungs- und Einsatzleitung für die Direktion Gefahrenabwehr/Einsatz inne. Fett und Conti saßen am Rand, Kommissarin Malik bediente das Notebook, Kosslowski bat um Ruhe.

»Zwei Mülltonnen gestern Abend, in denen jeweils ein Paket mit fünf Kilogramm Plastiksprengstoff lag, – allerdings ohne Zünder, also nicht explosionsfähig – an der Tivolibrücke und Bahnunterführung Rothe Erde. Der Sprengstoff hätte enorme Personenschäden verursachen und beide Brücken schwer beschädigen oder zum Einsturz bringen können, wenn er zündfähig gewesen wäre. BKA, Landeskriminalamt, Innenministerium und Verfassungsschutz sind informiert. Kollegin Ventzke hält den Kontakt. Auswertungen von Kameras – spielen Sie das bitte ab, Frau Malik – zeigen, dass die Mülltonnen am späten Freitagnachmittag aus einem schwarzen Mercedes-Sprinter ausgeladen wurden. Sie sehen einen Fahrer und drei männliche Personen in Kleidung von Müllwerkern. Sie positionieren die Tonnen in wenigen Sekunden und fahren ab. Zuerst Tivolibrücke, dann Bahnhof Rothe Erde. Es ist derselbe Sprinter. Gestohlenes Kennzeichen von einem PKW, der auf dem Wanderparkplatz Wilder Kermeter bei Heimbach am vergangenen Sonntagabend parkte. Ehepaar stammt aus Düren, sie nahmen an einer Nachtwanderung im Nationalpark Eifel teil. Gestohlene Sprinter in Schwarz sind in Deutschland 17 gemeldet, in Belgien und den Niederlanden insgesamt fünf. Der Wagen könnte umgespritzt worden sein. Wir prüfen alle Verkehrskameras in der Umgebung. Bisher ohne Erfolg. Zuerst Tivolibrücke und im Anschluss Rothe Erde könnte bedeuten, dass der Wagen in Richtung Lichtenbusch, Eupen verschwunden ist und möglicherweise aus Richtung Würselen, A4 nach Aachen kam. Kein Bekennerschreiben, keine Erpressung, keine Drohung. Nichts. Keine Infos von befreundeten Diensten. Null. – Das ist der Sachstand vor dem morgigen Kinderkostümzug und dem Rosenmontagszug. Nach Abwägung aller Informationen und in Rücksprache mit dem Innenministerium, dem Ständigen Einsatzstab Köln, BKA und Verfassungsschutz halten wir an der Durchführung beider Veranstaltungen fest. Urlaubssperre ist sowieso angesagt, alle Einheiten der Polizei Aachen und Bundespolizeidirektion sind im Einsatz.«

Ein Raunen ging durch die Runde.

»Feuerwehr Aachen und freiwillige Feuerwehren melden Bereitschaft. Technisches Hilfswerk hat ebenfalls erhöhte Bereitschaft angeordnet.« Der Vertreter der Aachener Feuerwehr gab es als Info in die Runde.

»Es macht keinen Sinn, unseren Fall in der großen Runde zu thematisieren«, flüsterte Fett Conti ins Ohr.

»Stimmt. Besser im kleinen Kreis im Nachgang.«

»Noch Fragen? Sonst erhalten Sie alle die taktischen Infos von Kollege Sembritzki und Kollegin Malik in Raum 100. Funknetz, Einsatzplanung, Codewörter und Sanitäts- und Verpflegungsstellen. Wir fahren den Einsatz wie bei jedem Karneval, allerdings mit Sicherheitsstufe eins. – Vielen Dank. Im Saal bleiben Kollegin Ventzke, Kollegin Conti, Kollege Fett und Leitungen Polizeiinspektion eins und zwei. Danke.«

Stühle rückten. Fast alle verließen den Raum, um in der 100 den Einsatzordner in Empfang zu nehmen.

»Herr Fett, was haben Sie mir gestern Abend kurz vor dem Fund der zweiten Tonne mitgeteilt?«

»Hinweise auf eine mögliche Großlage in Verbindung mit einem Patent oder einer Erfindung im Wissenschaftsbereich. Frau Ventzke ist informiert.«

»Könnte das alles ein Ablenkungsmanöver sein?«, fragte Kosslowski.

»Ablenkung wofür?«, fragte Ventzke.

»Was ist in Aachen am wertvollsten?«, fragte Kosslowski zurück.

»Juwelier Lücker mit den teuersten Uhren, Domschatzkammer, Dom mit Karlsschrein, Tresor der Sparkasse Aachen«, warf Conti in den Raum.

»Pink Panther, die Juwelendiebe vom Balkan?«, fragte Kosslowski in die Runde.

»So kurz nach dem Überfall auf die TEFAF im Juni 2022 wieder in der Region? Halte ich für unwahrscheinlich. Die haben ein anderes Muster für ihre Überfälle«, meinte Fett.

»Zustimmung«, sagte Ventzke. »Aus meiner Sicht müssen wir über kritische Infrastruktur sprechen, so kurz vor dem zweiten Jahrestag des Angriffs von Russland auf die Ukraine. Und wenn Sie mich fragen, was in Aachen wertvoll ist, sind es bestimmt Erfindungen an der RWTH Aachen und den An-Instituten, von denen wir keinen Schimmer haben. Ob Elektromobilität, Informatik, Medizin oder Maschinenbau. Das läuft an uns vorbei. Da haben wir keinen Einblick, es sei denn, wie in dem Fall, den Kollege Fett bearbeitet.«

Die Polizeiräte Lopacki und Lenz, Doppel-L genannt, Leiter der Polizeiinspektionen eins und zwei, machten sich Notizen.

Lopacki meldete sich zu Wort. »Kritische Infrastruktur heißt politische Straftat, Terrorismus, Gefährdung der Inneren Sicherheit. Oder liege ich da falsch?«

»So ist es, Kollege.« Kosslowski machte eine kurze Pause. »Wir hatten die Kabelbrände bei der Bahn, die Cyberangriffe auf die Server von Firmen und im Bundestag, dazu die Letzte Generation mit den Blockaden von Flughäfen, Autobahnen, Kreuzfahrtschiffen, Anschlägen auf Kunstwerke. Verschiedene Motive, verschiedene Tätergruppen. Umweltschutz schalte ich bei C4-Sprengstoff aus. Islamistische Hintergründe sind möglich, Linksextremismus ebenfalls, Rechtsextremismus auch – denken Sie an das Sprengstoffattentat beim Oktoberfest in München 1980. Die letzte Generation der Roten Armee Fraktion, kurz RAF, sollten wir nicht aus dem Blick verlieren, ist nach Festnahme von Klette in Berlin natürlich etwas geschwächt.«

»Warum Aachen?«, warf Fett in die Runde. »Als Fluchtort ist Aachen hervorragend. Außerdem gibt es konkrete

Hinweise auf eine Großlage aus Lüttich und Niamey. Bevor wir alle Möglichkeiten überprüfen, sollten wir uns auf belastbare Informationen konzentrieren. Die stehen in einem Zusammenhang mit dem Mord an Burger.«

»Was bedeutet das, Kollege Fett?«, fragte Kosslowski leicht gereizt.

»Wenn ein Zusammenhang mit den Erfindungen besteht, müssen wir Schwarzenberger, Ligodi und Schopen beschützen. Die Mörder oder der Mörder von Burger laufen frei herum. Er wurde kaltblütig hingerichtet.«

»Außerdem haben uns Schwarzenberger, Ligodi und Schopen noch nicht alles gesagt«, schob Conti hinterher.

»Personenschutz undenkbar, Untersuchungshaft chancenlos, warum auch? Keine Gründe, sie länger als zu einer Befragung festzusetzen. Jeder Anwalt zerreißt uns in der Luft. Ich habe mit Staatsanwältin Regauer gesprochen, die Sie bereits kontaktiert haben. Keine Chance.«

»Okay, freuen wir uns mal auf den Karneval 2024«, sagte Fett angefressen. »Wir bleiben in Kontakt.«

»Ende der Besprechung«, sagte Kosslowski.

39
SONNTAG VOR ROSENMONTAG

Schopen rief Schwarzenberger und Ligodi am Sonntagvormittag an. Er versuchte so locker wie möglich zu sein, erwähnte den Rektor der RWTH Aachen, ein Gespräch mit der neuen Vorstandsvorsitzenden des Forschungszentrums Jülich. Er verbreitete Hoffnung auf eine gute Umsetzung des Projektes »Rurfieber«. Alles sei auf einem geordneten und wissenschaftlich akkuraten Weg. Da die Termindichte bei allen hoch sei, habe man sich für ein Treffen am Rosenmontagabend um 18 Uhr im Büro in der Forckenbeckstraße entschlossen. Bitte alle Unterlagen mitbringen, auch die Proben. Hochschulwache sei eingebunden. Alles sei safe, wie er sich ausdrückte. Der Rektor der RWTH Aachen werde persönlich anwesend sein, die Leitung der Fraunhofer-Gesellschaft über ZOOM hinzugeschaltet.

Schwarzenberger und Ligodi telefonierten danach miteinander. Für sie war gar nichts sicher oder safe, wie Schopen sich ausgedrückt hatte. Sie fällten zwei Entschlüsse. Ein Back-up aller Unterlagen von »Rurfieber« sollte bei Ligodis Freundin Adriana bleiben. Schwarzenberger und Ligodi würden mit einer Fassung am Montag bei Schopen erscheinen. Entscheidend war, dass Schwarzenberger Kommissar Fett am Sonntagabend anrufen sollte, um ihn über das Treffen zu informieren.

Augustin fühlte sich nach dem Gespräch elend. Seit der Entdeckung und dem Einbruch war sein Leben durcheinandergeraten, er konnte sich nicht richtig auf Adriana und seine Arbeit konzentrieren. Am Sonntagmittag fuhr er nach Düren, um dort mit Adriana den Karnevalszug anzuschauen. Augustin traf Adriana wie verabredet im Café Extrablatt, gab ihr eine kleine mobile Festplatte und flüsterte ihr etwas ins Ohr. Dann umarmte er sie, stürzte sich in die Narretei. Barbecue, der Augustin gefolgt war, hatte die Eingangstür vom Café Extrablatt im Blick, sah Augustin kurz in einer Gruppe von Narren verschwinden und verlor ihn aus den Augen. Augustin ließ seinen Mini Cooper in Düren stehen und nahm den RE 9 nach Aachen. Damit hatte Barbecue nicht gerechnet, sehr zum Missfallen von Käpt'n Silver. Barbecue kehrte zurück zu seinem Ford Ranger und raste nach Erkensruhr, während Augustin sich auf den Weg nach Aachen gemacht hatte. Er nahm am Aachener Hauptbahnhof ein Taxi zur Wohnung von Cornelia, wo Ulf bereits auf ihn wartete. Dort wollten sie bis Montagabend bleiben.

In Eupen, auf dem Gelände eines Händlers für gebrauchte Lastkraftwagen, wurde vor Sonnenaufgang am Sonntagmorgen eine grüne Volvo Sattelzugmaschine kurzgeschlossen. Ben Gunn lächelte. Diesen Typ hatte er oft genug bei Einsätzen in Afrika gefahren. Er brauste zusammen mit Hawkins davon, nachdem sie Kennzeichen mit Magnethaftung angebracht hatten. Zwei Kanister Diesel transportierte Bones im Ford Ranger, mit dem sie in der Dunkelheit aufgebrochen waren. Niemand würde sie an einer Tankstelle filmen. Zwei Kanister reichten aus, um die Strecke nach Erkensruhr und zurück nach Aachen zu schaffen. Die Sattelzugmaschine ohne Auflieger war vom Sonntagsfahrverbot in Deutschland ausgenommen. Sie brummten in der Dunkelheit über Roetgen, Kesternich in Richtung Einruhr und Erkensruhr. Alle Blitzer auf der Strecke waren bekannt. Sie hielten sich an die Höchstgeschwindigkeit und erreichten vor Sonnenaufgang unbemerkt Erkensruhr. Die Eifel schlief noch.

Sonntagvormittag fuhren drei Teams mit je zwei Mann von *Treasure Island* nach Aachen. Nur der Käpt'n blieb in Erkensruhr und hielt über Funk Kontakt zu seinen Männern. Die Mülltonnen waren entdeckt worden. Gut so, dachte der Käpt'n, das war der Sinn. Nun würde die Polizei alle Motive und mögliche Täterkreise unter die Lupe nehmen. Jedenfalls wird Urlaubssperre herrschen und Einsatzbereitschaft. Getarnt als Touristen, schlenderten seine Männer durch die Stadt. Sie ähnelten den Tätern von der TEFAF mit ihren Schiebermützen, den langen Mänteln und Sonnenbrillen. Bones und Benbow besuchten die Domschatzkammer und deponierten einen Rucksack in einem Schließfach im Eingangsbereich. Anschließend Besichtigung im Centre Charlemagne, wo sie ebenfalls einen Rucksack in einem Schließfach deponierten. Ben Gunn und Flint fuhren in Richtung Grüner Weg zu den 32 Meter hohen Gasballons, wo sie einen weiteren Rucksack versteckten.

Sonntagabend war die Mannschaft von *Treasure Island* wieder versammelt in Erkensruhr. Sie bereiteten ihre Waffen vor, füllten Müllsäcke mit ihrem Abfall, beseitigten alle Spuren. Die gestohlene BMW R 1300 GS stand vollgetankt bereit. Alles war im Detail geplant.

In der Nähe von San Diego zog George Santos um 9 Uhr morgens an einer Cohiba, schaute seinen Hunden Homer und Marge beim Spiel am Pool zu und dachte an den Medikamentenumsatz in Afrika. Langsam wurde er ungeduldig. Die Sache musste nun einem guten Ende zugeführt werden. 18 Uhr in Germany, dachte er. Da wird Roti wieder Abendbrot essen, wie alle Deutschen. Die mit ihrem Abendbrot, Aufschnitt, Gürkchen und Tee. Hatte er alles erlebt, als er damals vor dem Fall der Mauer die Übernahmegespräche mit den kleinen Pharmafirmen führte, die keine eigene Forschung und Entwicklung bezahlen konnten. Wenn es hochkam, besuchten sie mit den Geschäftsführern ein spießiges Gasthaus. Vor allem die sparsamen Schwaben. Die Esskultur war genauso schrecklich wie der süße Wein, den sie zu dieser Zeit tranken. Er dachte an seinen Vater, der als junger Soldat der 101. Luftlandedivision die Landung in der Normandie und die Kämpfe um Bastogne überlebt hatte. Ein harter Knochen, der später, nach dem Studium der Pharmazie, ein erfolgreicher Unternehmer wurde. Er hatte die Grundlagen für *Mediquasi* gelegt. George machte einen Weltkonzern daraus. Nun kommen diese Germans mit einem Patent an, das zu einem Aktieneinbruch führen wird. Allein die Gewinnwarnung nach Einführung von diesem Mist wird ihn Millionen kosten. Zunächst wählte er die Nummer von William Holden, dem Chef von *Hammerton*.

»Will, ich sitze hier am Pazifik, rauche meine Cohiba, schaue meinen Kötern am Pool zu und finde trotzdem keine Ruhe. Du weißt, warum?«

»George, alles wird gut. Mein Team ist dran. Morgen ist es so weit. Lass deine Zigarre nicht ausgehen und gib den Hunden genug Fleisch. Hunde sind keine Vegetarier. Ich habe die besten Männer drüben. Sie erledigen das.«

»Gut zu wissen, mein Lieber. Volle Bezahlung nur im Erfolgsfall. So lautet der Deal.«

»George, war es je anders? Erfolg ist mein Geschäftsprinzip. Wie bei dir. Rauch weiter, grüß mir den Pazifik und deine bessere Hälfte, wo immer sie gerade am Abschlag steht.«

»Richte ich aus. Ich zähle auf dich, mein alter Freund.« George legte auf und wählte die Nummer von Rotberg.

»Roti, altes Haus, schon beim Abendbrot?«

Joachim Rotberg hatte sofort seinen Teller mit Bratkartoffeln, Spiegeleiern und Salat weggeschoben, als er die Nummer von Santos sah.

»Du kennst Deutschland: Aufschnitt, Bratkartoffeln. Vom Ausgeben ist niemand reich geworden.«

Santos verdrehte die Augen. Ein typischer Spruch, über den sein Vater immer gelacht hatte.

»Am Montagabend wird unser Problem gelöst. Das solltest du wissen, damit du dich morgen Abend nicht an den übrig gebliebenen Bratkartoffeln verschluckst. Du kannst ein German Bier dazu trinken. Der alte George löst unser Problem und wir verkaufen weiter das, was wir seit Jahren verkaufen. Partnerschaftliche Problemlösung nennt man das. Wie sagt man in Deutschland: Ich habe etwas gut bei dir, mein alter Freund.«

»Klar, George, hast du. Sehr gut. Du hast etwas gut bei mir. Ich danke dir. – Vergiss nicht, von wem du den Tipp bekommen hast, George.«

»Wie sollte ich das vergessen? Der Cheesecake da an dem Fluss, der war famos, mein Lieber. Darum übernehme ich die Kosten von dem Auftrag. Guter Deal, mein Lieber. Wir hören voneinander.«

»Ja, George, wir hören voneinander. Und trotzdem hast du etwas gut.« Rotberg legte auf, griff zum Teller, stand auf und holte eine Flasche eiskaltes Bitburger aus dem Kühlschrank.

Schwarzenberger erreichte Fett Sonntagabend kurz vor der »Tagesschau« in der Küche am Templergraben vor einer gusseisernen Pfanne mit zwei Spiegeleiern und fünf Streifen Bacon, kurz bevor das fürstliche Mahl von der Pfanne auf den Teller wandern sollte.

Fett nahm das Gespräch an und schritt schnell mit umgebundener Kochschürze in sein Arbeitszimmer, machte sich einige Notizen, während der Qualm in der Küche immer dichter wurde: verbrannte Spiegeleier, schwarzer Bacon.

»Was sagen Sie? Treffpunkt im Institut mit Schopen und dem Rektor morgen Abend? Merkwürdige Sache.«

»Ja«, sagte Schwarzenberger, »wir haben offen gesagt etwas Angst.«

»Angst essen Seele auf« – der Filmtitel kam Fett in den Sinn. Dann sagte er: »Ihre Formel für den Breitbandimpfstoff im Projekt TRIANGLE ist noch gar nicht so weit. Was soll dieser Druck?«

Schwarzenberger schwieg einen Moment, bevor er das Geheimnis lüftete: »Wir haben die Formel für einen Impfstoff gegen Ebola, Malaria und Denguefieber entdeckt. Darum geht es die ganze Zeit. Dieses Medikament könnte sogar gegen die neue Form der Vogelgrippe und Mpox helfen, früher Affenpocken genannt. Also wirklich ein Breitbandtherapeutikum gegen diese Krankheiten, die wir gar nicht im Fokus unserer Forschung hatten.«

Fett stand schweigend in der Schürze vor einer Kopie eines Gemäldes von Edward Hopper, die sein Arbeitszimmer verschönerte. In seinen Gehirnzellen herrschte Hochbetrieb.

»Das ist wertvoller als Gold«, sagte er nach kurzer Pause.

»Ja. Und Schopen weiß es auch«, sagte Schwarzenberger.

»Die Formel war in Jülich?«, fragte Fett.

»So ist es. Wir sind bis morgen Abend nicht erreichbar. Niemand wird uns finden. Aber zu dem Termin mit Schopen müssen wir. Er leitet das TRIANGLE-Projekt. Wenn wir uns weigern, geraten wir in allergrößte Schwierigkeiten.«

Fett hätte zu gerne gewusst, wo die Formel und die Proben nun versteckt waren. Sein Instinkt sagte ihm, dass sie möglicherweise abgehört wurden. Hier ging es um Milliarden und nicht um Millionen. Jede weitere Frage könnte Schwarzenberger in Lebensgefahr bringen. Besonders die Frage, wo er sich gerade aufhält.

»Ich muss zurück in die Küche. Wir sehen uns morgen Abend. Passen Sie auf sich auf.«

»Himmelherrgott! Wieder nur Butterbrote!«, maulte Fett, als er das Fenster öffnete, damit nicht der Rauchmelder ansprang: alles in der Pfanne verbrannt. Er griff zu seinem Handy, rief Daniela Conti an, die bei Musik von Gianna Nannini Reste einer Pizza vom Samstagabend verschlang.

»Dann haben wir Rosenmontag was Schönes vor«, sagte sie zu Fett, blickte aus dem Fenster, Tief Paulina war angesagt, kein Schnee, vielleicht Regen, Temperaturen um die 11 Grad. »Ich rufe Petridis an. Wir brauchen ihn. Sollte er nicht bei dieser Cornelia den Aluminiumkoffer sicherstellen?«

»Stimmt«, sagte Fett und ärgerte sich über die eigene Vergesslichkeit. »Heute nicht mehr. Es könnte sein, dass sie beobachtet wird. Wir müssen uns morgen sofort darum kümmern.« Dann legte er auf.

Über die Hochschulwache erhielt Fett noch am Abend Kontakt zum Referenten des Rektors der RWTH Aachen. Nein, Rosenmontag sei kein Diensttermin geplant, der Rektor sei in Skiurlaub und komme erst am Aschermittwoch zurück. Anschließend informierte er Kosslowski.

»Doch nicht die Juweliere«, meinte Kosslowski am Telefon. »Wir müssen auf alles gefasst sein. Wir fahren zweigleisig. Sie bleiben an den jungen Wissenschaftlern dran, wir konzentrieren uns auf das, was Rosenmontag passieren könnte.«

Der Kinderkostümzug am Sonntag verlief übrigens ohne Störungen, sogar das Wetter blieb stabil.

40
DER BESONDERE ROSENMONTAG

Die grüne Volvo Sattelzugmaschine stand im Dreck vor dem Stadttheater. Die Tribüne für die Berichterstattung von Robert Esser war Schrott. Das Technische Hilfswerk stützte das Dach ab, es bestand keine Einsturzgefahr. Nur der Prinzenabschied am Dienstag musste abgeblasen werden.

Ben Gunn und Flint waren mit der BMW zurückgerast in die Eifel und warteten auf dem Wanderparkplatz Wilder Kermeter auf Hawkins, Barbecue, Bones und Benbow, die ihnen die Formel bringen sollten. Sie würden danach mit dem Motorrad in Richtung Dahlemer Binz düsen, wo eine einmotorige Cessna für den Flug nach Luxemburg bereitstand. Der Rest der Mannschaft sollte getrennten Rückzug über Belgien antreten. Der Käpt'n beabsichtigte, von Erkensruhr aus mit einem Ford Ranger zur Dahlemer Binz zu fahren, um von dort aus nach Luxemburg zu fliegen. Er wollte die Formel persönlich in Niamey abliefern. Den Hubschrauber in Lüttich könnten eventuell seine Männer benutzen, um sich rasch nach Frankreich abzusetzen.

In der Führungsstelle Einsatz saß Kosslowski zusammen mit seinem Team vom KK 11, Frau Malik hielt Kontakt zu den Polizeiinspektionen 1 und 2.

»Rosenmontagszug nimmt den Weg östlich am Theater, an der Seite von ›Leonidas‹. Die Hochbeete und der Holzquatsch müssen vom Stadtbetrieb entfernt werden. Eine Änderung der Streckenführung machen wir nicht, rechts vorbei am Theater. Von mir aus kann da eine provisorische Bühne für die Kommentatoren hin. Normalität ist wichtig. Bloß keine Panik aufkommen lassen.« Kosslowski hatte die Entscheidungsbefugnis. Der kommissarische Stellvertreter des Polizeipräsidenten war in Urlaub und Hiltenkamp weiter beim Orthopäden in Behandlung.

»Bombendrohung für die Domschatzkammer. Anonymer Anrufer.«

9 Uhr am Rosenmontag.

»Verdammte Scheiße. Jemand treibt uns vor sich her. Absperrung im dafür vorgesehenen Bereich, Check aller Schließfächer, danach Entscheidung über Tatortgruppe Sprengstoff des LKA. Meldung an Ständigen Stab Köln, LKA und Innenministerium.« Kosslowski ahnte, dass dies kein normaler Rosenmontag werden würde. Fett hatte ihn über das Abendtreffen im Institut in der Forckenbeckstraße informiert. Aber der Gegensatz zwischen Bombendrohung und einem Treffen von Wissenschaftlern passte nicht in irgendein Kriminalitätsmuster.

»Ein Schließfach. Verschlossen in einem Vorraum der Domschatzkammer. Schlüssel wurde nicht zurückgegeben. Kameraauswertung der Besucher läuft.« Malik kam mit der Meldung von der Leitstelle.

»Lassen Sie das Schließfach öffnen und geben Sie mir ein Bild vom Inhalt.«

Nach fünf Minuten blickte Kosslowski auf einen Daypack-Rucksack der Firma Deuter. Farbe schwarz, zur Hälfte gefüllt.

»Domschatzkammer. Ihre These, Kollegen!« Er forderte seine Kollegen auf, ihre Meinung zu äußern. Piontek aus Köln war wieder zugeschaltet.

Lopacki, Polizeiinspektion 1 meldete sich zu Wort. »Ablenkung. Verwirrung. Wir werden von irgendeinem Scheiß abgelenkt.«

»Zustimmung«, sagte Piontek über den Bildschirm. »Sie haben doch einen Sprengstoffroboter. Holen Sie damit den Rucksack raus. Keine Gefährdung von Menschenleben. Das müsste klappen. Schließfach ist auf Bodenhöhe, anders als die Mülltonnen.«

»Roboter ist vor Ort. Wir gehen damit rein.« Kosslowski gab grünes Licht. Noch war der Rosenmontagszug nicht auf dem Weg. Die Aufstellung fand auf dem Adalbertsteinweg statt. Am Markt entstand Unruhe. Gläubige, auf dem Weg zum Dom, stießen auf Absperrungen. Ständig kreiste Polizei mit Blaulicht um Markt, Münsterplatz, Jakobstraße und Annastraße.

Um 9.30 Uhr griff der Roboter den Rucksack, zog ihn aus dem Schließfach und Kommissarin Doll, die den Roboter steuerte, schaffte es, den Rucksack zu öffnen. Mehrere Pakete mit Kölner Zucker kamen zum Vorschein. Kira Doll, Technikspezialistin und leidenschaftliche Karnevalistin, die ausgerechnet am Rosenmontag ihr Kostüm gegen die Dienstkleidung tauschen musste, gab das Ergebnis sofort durch.

»Soll das ein Witz sein? Ein Gruß vom Kölner Rosenmontagszug, oder was?« Kosslowski war erleichtert und zugleich gestresst. »Alles läuft weiter. Holt die Zuckerscheiße raus, sofort zur Kriminaltechnik. Und die Kameras auswerten. Welche Arschgeigen haben den Zucker da reingepackt!«

11.11 Uhr. Der Zugführer gab das Signal. Der Rosenmontagszug setzte sich in Bewegung. Eine provisorische Bühne für die Übertragung durch die Aachener Zeitung war am Theater kurz vor Fertigstellung. In der Mozartstraße klingelte es an der Tür von Ulf Schwarzenberger. Ulf war bei Cornelia von Pettighoven in der Kaiser-Friedrich-Allee. Zwei mit Joker-Maske verkleidete Herren öffneten in wenigen Sekunden geräuschlos die Tür. Bones und Benbow legten die Maske ab und fingen mit der Durchsuchung an.

11.30 Uhr. Wieder ein anonymer Anruf in der Leitstelle. Bombe im Centre Charlemagne in einem Schließfach.

»Na, da haben wir es nicht weit«, meinte Kosslowski in der Einsatzzentrale lakonisch. »Die Doll muss wieder mit dem Roboter ran. Los. Tempo! Sie ist dafür ausgebildet und erstklassig.«

Der Rosenmontagszug kroch im Schneckentempo die Wilhelmstraße hoch. Eigentlich war er so langsam wie immer.

Im Centre Charlemagne war das Schließfach schnell identifiziert. Wieder ein Deuter-Rucksack. Und: wieder Kölner Zucker. Diesmal drei Kilo.

»Wir verstärken den Schutz der Juweliere Lücker, Uttermann, Posmik und Bischoff. Postieren Sie dort Streifenwagen«, sagte Kosslowski zu Lopacki. »Das könnte ein Mehrfachangriff der Pink Panther sein. Fordern Sie Verstärkung aus Düren und Euskirchen an. SEK und MEK aus Köln sollen sich bereithalten.«

Lopacki gab den Befehl sofort weiter.

In der Wohnung von Ulf Schwarzenberger fanden Bones und Flint nichts. Per Funk meldeten sie Fehlanzeige an den Käpt'n, der nun alle Hoffnung auf Ligodi setzte, aber Ligodi war wie vom Erdboden verschluckt.

11.45 Uhr. Die ersten Wagen und Fußgruppen des Rosenmontagszugs bogen von der Wilhelmstraße auf die Theaterstraße ein. Wieder ein Anruf in der Leitstelle. Bombendrohung an den Gasballons am Grünen Weg.

»Doll mit dem Roboter dahin, alles absperren, Rosenmontagszug geht weiter. Rufen Sie Piontek an«, befahl Kosslowski.

»Hören Sie, Kosslowski, was da in Aachen passiert, hat eine andere Dimension. Wir schalten das Lagezentrum im Innenministerium in Düsseldorf ein. Die sollen sofort Verstärkung nach Aachen senden. Ich werde zwei SEK-Teams und zwei MEK-Teams nach Aachen schicken. Luftüberwachung aus Düsseldorf. Ist Ihr Drohnenteam einsatzbereit?«

»Drohne in der Luft und über dem Rosenmontagszug. Bisher zwei Deuter-Rucksäcke und acht Kilo Kölner Zucker. Aus der Domschatzkammer haben wir Aufnahmen. Wieder dunkle Gestalten, vermutlich zwei Männer, es könnten die von den Mülltonnen sein. Niemand zu erkennen. Für Befragungen haben wir keine Zeit. Wir werden hier gejagt.«

»Was ist mit dem Unfall am Theater los?«, fragte Piontek.

»Sattelzugmaschine, gestern in Eupen gestohlen.«

»Wo kam die her, die muss am Rosenmontag auffallen, Herrgott!«

»Wir lassen alle Kameras überprüfen, Befragungen sind schwierig, die Jecken sind seit dem Morgen unterwegs.«

»Geben Sie das Foto raus, ins Fernsehen, in die Sozialen Medien. Wer hat den Sattelschlepper heute Morgen gesehen. Wir dürfen keine Zeit verlieren. Ich informiere den Innenminister.«

»Verstanden, Herr Piontek.« Kosslowski beendete das Gespräch und gab die entsprechenden Anweisungen an die Pressestelle. Nach 20 Minuten war das Bild der Volvo Sattelzugmaschine über Instagram und Facebook online.

Nach 30 Minuten wurde ein Anruf aus Erkensruhr zu Kosslowski durchgestellt.

»Wer spricht da?«, fragte Piontek.

»Wollschläger, Heiner. Ich rufe aus Erkensruhr an. Sie haben nach dem Volvo gefragt. Also der brummte heute Morgen so kurz nach fünf Uhr aus Erkensruhr raus.«

»Es war stockdunkel. Wie konnten Sie das erkennen?«

»An der Laterne, die steht da nahe bei der Mitfahrerbank. Ich kann nämlich nicht gut schlafen, müssen Sie wissen, Herr Kommissar. Ich hatte immer Schichtdienst. Früher, als ich bei der Bahn war, auf dem Containerbahnhof Köln-Eifeltor. Darum kann ich nicht mehr durchschlafen. Da nerve ich meine Elisabeth immer. Jedenfalls bin ich früh wach. Da kam der Brummer, musste kurz mal schalten oder bremsen, jedenfalls denk ich, Mann, wat will der Oschi denn am Rosenmontag. Dat jet schon seit Wochen so mit der Baustelle an dem Hotel, müssen Sie wissen. Also das Hotel da am Ende von Erkensruhr, wo früher die Postkutsche abfuhr, da wird saniert und saniert, aber eigentlich seh ich nix. Nur so Autos von einer Firma oder zwei fahren ständig hin und her.« Er musste Luft holen.

»Und Sie sind sicher, dass es der grüne Volvo Sattelschlepper war?«

»Ja natürlich, bei der Bahn kamen oft Volvo Sattelschlepper mit Containern und so. Ich kenn mich aus. Das war der Volvo mit der Langhaube, also der Schnauze. Das war der. Wenn es hilft. – Übrigens, ist da eine Belohnung ausgesetzt? Ich mein ja nur. Sieht man immer bei Aktenzeichen XY.«

»Danke, Herr Wollschläger. Vielen Dank. Belohnung nicht. Sie haben uns sehr geholfen. Wo wird in Erkensruhr renoviert, sagten Sie?«

»Am Ende. Da, wo das Hotel und Restaurant Lissabon war gegenüber, das war das Wellness-Hotel. Sollte renoviert werden. Da ist die Baukolonne drin. Die fahren da hin und her. Sehen tut man nichts.«

»Merci, Herr Wollschläger. Eine Bitte. Verlassen Sie nicht das Haus. Wir kommen vorbei und protokollieren alles. Vielleicht gibt es eine Anerkennung. Nicht das Haus verlassen! Und nicht zu dem alten Hotel gehen. Haben Sie mich verstanden?«

»Ich wohne in Erkensruhr, bin aber nicht auf den Kopf gefallen. Klar hab ich Sie verstanden. Bohnenkaffee hab ich auch. Kommen Sie ruhig alle. Dann hab ich mal einen anderen Rosenmontag. Die Übertragung vom Rosenmontagszug aus Köln mit dem Wicky Dingsbums kann ich auswendig. Der ist ja mittlerweile in Rente. Tschüssi.« Heiner Wollschläger legte auf, blickte auf den Rosenmontagszug in Köln – natürlich Breitwandfernseher, den Ton hatte er abgedreht, auf Guido Cantz als Moderator hatte er keinen Bock. Lieber war ihm früher der Wicky Dingsbums.

41
ALARM FÜR GSG 9

»Informieren Sie Bundespolizei. Grenzschutzgruppe 9 soll Erkensruhr übernehmen. Höchste Alarmstufe.« Kosslowski schaute kurz zu Malik. Sie nickte und rief die interne Alarmnummer der GSG 9 in Sankt Augustin an, wo die Hubschrauber der Bundespolizei stationiert waren. Zwei Teams, zwei Hubschrauber: Präzisionsschützen, Sprengstoffexperten, Öffnungstechniker, Unterstützungskräfte. In jeden Airbus Helikopter H155 passten zehn Mann. Alle Infos und Anweisungen für GSG 9 kamen vom Ständigen Einsatzstab Köln, abgestimmt mit dem Ständigen Lagezentrum des Innenministeriums in Düsseldorf. Aachen lieferte die Basis- und Hintergrundinformationen. Die beiden Hubschrauber starteten um 13.10 Uhr in Sankt Augustin, flogen in Richtung Zülpicher Börde, Heimbach, Vogelsang. Helikopter Nummer 1 landete um 13.30 Uhr gegenüber der Kapelle Sankt Hubertus auf einer Wiese, Helikopter Nummer 2 auf der Straße vor der alten Postkutsche, einst Touristenattraktion von Erkensruhr. Polizeieinheiten aus Simmerath, Kall und Düren blockierten die Zufahrt nach Erkensruhr sowie mögliche Fluchtwege für Cross-Motorräder über Hirschrott nach Dreiborn. Alles passierte rasend schnell.

Der Käpt'n saß im Funkraum des renovierungsbedürftigen Hotels, schaltete sich bei den drei Teams auf, informierte sie, hatte Kopfhörer auf, hörte nicht die landenden Hubschrauber, bemerkte nicht, dass zwanzig Polizisten der GSG 9 das Hotel umstellten und über das Erdgeschoss bis zu seiner Kommandozentrale vordrangen. Erst als eine Blendgranate explodierte, er auf dem Boden lag, seine Hände auf dem Rücken mit Handschellen gefesselt wurden, realisierte er, dass es aus war. Alles passierte in Sekundenschnelle, so dass er keine Warnung an seine Teams senden konnte, die sich über die Funkstille wunderten, allerdings realisierten, dass irgendetwas völlig aus dem Ruder gelaufen war. Benbow und Bones bekamen kalte Füße. Sie sollten nochmals die Wohnung von Ligodi in Morschenich-Neu auf den Kopf stellen, fragten dreimal beim Käpt'n nach, bekamen aber keine Antwort. Dann stand für sie fest: Bristol war aufgeflogen.

»Rückzug nach Lüttich«, sagte Bones zu Benbow. Der nickte kurz, sie nahmen die Ausfahrt Merzenich auf der A4 aus Aachen kommend und fuhren sofort wieder zurück in Richtung Aachen auf die Autobahn, um sich in Lüttich abzusetzen.

Der Käpt'n wurde in Helikopter Nummer 1 verfrachtet und unter schärfster Bewachung zum Polizeipräsidium nach Köln geflogen. Kriminaltechnik zur Untersuchung aller Spuren landete gegen 14.30 Uhr in Erkensruhr. Die Uhr tickte. Fett, Conti und Kosslowski waren zwar mit Köln verbunden, aber hätten den Käpt'n freilich gerne selbst in die Mangel genommen. Wegen Terrorverdacht war die Generalbundesanwaltschaft in Karlsruhe informiert, die bereits eine sofortige Überstellung angekündigt hatte.

»Herr Piontek, wir haben in Aachen die Bombendrohungen. Befragen Sie die verdächtige Person sofort danach. Noch läuft der Rosenmontagszug. Wir können nichts ausschließen!« Kosslowski lief die Zeit weg.

Erste Meldungen über das Quartier von *Treasure Island* in Erkensruhr trafen vom GSG 9 Team Nummer 2 ein. Der Käpt'n hatte Kontakt zu drei Teams, die an unterschiedlichen Standorten unterwegs waren.

»Schopen, Schwarzenberger, Ligodi – das sind die drei, die von der Formel wussten und die sie kannten«, sagte Fett. »Wir müssen Schwarzenberger und Ligodi schützen.«

»Und deren Freundinnen«, sagte Conti.

»Haben wir die Adressen?«, fragte Fett.

Conti rief alle Protokolle auf. Irgendwo mussten die Namen auftauchen. Adriana, Freundin von Augustin Ligodi. Die Abfrage förderte ihre Adresse in Düren am Friedrich-Ebert-Platz zu Tage. Cornelia von Pettighoven: wohnhaft in der Kaiser-Friedrich-Allee.

»Was tun?«, fragte Conti.

»Du fährst mit Andy nach Düren zu Adriana. Kreispolizeibehörde Düren soll Wohnung im Blick behalten, bis du eintriffst. Wenn die in Uniform da reingehen, könnte es gefährlich werden, falls die Frauen beobachtet werden. Ich fahre zu Cornelia von Pettighoven. Wir können Schwarzenberger nicht warnen, ohne seinen Standort zu verraten. Vermutlich hält er sich bis zu dem Treffen um 18 Uhr versteckt. – Zustimmung, Chef?«

Kosslowski nickte kurz. »Gefällt mir nicht, dass sie alleine losziehen, Fett. Geht nicht anders. Grünes Licht. Köln informiere ich, wenn die Aktion läuft, sonst bremsen die uns aus. Ich schicke den Kollegen Hör-Baumann zu Schopen.«

Hör-Baumann, für die Überbringung schlechter Nachrichten zuständig, was in diesem Fall in gewisser Weise zutraf, war der letzte Mann, den Kosslowski am Rosenmontag noch hatte.

»Keine so gute Idee, Chef«, sagte Fett. »Wenn Hör-Baumann bei Schopen auftaucht, sind die gewarnt, die mit ihm auf Schwarzenberger und Ligodi warten. Lassen Sie Hör-Baumann als Verstärkung im Präsidium.«

»Stimmt«, sagte Kosslowski. »Machen wir so.«

Conti nahm ihren Fiat 595 Abarth, den mit dem Skorpion auf der Kühlerhaube. Auffahrt A44 Aachen-Brand und mit Vollgas über die A4 nach Düren. Andy schloss ab und zu die Augen, wenn es richtig eng und ganz schnell wurde. Er hatte ein schlechtes Gewissen. Die Sache mit dem Aluminiumkoffer hatte er vergeigt.

Fett nahm einen zivilen VW-Passat und fuhr zur Kaiser-Friedrich-Allee.

Barbecue und Hawkins beobachteten den Wohnblock am Friedrich-Ebert-Platz in Düren aus ihrem Ford Ranger mit Euskirchener Kennzeichen. Der Käpt'n meldete sich nicht mehr. Auch die Meldung »Broken Arrow« war nicht erfolgt, das Signal für selbstständige Auftragserledigung, weil Bristol aufgeflogen war.

»Wir gehen jetzt da rein, holen alle Unterlagen, die wir bei der Freundin von diesem Ligodi finden, danach ab zu Ben Gunn und Flint, die bringen es zur Cessna auf der Dahlemer Binz, von dort aus nach Luxemburg und ab nach Niamey«, sagte Barbecue. »Wenn Kameraden oder der Käpt'n ausfallen, müssen wir alleine operieren. So ist der Plan. Wenn wir nicht wissen, wo der Käpt'n ist, können wir ihn auch nicht raushauen.«

Hawkins nickte, prüfte in Kniehöhe seine SIG Sauer 9mm Pistole. Beide Männer, gekleidet in schwarze Hoodies und Cargohosen, gingen auf die Eingangstür des Wohnblocks zu, als Conti mit dem Fiat Abarth in eine Parklücke vor Domino's Pizza einparkte, Andy auf die Männer aufmerksam machte, beide ihre Walther P99 zogen und Conti laut rief: »Pizza für alle!«

Überrascht blickten sich Hawkins und Barbecue um und schauten auf Conti und Petridis, die mit gezogenen Waffen auf sie zukamen. Zwei Streifenwagen der Polizei Düren rasten heran, vier Kollegen sprangen aus den Ford Galaxy Dienstwagen und riefen sofort: »Polizei! Hände hoch! Hinlegen! Auf den Boden! Gesicht nach unten!«

Keine Chance für Hawkins und Barbecue. Hawkins hob die Hände, kniete sich hin, Barbecue fixierte Conti, machte einen Satz in Richtung Eingangstür zu Domino's Pizza, als ihn eine Kugel von Daniela Conti im rechten Oberschenkel traf und er mit Aufschrei und schmerzverzerrtem Gesicht vor einem Passantenstopper – »Menü Pizza Italiano: nur 12,90 Euro« – aufschlug.

Adriana und Cornelia saßen vor dem Computer von Adriana und hörten den Schuss. Die Festplatte aus Ulfs Aluminiumkoffer war angeschlossen. Adriana tippte die E-Mail-Adresse von Julius Mabutu in das Adressfeld der Mail und zwei weitere Adressen. Dann lud Cornelia die Dateien hoch. Es dauerte einige Zeit.

»Wir versenden es mit drei Mails. Der Anhang ist zu groß«, sagte Adriana.

»Wir haben keine Zeit. Schau aus dem Fenster! Ich komprimiere es in eine We-Transferdatei. Damit klappt es sofort«, rief Cornelia.

Es klingelte. Dreimal kurz.

»Nicht aufmachen, Adriana!«

»Das könnte Augustin sein. Er klingelt so.« Adriana sprang auf, drückte den Türöffner und stand vor Conti.

»Polizei Aachen, Conti, Sie sind in Gefahr!«

»Senden, Cornelia!«, rief Adriana, denn sie dachte, Conti sei eine von denen, die Augustin verfolgten.

Cornelia drückte auf Senden. »Sendung erfolgt« erschien auf dem Bildschirm, während Conti auf sie zu stürzte.

»Was haben Sie gemacht?«, rief Conti.

»Leben gerettet«, sagte Cornelia ängstlich, bis ihr Conti den Dienstausweis zeigte und sie erleichtert aufatmete.

42
FINALE

Fett fand keine Anzeichen für eine Überwachung der Wohnung von Cornelia. Er klingelte, niemand öffnete, er klingelte nochmals und bemerkte nicht, dass Ulf Schwarzenberger ihn durch die Gardinen erkannt hatte.

»Mist, der Kommissar. Was sollen wir machen?«

»Wenn er uns hier findet, finden uns auch die, die hinter uns her sind. Besser, wir lassen ihn rein. Er kennt eh den Termin heute um 18 Uhr«, sagte Augustin.

Schwarzenberger drückte den Türöffner.

»Wo ist Ihre Studienfreundin?«, fragte Fett Schwarzenberger, dem die Gefahr für Cornelia und Adriana endlich dämmerte. »Rücken Sie mit der Sprache raus, Gefahr im Verzug, verstehen Sie das?« Er blickte Schwarzenberger ernst an, als Ligodi aus dem Arbeitszimmer in den Flur trat.

»Sie ist bei Adriana«, sagte Augustin Ligodi. »In Düren, bei Adriana.«

»Gut zu wissen«, sagte Fett, wählte die Nummer von Daniela Conti, gab die Info weiter und bereitete die beiden jungen Wissenschaftler auf das Treffen mit Schopen um 18 Uhr vor.

Wenig später klingelte Fetts Handy. Anruf von Kosslowski.

»Conti ist bei den beiden Frauen, dieser Adriana und Cornelia. Sie haben zwei Personen, männlich, verhaftet nach Schusswechsel. Wir vermuten weitere Täter in Aachen. Passen Sie auf!«

»Danke, bin hier bei Schwarzenberger und Ligodi. Für den Termin um 18 Uhr benötigen wir SEK.«

»Ist vorbereitet«, sagte Kosslowski.

Fett ging in das Arbeitszimmer, wo Schwarzenberger und Ligodi auf einer alten Couch mit betroffenen Mienen hockten.

»Ihre neue Formel, braucht man dazu Proben oder kann man die herstellen, wenn man nur die Formel besitzt?«

Ligodi blickte zu Schwarzenberger. »Das musst du erklären.«

»Die Formel reicht aus. Natürlich sind Proben hilfreich. Braucht man aber nicht, um das Serum herzustellen. Dafür ist unsere Formel wichtig«, sagte Schwarzenberger.

»Ebola, Denguefieber, Malaria, die neue Vogelgrippe und möglicherweise Affenpocken?«, fragte Fett

Augustin schlug die Augen auf. »Vogelgrippe und Affenpocken? Davon hast du mir nichts gesagt.«

»Habe ich gerade erst entdeckt, nachdem ich in den Fachzeitschriften die Analysen der US-Kollegen gelesen habe. Die Struktur unseres Serums könnte bei der neuen Variante der Vogelgrippe die Aufnahme blockieren.«

»Das könnte Milliarden Euro wert sein?«, fragte Fett.

»Ja«, sagte Schwarzenberger.

Ligodi blickte aus dem Fenster und lächelte. Er hatte Adriana eingeweiht, und gemeinsam hatten sie beschlossen, die Formel und alle Daten anonym an Julius Mabutu zu mailen. Sie wollten Menschenleben retten, Millionen von Menschen. Adriana hatte Cornelia eingeweiht; genug mit der Heimlichtuerei. Cornelia erkannte die Gefahr für sie alle. Sie beide warteten auf die Gelegenheit, die Formel an Julius Mabutu zu mailen. Es war Cornelias Idee, die Formel zugleich an die Universität von Kinshasa und das Institut in Oxford zu senden, an dem Augustin studiert hatte. Es sollte nicht in einer Hand bleiben, die Entdeckung sollte so rasch wie möglich der Menschheit zur Verfügung stehen.

Schopen war bereits vor 17 Uhr in seinem Büro in der Forckenbeckstraße, bevor die Sonne im Westen hinter Vaals verschwand. Die Idee mit dem Rektor fand er genial. Er schaltete den Computer ein, öffnete das ZOOM-Programm, denn er hatte die Beteiligung des Präsidenten der Fraunhofer-Institute zugesagt. Besaß er eine Waffe? Nein, Schopen besaß keine Waffe. Wie würde das ablaufen? Würden sie vielleicht alle erschossen? Männer mit Masken und Maschinenpistolen? Er griff zur Cognacflasche. Ruhe, nur die Ruhe, sagte er sich. Wird schon. Alles wird gut. Dann fließt die Kohle. Irgendwie wird die Kohle fließen. Was tun, wenn sie die Formel mitnehmen? Doktor Marquardt, dieser Doktor Marquardt, der wollte das erledigen, der hatte die 50.000 Euro überwiesen. Alles bereits vom Winde verweht. Er ließ die Jalousien herunter. Niemand sollte sehen, was sich hier abspielen würde. Der Wachmann war instruiert. Abendtermin, kurze und wichtige Besprechung. Wie hieß der Typ? Hüb oder so ähnlich. Hüb, Wachmann Hüb, Lingens oder Liedges oder Lindgens. Der hat gelächelt über die Flasche Hennesy. Kleine Aufmerksamkeit für den Dienst am Rosenmontag. Kam gut an. Professor Schopen war mit sich zufrieden. Wie würde er beteiligt werden? Druck auf Doktor Marquardt? Er hatte die Gefahr für sich selbst verdrängt. Als ginge es nicht für ihn um Leben und Tod.

Aus dem schwarzen Ford Edge, geparkt am Studentenwohnheim Kastanienweg, beobachtete das Team von

Hammerton durch Nachtsichtgeräte Schopen. Sie sahen das Licht in seinem Büro, hatten ihn mit Hüb Lindgens sprechen sehen.

17.45 Uhr am Rosenmontag. Konzentration bei den Profis von *Hammerton*. Würden die beiden jungen Wissenschaftler kommen?

Fett hielt Kontakt mit dem SEK Team 1 aus Köln, das an der Süsterfeldstraße in Bereitschaft stand. Über den Pariser Ring würden sie in kürzester Zeit am Institut eintreffen. Ein Mobiles Einsatzkommando stand am Fraunhofer-Institut für Lasertechnik auf einem Parkplatz an der Sommerfeldstraße versteckt hinter einem Container. Fett hatte Schwarzenberger und Ligodi durch die Kriminaltechnik verkabelt und einen Peilsender unter Cornelias VW Golf angebracht. Mittlerweile war Verstärkung von der Polizeiinspektion 1 eingetroffen. Der Rosenmontagszug war glimpflich über die Bühne gelaufen. Keine weiteren Attentatsdrohungen, alles ruhig bei den Edeljuwelieren. Kosslowski stand mit Piontek in Kontakt, weil die Ergebnisse der Kriminaltechnik in Erkensruhr auf etwas Großes deuteten. Der Schusswechsel in Düren und die Hinweise von Conti auf eine Mail mit Infos zu einer Formel deuteten tatsächlich auf eine internationale Aktion hin. Fett erhielt alles, was er benötigte. Er blickte aus dem Parkhaus für die beiden Fraunhofer-Institute auf die Einfahrt von der Forckenbeckstraße zum Parkplatz vor dem Institut. Kollegin Malik begleitete ihn, zwei Kradfahrer standen in Bereitschaft, drei Ford Galaxy mit je zwei Mann Besatzung parkten im hinteren Bereich des Parkdecks. Alle Polizisten trugen Schutzwesten.

Um 18 Uhr fuhr Ligodi mit Schwarzenberger auf den Parkplatz des Instituts. Hüb Lindgens saß in der Pförtnerloge, blätterte durch den Sportteil der »Aachener Zeitung« vom Samstag und brummte: »Alles klar, Chef hat euch angekündigt.« Die jungen Wissenschaftler duzte er ungefragt, vor den Professoren hatte er mehr Respekt.

»Ist der Rektor der RWTH schon eingetroffen?«, fragte Schwarzenberger.

»Der Rektor? Nö, soll der auch kommen? Hat mir Professor Schopen nichts von gesagt.« Er nahm die Anzeigenbeilage und prüfte die Angebote für »Bitburger Pils« und »Früh Kölsch«.

Schwarzenberger nickte kurz zu Ligodi. Fett hatte alles mitgehört und befahl Einsatzbereitschaft für alle Teams. Schwarzenberger und Ligodi nahmen die Treppe hoch zum Büro von Schopen.

Der schwarze Ford Edge setzte sich langsam in Bewegung Richtung Seffenter Weg, um im Kreisverkehr vor dem Institut für Kunststoffverarbeitung auf die Forckenbeckstraße abzubiegen. Leichter Nieselregen setzte ein.

»Robert 25 an alle. Schwarzer Ford mit belgischem Kennzeichen, abgedunkelten Scheiben fährt auf Forckenbeckstraße in Richtung Institut.« Kommissarin Pelzer, Polizeiinspektion 1, parkte in einem zivilen Opel Insignia am Institut für Kunststoffverarbeitung und gab die Meldung durch.

»Fett an alle. Das ist unser Wagen. SEK 1 Aufbruch in Richtung Forckenbeckstraße, MEK bereithalten für Zugriff.«

Als der Wagen mit den Herren Blue, White, Green und Red langsam auf den Parkplatz rollte, näherten sich ein getunter Mercedes Vito und ein tiefergelegter 5er-BMW langsam der Einfahrt.

Mister Blue blieb am Steuer sitzen, die drei anderen Herren stiegen aus. Sie trugen schwarze Anzüge und Sturmhauben. Fett erkannte eine Pumpgun, eine Maschinenpistole und sagte ins Funkgerät: »Zugriff!«

Von der Sommerfeldstraße raste ein Mercedes E-Klasse auf den Parkplatz und von der Forckenbeckstraße bogen der Vito und der BMW ein. Sie hielten mit quietschenden Reifen vor und hinter dem Ford. Mister Blue wollte zurücksetzen, stieß gegen den BMW und war eingekeilt.

White, Red und Green gingen in die Hocke, zogen die Waffen, aber erkannten, dass sie chancenlos waren. Starke Taschenlampen und Scheinwerfer leuchten auf die drei Männer, die geblendet waren, ihre Waffen auf den Boden legten und die Hände hinter den Kopf nahmen. Das alles dauerte wenige Sekunden. Dann lagen sie voneinander getrennt und mit Handschellen gefesselt auf dem Boden des Parkplatzes im Nieselregen. Die Anzüge waren hinüber.

Professor Schopen hörte das Klopfen von Schwarzenberger und Ligodi, registrierte die Aktentasche, die Schwarzenberger trug und wollte gerade lächeln, als draußen Scheinwerfer aufblitzten, Motoren aufheulten, Bremsen quietschten und der Aufprall des Ford auf den BMW zu hören war. Alle drei stürzten ans Fenster, Schopen zog die Jalousie hoch, Blaulicht, schwer bewaffnete Spezialeinsatzkräfte, ein Krankenwagen und vier Männer auf dem Boden.

»Der Rektor kommt heute nicht«, sagte Schopen mit trockenem Mund. »Sie können gehen. Es hat sich erledigt. Viel Erfolg mit Ihrer Formel.«

Fett stand in der Tür, gefolgt von Kommissarin Malik.

»Professor Schopen, folgen Sie uns ins Präsidium. Wir haben einige Fragen zu dem Termin, der hier stattfinden sollte.«

Professor Schopen stellte den Cognacschwenker auf den Schreibtisch. Ein kurzer Blick zu Schwarzenberger und Ligodi, dann folgte er Kommissarin Malik.

»Adriana und Cornelia sind wohlauf. Sie warten in Düren.«

Schwarzenberger und Ligodi atmeten auf.

»Ach«, sagte Fett, »eine Mail wurde verschickt, als Kollegin Conti in die Wohnung kam. Irgendwas mit Leben retten oder so.«

Ligodi senkte den Blick. »Die Formel. Ich habe oft mit Adriana darüber diskutiert. Sollte etwas passieren, ja, also – sie hat mit Cornelia drüber gesprochen. Die Formel sollte nicht in die falschen Hände gelangen. Sie soll Leben retten.«

Schwarzenberger schaute ihn überrascht an und sagte: »Die Frauen sind klüger als wir. Danke, Augustin.« Er umarmte ihn. Beide lächelten erleichtert.

43
UND DANN?

Fritz Brunner wurde mit einer Glock Kaliber 9 mm erschossen, die in Erkensruhr beim Käpt'n gefunden wurde. Das ergab die ballistische Untersuchung. Die Anklage für den Käpt'n lautete heimtückischer Mord, Bildung einer terroristischen Vereinigung, versuchte Sprengstoffanschläge, Terrorismus. Benbow und Bones verschwanden unerkannt in Lüttich, ihre Spur verlor sich von dort aus in den Ardennen. Ben Gunn und Flint wurden im Rahmen der Nahbereichsfahndung rund um Erkensruhr auf dem Parkplatz Wilder Kermeter aufgegriffen und ergaben sich sofort. Barbecue lag scharf bewacht in Köln im Krankenhaus, Hawkins wurde nach Karlsruhe zur Generalbundesanwaltschaft überstellt.

Das Team von *Hammerton* wurde ebenfalls vom Generalbundesanwalt übernommen. Die US-Botschaft in Berlin schaltete sich ein. Über das Schicksal der *Hammerton*-Männer wurde auf höchster Ebene entschieden. Nach einer Woche saßen sie in einem Truppentransporter der US Air-Force auf dem Weg zu einem Militärstützpunkt bei San Diego.

Professor Schopen wurde mehrfach vernommen. Er verschwieg den Kontakt zur *ROTBERG AG* und stilisierte sich als Opfer der *Hammerton*-Männer, die ihn erpresst hätten. Von der »Rurfieber«-Formel habe er gehört, jedoch nicht daran geglaubt, auch nicht an den

Einbruch in das Labor. Schopen kam strafrechtlich glimpflich davon, musste allerdings Privatinsolvenz anmelden, verlor seinen Job sowie Angelika und Lisa Hösgen.

Schwarzenberger und Ligodi machten wissenschaftliche Karriere in Aachen und Jülich. Sie teilten den Erfolg mit Adriana und Cornelia. Schwarzenberger dankte Ligodi für die Freigabe der Formel, die bei Julius Mabutu, in Kinshasa und Oxford wie eine Bombe einschlug. Sie arbeiteten gemeinsam weiter an einem Breitbandtherapeutikum, wurden mit Preisen geehrt und zu Vorträgen an viele Universitäten weltweit eingeladen.

Die WHO, die Gesundheitsorganisation der Vereinten Nationen, wurde von Oxford kontaktiert und auf das Medikament hingewiesen. Julius Mabutu präsentierte die Formel bei einer Pressekonferenz in Kinshasa zusammen mit der Universität. Er gab an, dass durch seine Vermittlung nun ein kostengünstiges Medikament gegen Ebola, Malaria und Denguefieber direkt im Kongo produziert werden könnte und vermutlich sogar Schutz vor der Vogelgrippe und Affenpocken bieten würde. Er wurde wie ein Gottgesandter gefeiert. Seine Popularität erreichte Höchstwerte. Es folgte ein merkwürdiger Putschversuch durch Exilkongolesen und der Vormarsch der M23 Rebellen auf Goma. Das alles überschattete den kommenden Wahlkampf.

Die Lage in Niamey verschlechterte sich rapide. Der Versuch, einen Verlängerungsvertrag für den Lufttransportstützpunkt auszuhandeln, schlug fehl. Verteidigungsminister Boris Pistorius kündigte den vollständigen Rückzug der Bundeswehrkräfte aus dem Niger an.

Die *ROTBERG AG* machte Rückstellungen für die Verluste durch das neue Medikament. Investitionen wurden aufgeschoben. Doktor Marquardt trat von seinen Funktionen zurück. Wenig später wechselte er zu *Mediquasi*.

George Santos bot der WHO seine Produktionsstraßen für das neue Medikament an. Verknüpft mit Landschaftspflege bei einflussreichen US-Senatoren und der US-Botschafterin bei den Vereinten Nationen erhielt *Mediquasi* die Formel und die Lizenz zur Produktion. Somit besaß er ein Monopol, durfte einen bestimmten Endverbraucherpreis nicht überschreiten, überschwemmte zugleich mit seinen anderen Präparaten den afrikanischen Markt.

Fett, Conti und Petridis verbrachten den Aschermittwochabend mit einer Grillplatte »Akropolis« für drei Personen im griechischen Restaurant »Palladion« in der Schmiedstraße in Aachen. Herr Andy begnügte sich mit den Beilagen – Knoblauchkartoffel, Reis – und einem Bauernsalat. Anschließend lud Conti die Kollegen zu Crémant und Primitivo auf die Fensterbank in der Promenadenstraße ein. Kein Schnee, kein Regen.

»Was für ein merkwürdiger Fall«, sagte Fett.

»Auf die Schönheit von Frau Conti«, sprach mit etwas schwerer Zunge Herr Andy.

Fett blickte ihn eifersüchtig an. Er wollte diesen Toast aussprechen.

»Daniela, wo Herr Andy recht hat, da hat er recht. Salute!«

Am nächsten Morgen rief Fett Chantal Kalumba an und informierte sie über den Fall, die Formel, die Kongo-Spur. Das müsse er ihr persönlich in Lüttich erzählen, sagte sie sofort. Sie verabredeten sich für die nächste Woche.

Frau Hof war zufrieden mit dem neuen Thermomix. Sie war sehr zufrieden. Das sagte sie am Donnerstag nach Aschermittwoch allen. Niemand hörte ihr zu. Alle hatten einen Brummschädel – angeblich vom letzten »Ouzo auf die Haus« nach der Akropolis-Platte.

ENDE